Loredana Limone

Wie die Frauen von Borgo Propizio das Glück erfanden

Zu diesem Buch

In Borgo Propizio, einem verschlafenen italienischen Dörfchen auf einem Hügel, möchte Belinda eine kleine Milchbar eröffnen. Mit den Renovierungsarbeiten wird Ruggero betraut, ein fleißiger Handwerker, der auch kühne Wolkenkratzer bauen könnte, wenn man ihn denn fragen würde. Dummerweise muss er sich mit seinen tyrannischen Eltern herumschlagen, mit dem rätselhaften Verschwinden von Kacheln aus der künftigen Milchbar und der Entdeckung eines kostbaren alten Rings im Mauerwerk. Als Ruggero aufgeregt mit seinem Kleintransporter losbrettert, um den Fund zu melden, überfährt er fast Mariolina, die gerade die Straße überquert. Ein Blick in Ruggeros Augen – und die Liebe erfasst sie wie eine Windböe. Mariolina, die schon befürchtet hatte, an der Seite ihrer ständig häkelnden Schwester Marietta als alte Jungfrau zu enden, ergreift die Gelegenheit beim Schopf und lässt sich von einem wildfremden Mann zum Essen einladen …

Loredana Limone stammt aus Neapel und ist Wahlmailänderin. Nach einigen erfolgreichen Kochbüchern veröffentlichte sie ihren ersten Roman »Wie die Frauen von Borgo Propizio das Glück erfanden«. Ihr Buch erhielt den Fellini-Preis für das beste Romandebüt und wurde in acht Sprachen übersetzt.

Loredana Limone

Wie die Frauen von Borgo Propizio das Glück erfanden

Roman

Aus dem Italienischen von
Christiane Landgrebe

PIPER
München Berlin Zürich

Mehr über unsere Autoren und Bücher:
www.piper.de
Aktuelle Neuigkeiten finden Sie auch auf Facebook, Twitter und YouTube.

FSC
www.fsc.org
MIX
Papier aus verantwortungsvollen Quellen
FSC® C083411

Ungekürzte Taschenbuchausgabe
Piper Verlag GmbH, München/Berlin
Januar 2016

Titel der italienischen Originalausgabe:
»Borgo Propizio«, Ugo Guanda Editore S.p.A., Parma

Umschlaggestaltung: Mediabureau Di Stefano, Berlin
Umschlagabbildung: DE GREGORIO/Kontributor/Getty Images,
Kim Fearheiley/Arcangel Images (Stadt auf dem Hügel)
Satz: Christine Paxmann • text • konzept • grafik, München
Gesetzt aus der Bembo
Druck und Bindung: CPI books GmbH, Leck
Printed in Germany ISBN 978-3-492-30688-1

Für meine Mutter und ihre Fröhlichkeit

1

Mariolina und Marietta

»Was ist denn das!«

Erstaunen. Missbilligung. Verwunderung.

Dies war die Reaktion der wenigen Leute, die an der Baustelle vorbeikamen und die Arbeiter am Werk sahen. In Borgo Propizio geschah nie etwas Neues, und wenn, dann erregte es keine besondere Neugier unter den Bewohnern. Sie vergaßen es rasch wieder oder es versank hinter einer Mauer der Gleichgültigkeit.

Hätte es jemand genauer wissen wollen, hätte er schnell herausgefunden, dass dort nicht mehrere Arbeiter beschäftigt waren, sondern nur ein einziger. Der allerdings kannte sich im Maurerhandwerk bestens aus, auch im Fliesenlegen, Zimmern, Klempnern und Anstreichen. Doch das konnten die paar Frauen, die an diesem Morgen über den Rathausplatz gingen und an dem Schaufenster vorbeikamen, das von innen mit Zeitungspapier verklebt war, nicht wissen.

Die Einzige, die etwas über den Grund der Baustelle wusste, war Mariolina vom Finanzamt der Gemeinde, die einzige Mitarbeiterin dort, seit mehrere Kollegen in Pension gegangen waren. Streng erzogen in den Dogmen des beruflichen Ehrenkodex, hätte sie sich eher die Zunge abgebissen, als preiszugeben, was aus dem Laden werden sollte. Und bei diesem Laden schon gar nicht.

Eine Ausnahme machte sie nur bei Marietta, ihrer Schwester, mit der sie alles teilte, angefangen bei dem alten Haus, in dem sie geboren waren. Beide hatten in ihrer Jugend so manchen Zug verpasst. Vielleicht hatten sie die Züge nicht einmal vorbeifahren sehen.

Nicht dass sie hässlich waren, wenn sie auch körperlich gegensätzlicher nicht hätten sein können. Mariolina, die Ältere, war ganz der Vater. Ihre Haut, ihr Haar und die Augen waren hell, ihr Gesicht zart; Marietta, die Jüngere, war dunkelhaarig und hatte die nussbraunen Augen und ausgeprägten Gesichtszüge ihrer Mutter. Die eine zierlich, die andere kräftig.

Dank der Großmütter (oder besser gesagt durch deren Schuld) Maria Angela Onorata mütterlicherseits und Maria Nova Ermelinda väterlicherseits, waren beide Schwestern auf den Namen Maria getauft worden, aber mit einem Blumennamen kombiniert, weil ihre Mutter Blumen so gern hatte: Viola die erste, Dalia die zweite. Doch sie wurden niemals Maria Viola oder Maria Dalia genannt.

Die beiden Schwestern waren gerade neun Monate auseinander. Nicht durch Zufall, sondern wegen des körperlichen Verlangens ihres Vaters, der einfach nicht warten konnte und dem sich die Mutter unterwarf, obwohl ihre empfindlichen Körperteile ihr wegen des Dammschnitts von der ersten Geburt noch wehtaten.

Aus der großen Angst heraus, ihr Mann könne sie verlassen, war sie geradezu besessen von diesem Gedanken.

Tatsächlich wurden Mariolina und Marietta von ihrem unreifen und stürmischen Vater urplötzlich im Stich gelassen, als sie an der Schwelle zur Pubertät waren. Er war einer verführerischen Traumfrau gefolgt, der x-ten seiner Sammlung.

Obwohl die beiden noch Kinder waren, tauschten sie die Rolle mit der Mutter und kümmerten sich um sie, hin und wieder beaufsichtigt von den Großmüttern, auch der Oma väterlicherseits, obwohl diese an der Sache nicht ganz unschuldig war.

Welche Demütigung, welche Schande! Die Mutter war bestürzt, dass ihr Mann sie verlassen hatte, obwohl sie doch immer für seine Bedürfnisse hergehalten und ohne Murren sogar die Rolle der betrogenen Ehefrau gespielt hatte! Jetzt flüchtete die Arme sich in das einstige Ehebett und verlor bald die Blüte der Jugend. Erst zwanzig Jahre später verließ sie es – in einem Sarg, der für die letzte Reise ins Paradies mit bunten Dahlien und weißen Veilchen geschmückt war. Dass sie nun dort oben war, stand für Mariolina und Marietta außer Zweifel.

Die Mama hatte den Töchtern wichtige Werte vermittelt. Vor allem Jungfräulichkeit. Dazu Ehrlichkeit, Sinn für Reinlichkeit und Pflichtbewusstsein. Und die Achtung der Zehn Gebote (allerdings blieb ein Zweifel darüber bestehen, ob das Vierte sie zum Ehren beider Eltern verpflichte oder ob der Vater ausgeschlossen sei, doch das war nicht wirklich wichtig, denn sie wussten nicht, was aus ihm geworden war). Ehre, wiederholte die Mutter immer wieder, Bescheidenheit, Sauberkeit und Tugend seien wichtiger als alles andere. Und die Ehe sei nichts anderes als eine Riesenenttäuschung. Sie war nicht in der Lage, ihren Töchtern etwas anderes beizubringen, und diese hatten sich so sehr danach gerichtet, dass sie mit fünfundvierzig und sechsundvierzig Jahren immer noch genau so waren, wie die Mutter sie zur Welt gebracht hatte.

Marietta machte das nicht viel aus, aber Mariolina litt darunter, und nur aus Angst, ihre Mutter könnte der Schlag treffen, rebellierte sie nicht dagegen. Zugleich wuchs in ihr ein unterdrücktes Verlangen nach sexueller Erfüllung.

Anders als Mariolina, die nach Beendigung der Hauswirtschaftsschule von der Gemeinde angestellt worden war und sich von der Pike auf hochgedient hatte – nicht ohne alle möglichen Ellbogen rechts und links ertragen zu müssen –, arbeitete Marietta zu Hause, und zwar mit der Häkelnadel. Dies war das Erbe ihrer Großmutter mütterlicherseits, die ihr diese Kunst beigebracht und ihr eingeschärft hatte, sie nur nebenbei auszuüben. Das Mädchen aber hatte Gefallen daran gefunden, und da es ihr sehr lag (während sie sich in der Schule als nicht besonders schlau erwiesen und nur mit Ach und Krach und dank dem Mitleid der Lehrer mit fünfzehn ihren Abschluss geschafft hatte), begann sie, Deckchen zu häkeln, als Dank für alle Frauen, die ihre depressive Mutter besuchen kamen und vergeblich versuchten, sie aufzuheitern.

Ja, es war vergeblich. Die Arme war so betrübt, dass nichts half. Aber das Vergnügen, einen schönen Früchtetee oder eine Tasse heiße Schokolade mit Sahne und dazu leckeres Sandgebäck oder ein schönes Stück feinen Rührkuchen zu genießen und dann noch die Aussicht, ein Häkeldeckchen zu ergattern – weiß, rosa oder naturfarben – und selbstgemacht, *wie man sie nicht mehr findet, liebe Marietta*, brachte die Frauen des Dorfes dazu, regelmäßig ihren Pflichtbesuch zu machen.

Dass aus der Häkelarbeit ein richtiger Beruf wurde, dafür sorgte eine wohlhabende Dame aus dem Dorf, die bald Oma werden sollte, mit der unerwarteten Bestellung einer Babydecke für die bald zur Welt kommende Enkeltochter – gegen Bezahlung. Marietta war nicht bewusst, welchen Wert dieser Auftrag hatte, und wollte zunächst kein Geld dafür annehmen. Sie wäre schon zufrieden gewesen, wenn die Dame ihr die Baumwolle gebracht hätte, doch die Kundin (was für ein seltsamer Ausdruck!) zahlte nicht nur sehr gut, sondern besorgte ihr weitere Aufträge von Freundinnen, die nicht im Dorf wohnten. In kürzester Zeit sprach es sich herum, dass es da jemanden mit einem besonderen Talent gab, und Marietta, die flink und mit den Händen sehr geschickt war, kam mit der Arbeit gar nicht mehr hinterher. Sie fertigte Tagesdecken, Kissenhüllen, Tischtücher, Bonbonschachtelnbezüge, Schals, Bettjäckchen, Gardinen,

Topflappen – dies alles im Halbdunkel des mütterlichen Schlafzimmers, am Kopfende bei der Kranken, die immer mehr in Traurigkeit versank, auf einem Stuhl mit geflochtener Sitzfläche, der bessere Zeiten gesehen hatte. Bei weitem bessere.

Manche von Mariettas Kreationen waren im Schaufenster des feinen Ladens *Fili fatati 1888* gelandet, der an der Hauptstraße der benachbarten Bezirksstadt lag. Einmal hatte sie ein bekannter Modeschöpfer angesprochen, der sie gern in seinem Atelier beschäftigt hätte, aber sie hätte weit weg ziehen müssen und lehnte ab. Nicht nur, weil die Mutter noch lebte (erst einen Monat später starb sie), sondern weil sie nie und nimmer ihre geliebte Schwester, das alte Haus und das Dorf, in dem sie geboren und aufgewachsen war, verlassen hätte.

Und hier alterte sie jetzt langsam vor sich hin.

Leider kommen nach den fetten Jahren immer magere und mit der Zeit sank die Nachfrage nach selbstgehäkelten Unikaten. Für Aussteuern waren solche handgemachten Dinge nicht mehr gefragt, weil die jungen Bräute lieber moderne Stücke in kräftigen Farben hatten, die man in die Waschmaschine stecken konnte und nicht zu bügeln brauchte. Als Geschenke für Taufen, Kommunionsfeiern und Hochzeiten wurden nutzlose Gegenstände in Einkaufszentren gekauft, die überall wie Pilze aus der Erde geschossen waren. Giftige Pilze.

Die Generation derer, die Traditionen pflegten, war so gut wie ausgestorben. Der Fortschritt, dieses gefräßige Ungeheuer, verschlang alles. Produkte aus China, die bekanntlich billiger waren, überschwemmten den Markt, und man fürchtete schon, die Bevölkerung dieses Landes würde irgendwann die ganze Welt erobern. Das sagten sie auch im Fernsehen, und Marietta war eine eifrige Zuschauerin.

Deshalb war Marietta, als Mariolina ihr vertraulich unter Schwestern von dem Laden erzählte, über die Maßen erstaunt.

»Nein so was!«, rief sie aus, und verfiel dann in tiefes Grübeln, bemüht, sich das Muster einer Tischdecke zu merken. Sie hatte sie im Schaufenster von *Fili fatati 1888* gesehen, sie war einfach bezaubernd und sie würde dadurch sicher neue Arbeit finden.

Wenn die Dinge anders verlaufen wären, wenn die Mutter nicht krank geworden wäre, wenn der Tourismus einen Aufschwung erleben würde, wenn die Konjunktur (vielleicht hatte die damit nichts zu tun, aber sie hatte eine Sendung dazu im Fernsehen gesehen und das war sicher richtig) … So oder so, sie könnte diesen Schritt gehen. Wahrscheinlich brauchte sie dazu nur ein bisschen Mut und einen kleinen Kredit, den sie der Bank zurückzahlen würde.

Oh nein! Nicht der Bank! Das kam gar nicht in Frage! Diese Halsabschneider! Kürzlich war ein armer Mann in den Selbstmord getrieben worden: Sie hatten ihm sein Haus weggenommen. Die Banken waren herzlos, auf sie ließ man sich besser nicht ein. Allerdings, in der Nähe des Rathauses, mitten im Ort … Na gut, der Ort war ziemlich heruntergekommen. Bald wäre es ein aussterbendes Dorf mit lauter Senioren, um nicht zu sagen, alten Leuten! Und Gespenstern.

Der Name »Propizio«, der aus dem Lateinischen stammte und »günstig« bedeutete, kam daher, dass die Herren des Ortes hier Jahrhunderte zuvor ein prunkvolles Leben geführt hatten. Sie ahmten römische Sitten nach und befragten vor jeder wichtigen Unternehmung den Vogelflug. Die pünktliche Ankunft der Vögel aus dem Osten galt als günstiges Vorzeichen. Nach dem, was Marietta hier erlebt hatte, hätte man das Dorf eigentlich Ort des Unglücks nennen müssen. Schlimmer noch, es war dem Aberglauben verfallen. Auch wenn durch nichts bewiesen war, dass es stimmte. Vielleicht war es nur irgendein Zufall. Aber nur, wenn man daran glaubte. Gespenster …

Man konnte nie wissen!

Aber ihre Kreationen … ihre Geschöpfe … lauter handgemachte Unikate. Hochwertiges Material.

Raffinierte Dinge. Das war doch schon etwas anderes als Milch und Milchprodukte.

Milch! Also wirklich!

2

Die Begegnung

Ruggero wusste nicht, ob er wegen der Kacheln, die plötzlich spurlos verschwunden waren, froh oder irritiert sein sollte.

Einerseits wollte er so schnell wie möglich fertig werden und verstand nicht, warum er überhaupt zugesagt hatte, den Laden zu renovieren. Andererseits war ihm jede Gelegenheit recht, Pause zu machen. Er hatte einfach keine Lust mehr, das war die Wahrheit. Er arbeitete nicht gern in diesem gottverlassenen Ort, der so klein war wie ein Fleck aus Spucke. Er wäre in der Lage gewesen, wunderbare Häuser zu bauen, doch leider wollte kein Architekt etwas von ihm wissen, *nur weil mir dieser Wisch fehlt* (in Wirklichkeit fehlten auch ein paar Jahre Schule, auch Pflichtjahre), dabei hätte er Kathedralen und Wolkenkratzer bauen können, Mosaike und Reliefs herstellen, wenn ihm nur jemand die entsprechenden Aufträge gegeben hätte.

Er hatte schon die Kacheln mit den kleinen Kühen eingesetzt, die mit dem Gesicht im Vordergrund vor blauem Hintergrund lächelten, mit einer rosa Zunge, die seitlich aus dem Maul heraushing, und einer orangefarbenen Kuhglocke am Hals. Er hatte sie hier und da auf allen vier Wänden verteilt, nicht zu viele, nicht zu wenige, mit künstlerischer Überlegung und nur scheinbar zufällig. Eher die Arbeit eines Zauberers als die eines Fliesenlegers. Aber er konnte die Kacheln für den Rand nicht finden. Deshalb hatte er jetzt den letzten weißen Anstrich vorgenommen, damit es nicht auffiel. Das bedeutete aber leider, dass er die Arbeit nicht so abschließen konnte wie vorgesehen. Und wie er es versprochen hatte.

Er erinnerte sich genau. Die fehlenden Kacheln waren rechteckig und zwei weiße Kühe waren im Profil zu sehen. Blau gesprenkelt, die Schwänze in die Höhe gestreckt, rosa Zungen und eine gelbe Sonne, vielleicht auch orange, genau in der Mitte. Und rosafarbene Euter. Die Kacheln mit den weiß-blauen Kühen hatten abseits in einem Karton gelegen, der genauso aussah wie die anderen Kartons, aber auf diesem hatte gestanden »für den Rand«. Er war sich ganz sicher, er hatte es selbst im Lager des Lieferanten mit einem schwarzen Stift daraufgeschrieben.

Aber jetzt konnte er die Kacheln nirgendwo finden.

Vielleicht war es besser herauszufinden, ob sie vielleicht nicht geliefert worden waren, bevor er mit dem Anwalt, seinem Auftraggeber, sprach. Und dann war da noch diese andere Sache …

Er zog die schweißnasse Jacke aus, wusch sich die Hände, das Gesicht, die Achseln und den Oberkörper, nahm Deodorant und zog das gestreifte Leinenhemd an, das er am Griff des Toilettenfensters aufgehängt hatte, auf einem Kleiderbügel und mit Plastikfolie geschützt. Dann wechselte er Schuhe und Hose, da die Latzhose voller Staub, Kalk und Farbe war.

Er zeigte sich gern in ordentlichem Zustand. Die Welt war voller Gelegenheiten, jeden Augenblick, und es war immer gut, auch äußerlich darauf vorbereitet zu sein. Nicht nur in Gedanken, das war er nämlich immer.

Er fühlte sich noch jung und hatte noch ein langes Leben vor sich. Ja, das Leben schuldete ihm noch so manches. Er erfüllte sich seine Wünsche, gewiss, aber das Geld, das er dafür ausgab, hatte er im Schweiße seines Angesichts verdient.

Er gab freimütig zu, dass er sich gern teuer kleidete, guten Likör trank, Zigarren rauchte, kleine Ausritte unternahm und hin und wieder in die Sauna ging. Kurzum, dass er es sich gutgehen ließ.

Er war als Herr geboren.

Allerdings fehlte ihm der Studienabschluss.

Außerdem kam er nicht aus gehobenen Kreisen.

Und er hatte auch keine gebildete, gut erzogene Frau, die ihm die Pasta zubereitete.

Er hätte gern ein besseres Italienisch gesprochen, das war ihm durchaus bewusst, (und verstanden, wie man die Verben richtig gebraucht).

Und eine Betreuerin für seine alten Eltern fehlte ihm auch.

Er verließ den kleinen Hof des Gebäudes und zündete den Motor seines funkelnagelneuen dunkelgrünen Renault-Kangoo, den er erst heute Morgen beim Händler abgeholt hatte. Mit leichtem Bedauern hatte er sich von seinem alten Fiorino getrennt. Der neue Wagen war sehr praktisch, um Material zu transportieren, doch zu Hause in der Garage hatte er ein prächtiges Mercedes-Coupé stehen. Er wollte gerade auf die Straße fahren, die aus dem Dorf hinausführte, als eine weibliche Gestalt sie überquerte.

Ruggero war ganz in Gedanken versunken (es war so gut wie nie jemand in diesem öden hügeligen Ort zu sehen, und schon gar nicht um die Mittagszeit), und so bemerkte er die Frau erst, als sie schon am Boden lag, gestreift von der Motorhaube seines Autos. Ruggero erschrak und zog heftig die Handbremse an.

»Verflucht noch mal!«, rief er.

Im Bruchteil einer Sekunde war er bei der Unglücklichen, beugte sich über sie und fragte sie in galantem Ton, ob sie sich wehgetan habe. Dabei war er froh, dass er sich seiner Gewohnheit folgend die Arbeitskleidung ausgezogen hatte. Dann schenkte er der Frau ein gewinnendes Lächeln.

Es war das erste Mal in ihrem Leben, dass Mariolina einem Mann so nahe kam. Einem Mann, der nicht ihr Vater war (an diesen allerdings konnte sie sich so gut wie gar nicht erinnern) und auch keiner jener Ärzte mit dem unangenehmen Mundgeruch, die ihre Mutter behandelt hatten, und noch weniger einer jener langweiligen Angestellten der Gemeinde.

Und außerdem sah dieser Mann gut aus. Endlich!

Lange graumelierte, sorgfältig gestutzte Koteletten betonten die Form seiner Wangenknochen und die kantige Linie seines Kiefers. Die Nase war fein und wohlgeformt, eine leichte Adlernase, die Lippen voll, der Hals kräftig wie bei einem Stier.

Er roch gut nach Tannenduft und sein Hemd zeigte trotz der großen Hitze der ersten Augusttage nicht den scheußlichen Kreis unter den Achseln, den Mariolina bei ihren Kollegen ebenso verabscheute wie den durchdringenden Schweißgeruch.

Weniger als eine Sekunde brauchte sie, um sich ein Bild von ihm zu machen (er war ein Herr, das sah man gleich; er war etwa fünfundvierzig oder sechsundvierzig, das ideale Alter) und zu überlegen, ob es nicht besser wäre, sich verletzt zu haben.

Sie nahm die Hand, die er ihr entgegenstreckte, um ihr beim Aufstehen zu helfen, zog sie aber gleich wieder zurück und rief: »Au, mein Handgelenk!«

»Ich bitte um Verzeihung«, sagte Ruggero. »Ich weiß nicht, wie das passieren konnte. Ich bin wirklich zutiefst beschämt, Signora!«

»Signorina!«, sagte Mariolina.

Ah! Signorina, dachte Ruggero.

Sie war kein junges Mädchen mehr, schätzungsweise um die fünfunddreißig. Aber soweit man sehen konnte, hatte sie sich gut gehalten. Sie hatte eine gute Figur, zierlich, aber dennoch sexy. Brüste wie Champagnerschalen, wohlgeformte Hüften, und nach dem, was sein

Blick hatte erhaschen können, solange sie am Boden lag, waren auch ihre Beine perfekt. Sie war nicht sehr groß, aber er war sowieso der Meinung, dass guter Wein in kleine Fässer gehörte. Und sie schien gebildet und gut erzogen.

Mariolina machte sich wieder zurecht, zog ihr Kleid mit dem Schmetterlingsmuster gerade – es stammte nicht aus dem Kaufhaus, sondern aus einer Boutique, er erkannte die Qualität gleich –, sie glättete den Stoff mit den Händen und presste ihn dabei an den Körper, mehr als notwendig, doch es brachte ihren sehr interessanten birnenförmigen Hintern zur Geltung.

Signorina.

Was bedeutete das? Lebte sie getrennt? Nein. Eine, die sich getrennt hat, ist immer noch Signora.

Also war sie offenbar Single!

Das war gut.

Sie wirkte seriös, aber sie hatte auch etwas Frivoles und Pfeffriges an sich, in genau der richtigen Dosierung, wie es in Kochrezepten immer so schön hieß. Doch Ruggero brauchte keine Waage, wenn es um Frauen ging.

Seine Gedanken kreisten plötzlich um seine alten Eltern. Eine gute Frau für ihn, und eine, die sich auch um sie und ihr Zuhause kümmerte, wünschten sie sich. Oder eine, die beides in sich vereinte.

Mal sehen, was dieses Mal passiert …

Man darf der Vorsehung nie ins Gehege kommen, dachte er.

»Das Handgelenk. Es muss unbedingt untersucht werden«, sagte er dann mit männlicher Entschlossenheit. »Fahren wir ins nächste Krankenhaus. Und sagen Sie nicht nein!«

»Aber, das ist doch nicht …«

»Nein?!«

Warum eigentlich nicht, dachte Mariolina. Vielleicht war der Moment endlich gekommen. Auch wenn die Mutter immer gesagt hatte … Ja, bestimmt, Gott sei ihrer Seele gnädig … die Mutter sagte immer … aber sie hatte ja auch schlechte Erfahrungen gemacht … Und sie selbst? Sie hatte sich schon viel zu lange für diesen Augenblick aufgespart. Und wozu? Um alles für die Würmer übrig zu lassen? Besser, die Gelegenheit zu nutzen, solange sie sich bot. Denn bald würde es damit vorbei sein.

»Nein, ich wollte gar nicht nein sagen, ich wollte Ihnen nur keine Unannehmlichkeiten bereiten.«

Ruggero öffnete die rechte Wagentür, eine Geste, die Mariolina sehr zu schätzen wusste. Mit einem Mal wurde ihr bewusst, wie farblos und öde ihr Leben bisher gewesen war. Nie der Vorsehung ins Handwerk pfuschen, dachte sie.

»Bitte, Signorina …?«

»Mariolina«, antwortete sie mit einem keineswegs schamhaften Lächeln.

Dann sprang sie ins Auto und sah Ruggero mit ihren lebhaften grauen Augen unter den dichten Wimpern an. Als er später daran dachte (und an alles andere), konnte er die ganze Nacht nicht schlafen und wälzte sich im Bett hin und her wie ein Kotelett, das in der Pfanne gebraten wird. Doch er war euphorisch wie lange nicht mehr, nicht mal nach der Begegnung mit einem leichten Mädchen hatte er sich so gut gefühlt und schon gar nicht bei der Selbstbefriedigung in ein Handtuch (Letzteres immer häufiger als Ersteres).

Er war so euphorisch, dass er sich nicht mal ärgerte, als seine Mutter zum dritten Mal energisch die Glocke betätigte, die im Zimmer ihres Sohnes läutete, als sei sie in Lebensgefahr. Und nachdem er zu ihr gestürzt war (man musste bei Eltern über achtzig immer mit dem Schlimmsten rechnen), lag sie friedlich da und schnarchte laut.

Neben ihr lag der Vater und schnarchte möglicherweise noch lauter.

Ron-ron, was für eine schöne Musik.

3

Von nichts anderem ist die Rede

»… also, die andere Schwiegermutter, die Mutter des Mannes meiner zweiten Tochter, erinnerst du dich? Der Mann, der … er ist im Vorstand von … wie heißt das noch? Irgend so ein ausländischer Name.«

Am Telefon legte Signora Elvira los wie eine Posaune.

»Die Blonde? Sie arbeitet doch bei …«, mutmaßte Marietta.

»Nein, da verwechselst du etwas. Die Blonde ist Ornella, die Ältere, aber die hat jetzt Strähnchen. Nein, sie arbeitet nicht, sie hat einen Chirurgen geheiratet! Ich spreche von der Jüngeren, der dunkelhaarigen. Die, die vier Sprachen studiert und ihren Abschluss gemacht hat … Wenn du wüsstest, was für ein Opfer es war, sie studieren zu lassen … aber es hat sich gelohnt! Sie haben alle Examen bestanden, sie und ihr Mann, und jetzt arbeiten sie im Ausland, sie haben ein gutes Auskommen, und auch meine Mitschwiegermutter ist zufrieden. Mit einem Examen ist alles ganz anders, glaub mir! Sie kennen lauter angesehene Leute, das sind alles Direktoren, und sie haben interessante Berufe. Sie gehen auch ins Theater, auf Einladungen, zum Essen mit anderen Frauen, die auch alle studiert haben. Und sie kennen sogar den Konsul und die Konsulin. Auch die andere natürlich, ich habe meine Mädchen wirklich bestens untergebracht. Ornella hat mir gesagt, wenn ihr Mann Chefarzt wird, kauft er eine große Villa mit Schwimmbad auf Sardinien. Er guckt sich schon Prospekte an …«

Am liebsten hätte Marietta gefragt, warum sie und ihre Mitschwiegermutter angesichts so erfolgreicher Schwiegersöhne mit dem Bus bis zum Bahnhof gefahren waren, anstatt in einer Limousine mit Chauffeur in Livree.

»Also, wie ich schon sagte … meine Mitschwiegermutter meinte, sie hätte sie in einem Auto gesehen, einer Art Lieferwagen … meine Mitschwiegermutter versteht gar nichts von Autos. Jedenfalls saß deine Schwester wohl vorne, und sie waren allein. Der Fahrer war ein graumelierter Mann, Ende vierzig. Wir haben ihn vorher hier nie gesehen.« Sie kicherte. »Also, es war auf keinen Fall das Burggespenst. Das muss ein kräftig gebauter Typ gewesen sein, alle Achtung. Wenn du wüsstest, wie ich mich für deine Schwester freue! Na, wurde ja auch mal langsam Zeit, dass das Glück ihr hold ist. Bald bist auch du an der Reihe, du brauchst nicht zu verzweifeln. Ihr seid beide nicht hässlich! Und eure Mutter segnet euch vom Himmel herab. Die arme Frau, sie hat wirklich gelitten im Leben. Ich habe schon oft zu meiner Mitschwiegermutter gesagt, wäre ich an der Stelle deiner Mutter gewesen, dann hätte ich …«

»Danke für den Anruf, aber jetzt muss ich leider auflegen, weil es an der Tür klingelt«, sagte Marietta und gab sich Mühe, Signora Elvira nicht zum Teufel zu schicken.

»Vielleicht kommt Mariolina gerade nach Hause. Grüß sie herzlich von mir und wünsch ihr Glück, auch von meiner Mitschwieger…«

Marietta war irritiert, zutiefst irritiert, als sie den Hörer auflegte.

Das hasste sie an dem Dorf. Seit dem Tod der Mutter mussten sie alles tun, um den Dorfklatsch von ihrem Haus fernzuhalten.

Es war besser, sie blieben unter sich, Mariolina mit ihrer Arbeit bei der Gemeinde und sie mit ihrer Häkelei. Von klein auf waren sie einander immer ganz nah gewesen.

Nie hatte es zwischen ihnen eine Missstimmung gegeben, na ja, manchmal vielleicht, aber dann nur wegen Kleinigkeiten. Marietta sah ein, dass sie manchmal übertrieb, aber sie war nun mal so, und zum Glück wurde Mariolina niemals wütend.

Es gab auch keine Geheimnisse zwischen den Schwestern, es war, als wären sie mit einer Seele in zwei Körpern aufgewachsen. Und so war es bis heute geblieben.

Zum Teufel mit dieser geschwätzigen Angeberin und ihrer ehrwürdigen Mitschwiegermutter!

Wenn Mariolina ihr noch nichts gesagt hatte, dann musste es einen wichtigen Grund dafür geben. Sie brauchte nur zu warten, bis sie nach Hause kam, und musste nicht gleich in Panik geraten.

Die Frau des Zeitungshändlers habe sich nur deshalb erlaubt, sie zu stören, sagte sie immer wieder, weil eine neue Zeitschrift mit Stickmustern herausgekommen war, die sie vielleicht interessierte, und deshalb hätte sie sie ihr vorbeigebracht.

Als kleine Aufmerksamkeit, sie brauche sie nicht zu bezahlen. Schon ein paar Tage habe sie das Blatt für sie zurückgelegt, um es ihr, wenn sie in der Nähe war, zu geben. Oder sie hätte es Mariolina mitgegeben.

»Ist deine Schwester eigentlich zu Hause?«

Nein, Mariolina sei noch im Büro.

»Im Büro? Aber am Donnerstag arbeiten sie doch immer nur bis halb zwei.«

»Dann hatte sie bestimmt noch etwas zu erledigen.«

»Gibt sie dir denn nicht Bescheid, wenn sie nicht nach Hause kommt?«

Ihre Dreistigkeit kannte wirklich keine Grenzen.

»Wenn sie es kann«, antwortete Marietta schrill.

»Ach so. Dann konnte sie es wohl nicht. Na ja, vielleicht weißt du es ja noch nicht, aber … Was sie macht, ist ja gar nichts Ungewöhnliches, Arturo …«

Arturo war der Mann, der das Glück hatte, mit dieser Frau verheiratet zu sein.

»Ich selbst habe es nicht gesehen«, fuhr sie fort. »ich war schon zum Kochen nach Hause gegangen wie jeden Tag. Nur Schnitzel, ganz schnell. Im Handumdrehen sind sie fertig. Ich bin schließlich keine Küchenmagd. Aber Arturo schloss gerade den Kiosk ab, und als er den letzten Rollladen herunterließ, den auf der Seite, wo der Brunnen steht, du weißt, was ich meine, oder?, da sah er einen Kerl, der ihr die Wagentür zum Einsteigen öffnete.

Er hatte ein dunkelgrünes Auto, hinten ein bisschen höher, so ähnlich wie ein Militärwagen, kannst du dir das vorstellen? Ich habe es ja nicht gesehen und kann es dir leider nicht besser beschreiben. Das Auto stand ein paar Meter vom Rathaus entfernt und mein Mann hat ihn so deutlich gesehen, dass er ihn dir haargenau beschreiben könnte. Da hab ich zu Arturo gesagt: Du kannst noch was lernen. Wann hast du mir je die Wagentür offen gehalten?! Und da sagte dieser Mistkerl: Wann hörst du endlich mit diesen Lappalien auf? Und ich: Das sind keine Lappalien, das sind wichtige Dinge, die einer Frau das Gefühl geben, etwas wert zu sein. Höflichkeit zahlt sich immer aus. Bist du nicht auch meiner Meinung, Marietta?«

Marietta nickte brav. Nicht ganz freiwillig, aber das merkte Dora nicht, und wenn doch, ließ sie es sich nicht anmerken.

»Wirklich galant, der Verlobte deiner Schwester, das ist er doch, nehme ich an. Wer ist denn der Mann?«

»Das muss ein Kollege sein«, entgegnete Marietta knapp.

»Ein Kollege? Nein, bestimmt nicht. Arturo sagt, wir haben ihn noch nie gesehen. Er arbeitet nicht auf dem Amt.«

»Dann war es wohl nicht Mariolina.«

»Doch, doch, sie war es. Mein Mann sagt, dass …«

»Dein Mann muss sich geirrt haben.«

Mariettas harter und unnachgiebiger Ton ließ keinen Widerspruch zu, und deshalb sagte Dorothea, bemüht, der Situation durch Ironie die Dramatik zu nehmen: »Vielleicht hast du ja recht, und Arturo hat nur das Burggespenst gesehen, und es war gar nicht Mariolina.«

»Ganz bestimmt nicht«, gab Marietta zurück und ging ein paar Schritte rückwärts. Dann dankte sie Dora für den Besuch, drückte ihr etwas Kleingeld in die Hand – sie wollte die Zeitung auf keinen Fall umsonst annehmen – und schob die Kioskbesitzerin zur Haustür.

Den Rest? Den würde sie bei der nächsten Gelegenheit abholen. Ja, sie käme zum Kiosk. Und um das gleich zu klären: Sie mache keine Stickerei, sondern Häkelarbeiten. Unikate, selbstgemacht. Das sei was völlig anderes, aber trotzdem vielen Dank. Auf Wiedersehen, Dorothea.

Das war Nummer zwei.

Als Nächste war Gemma dran, die Kollegin aus der Gemeindeverwaltung, die aus dem Einwohnermeldeamt. Die mit dem Silberblick (wie sie selbst sagte), und sie rief an, um zu erfahren, ob Mariolina das Schlüsselchen von der Kaffeemaschine wiedergefunden habe. Schon vor zwei Tagen habe sie versprochen, es zurückzugeben. Nein, sie wolle sich nicht beschweren, sondern nur fragen, ob sie ihr helfen könne, so was könne jedem passieren. Aber beim Herausgehen seien sie sich nicht begegnet … und dann hätte sie sie, merkwürdigerweise, einsteigen sehen … also nein, sie meinte eigentlich hochsteigen… wohin? … Die Treppe natürlich. Welche

Treppe? … Die kleinen Stufen, die vier, die aus dem Rathaus führen. Ja, nach unten sei sie gegangen, nicht nach oben. Genau, beim Reingehen ginge man hoch, beim Rausgehen runter. Ja, aus dem Rathaus. Sie habe sich vertan. Bei dieser Hitze käme man ja auch ganz durcheinander. Ja, und sie möge bitte entschuldigen und Mariolina lieber nichts sagen. Das wäre bestimmt besser. Vielleicht wolle sie ja gar nicht, dass die Schwester es erfährt … Was sollte die Schwester nicht wissen? … Dass sie Kaffee trank.

Was auch immer Mariolina gemacht hatte, seitdem war nicht mal eine Stunde vergangen, und doch war von nichts anderem die Rede.

»Es wird über nichts anderes mehr gesprochen!«, rief Marietta, als sie endlich ihre Schwester ins Haus kommen sah. Mit zerzaustem Haar, verbundenem Handgelenk, einem fehlenden Knopf an der Bluse und einem Gesichtsausdruck, den sie an ihr vorher nie gesehen hatte, irgendwas zwischen glückselig und schwachsinnig.

Es war viertel nach neun, anders ausgedrückt einundzwanzig Uhr fünfzehn. Es waren also gut acht Stunden vergangen, seit Mariolina das Rathaus verlassen hatte. Ohne Bescheid zu sagen. Das war das erste Mal, so etwas war bisher nie vorgekommen. Dafür musste es einen ernsten Grund geben.

Zum Glück schien es Mariolina, von ihrem Handgelenk mal abgesehen, gut zu gehen.

Sogar sehr gut.

4

Bambolina

Mariolina warf ihre Sandalen in die Luft und streckte sich auf dem abgewetzten Sofa aus. Marietta stützte sich auf eine der Lehnen, nah bei den Füßen der Schwester, und streichelte diese. Sie waren klein und gepflegt, mit samtiger Haut an den Fersen, auf den Nägeln beigefarbener Lack, und sie sahen aus wie die Füßchen von Aschenputtel.

Marietta hatte ihre Schwester immer beschützt, obwohl sie selbst die Jüngere war, und auch nur, wenn es wirklich notwendig war.

»Hast du mittags was gegessen?«, fragte sie.

»So gut und so viel, dass ich jetzt gar keinen Hunger habe.«

Auch Marietta hatte keinen Hunger, dabei hatte sie den ganzen Tag nichts zu sich genommen. Die Anspannung hatte ihr den Magen zugeschnürt.

»Telefonanrufe? Und von wem? Was interessieren die sich für mich?«

Als Mariolina von dem Geschwätz der Leute hörte, geriet sie in Zorn. Doch sie besann sich eines Besseren und unterbrach ihre Schwester.

»Haben die denn gar nichts anderes zu tun, als mich auszuspionieren? Das ist mir vollkommen egal, ich will nicht mal wissen, wer es war. Das geht nur mich etwas an. Das Leben gibt mir eine Chance, und die ergreife ich beim Schopf. Und ob ich das tun werde. Ich bin der Liebe begegnet, plötzlich wie durch eine Windböe. Und die Leute mit ihrem neidischen Geschwätz sind mir vollkommen egal«, sagte Mariolina, bevor sie begeistert zu erzählen begann.

Ruggero, das Bild von einem Mann, einfach großartig, das sehe man gleich an seiner Art zu gehen, zu sprechen, an seinen Gesten. Er habe eine tiefe Stimme, und ihr sei gleich ein Schauer über den Rücken gelaufen, als sie sie gehört habe. Aber innen drin, da sei das Blut in den Adern heiß geworden, heißer als Lava. Ihr Handgelenk sei weder verrenkt noch gebrochen, aber in der Notaufnahme hätten sie es auf sein Drängen hin vorsichtshalber verbunden. Er hatte darauf bestanden, dass sie alles taten, damit es schnell wieder in Ordnung käme. So sehr, dass der Doktor ihm schon gesagt hatte, er solle sich um seinen eigenen Beruf kümmern und hier nicht den Arzt spielen. Wie ungezogen von ihm! Aber sie habe sich ganz wichtig gefühlt, so als sei er ihr Mann und kümmere sich um sie wie um seine Frau.

Ja, seine Frau. Ach, Ruggero! Dann habe er sie in ein ganz wunderbares kleines Restaurant am Strand eingeladen. Neunzig Kilometer seien sie gefahren, im Handumdrehen, in seinem Sportwagen mit offenem Dach, es wäre eher wie im Raumschiff als in einem Auto gewesen. So eines habe sie noch nie gesehen. Und Marietta natürlich auch nicht.

Der grüne Wagen? Den benutze er nur für die Arbeit, eine Art Lieferwagen, diese dummen Leute! Er sei Bauunternehmer und habe Angestellte. Ein Mann mit Vermögen. Er habe extra seinen feinen Wagen aus der Garage geholt und gesagt, der passe besser zu einer Frau wie ihr.

Er wohne unweit vom Krankenhaus, in einer tollen Villa! Das sei vielleicht ein Anblick, so eine schöne Anlage. Sogar eine Gartenlaube! Sie seien nicht reingegangen, um keine Zeit zu verlieren, wenn es aber innen genauso fein sei wie außen … es sei eine wirklich feine Familie. Verheiratet? Nein, so etwas Furchtbares dürfe Marietta nicht mal aus Spaß sagen! Er lebe bei seinen alten Eltern, die seien eine wahre Last für ihn. Mariolina hoffte, sie bald kennenzulernen und die Villa von innen zu sehen, das Haus ihres …

»… meines Verlobten«, sagte sie mit fester Stimme. »Nennen wir ihn unter uns erst mal so.«

Ja, es sei eine ganz sichere Sache, aber es sei besser, behutsam vorzugehen, bevor man es ankündigte. Allein, um zu vermeiden, dass sich die Ratschweiber die Mäuler zerrissen.

Neunzig Kilometer in einem Augenblick, Wind in den Haaren. Sie hätte getan, als habe sie Angst, und ihn fest am Arm gepackt (und als sie seinen Bizeps gefühlt habe, da habe sie einen wohligen Schauer verspürt).

»Mit mir brauchst du dir nie Sorgen zu machen!«, hatte Ruggero gesagt, mit einer Stimme, bei der sie im Bauchraum ein ganz seltsames Gefühl gehabt habe.

Risotto alla pescatore habe sie gegessen, dazu einen leichten Weißwein, spritzig und eiskalt, nur zu Anfang. An das Weitere erinnere sie sich nicht mehr, sie sei schon nach dem ersten Glas beschwipst gewesen, danach hätte sie noch mehr getrunken, und zum Nachtisch noch einen Limoncello.

Ruggero sei jemand, der die Dinge des Lebens genießen könne.

Er sei ein Mann mit Humor, er habe sie gut unterhalten, sehr angenehm. Er habe ihr auch etwas anvertraut, dass … es sei wirklich wie im Abenteuerroman!

Manchmal sei die Wahrheit eben ganz unglaublich! Nur weil er einmal kräftiger mit der Hacke zugeschlagen habe als vorher, hatte er einen alten Schuh mit doppelter Sohle gefunden. Eingemauert, Marietta, stell dir das mal vor! Eingemauert, heiliger Himmel! Kannst du das begreifen?

Nein, Marietta begriff es nicht. Was war da auch zu begreifen?

Aber und wie! Eine doppelte Sohle, ein alter Schuh! Kam ihr das normal vor? Jedenfalls hatte er den Schuh geöffnet und drinnen eine Schatzkarte gefunden. Die Karte zu einem Schatz, wie sie einer sei.

Mariolina war völlig beschwipst und hatte vorgeschlagen, am Strand spazieren zu gehen. Sie hatten gelacht (auch er vertrug nicht sehr viel Alkohol) und sich die Schuhe ausgezogen, er auch die Socken (wo hatte er sie hingetan? In die Schuhe? In die Tasche? Aber das konnte Marietta doch egal sein). Dann waren sie wie zwei Jugendliche Hand in Hand gegangen, frei und sorglos. Irgendwann hatte er sie geküsst, endlich, gierig wie ein Tintenfisch (als Hauptgericht hatten sie Tintenfisch in Tomatensauce mit Erbsen und neuen Kartoffeln gegessen), er hielt sie fest im Arm und murmelte ihr ins Ohr, sie sei wunderbar, sie käme ihm vor wie eine Puppe, eine Bambolina, die ihm die Sinne raube.

Danach waren sie in einer Badekabine gelandet und hatten sich nicht ohne Mühe ausgezogen (deshalb hatte sie den Knopf verloren), und alles war sehr schnell gegangen. Mariolina habe sich trotz des engen Raums als eine kühne und sinnliche Stute erwiesen. Und wenn das ein Mann wie Ruggero sagte …

Ach, Ruggero!

Der Abend war erfüllt vom Zirpen der Grillen, die Zweige der Bäume wehten in einer kühlen Brise und brachten Erfrischung nach dem langen schwülen Tag. Doch Marietta war gleich nach den ersten Sätzen ans Fenster der Wohnstube gestürzt und hatte es geschlossen. So wurde der süße Geruch der Linden ausgesperrt, aus Angst, dass die Worte der Schwester – die offenbar noch unter der Einwirkung des Alkohols, des Sex und Gott weiß was sonst noch stand – in alle Häuser der Umgebung drangen.

Vielleicht hatte Mariolina auch nur einen Sonnenstich und einfach den Verstand verloren. Dieser Sommer war furchtbar heiß, die Leute waren völlig erschöpft. Die Situation war vor allem für alte Menschen und Kinder kritisch, und das Fernsehen riet dazu, nur an den kühlen Stunden des Tages hinauszugehen, aber die Sonneneinstrahlung konnte auch für alle anderen gefährlich werden. Deshalb glaubte sie kein Wort von dem, was Mariolina ihr erzählt hatte. Sowieso klang es wie ein Kapitel aus einem Roman von Erica Jong. Marietta hatte ihre Bücher mehrfach gelesen, manchmal gierig verschlungen. Doch so sehr sie sich darauf einließ, sie kamen ihr doch zu übertrieben vor. Geschichten aus Büchern, die überzogen und eigentlich auch vulgär waren.

Es war unmöglich, dass Mariolina, die so anständig war (die nie unanständige Wörter benutzte), so empfindlich (wenn Tomaten nicht richtig püriert waren, bekam sie einen Brechreiz), so zimperlich (als sie einmal aus Versehen ihre Zahnbürste benutzt hatte, hatte sie sich nicht die Zähne geputzt und sofort eine neue gekauft), so gesittet (sie ging nie abends aus, nur vor Weihnachten mit ihren Kollegen), mit einem Unbekannten unterwegs gewesen war und so schamlose Dinge getan hatte wie eine Schlampe.

Das war wirklich schlimm und konnte einfach nicht wahr sein.

Oder vielleicht war sie verrückt geworden, oder man hatte ihr Drogen verabreicht, oder … oder, ja genau, das musste passiert sein. Sie war hypnotisiert worden! So einfach war das.

In den Fernsehnachrichten war oft die Rede von Betrügern, die alte Leute hypnotisierten, sich von ihnen zu ihrer Bank führen ließen und sie aufforderten, Geld abzuheben – die Ersparnisse eines langen arbeitsreichen Lebens, diese Unglücklichen –, und dann nahmen sie es ihnen weg. Danach ließen sie ihre Opfer völlig benommen auf der Straße stehen. Und diese armen Leute wussten in ihrem Zustand nicht mal mehr, wer sie waren. Manchmal gelang es einem aufmerksamen Kassierer, die Verbrecher aufzuhalten, aber die meisten entkamen.

Und jetzt war auch Mariolina ein Opfer dieser Bösewichte geworden, die erst die alten Leute erledigt hatten und sich nun über die Jüngeren hermachten. Ja, so war es sicher gewesen. Gleich um halb neun würde sie auf die Bank gehen und den Kontoauszug überprüfen. Arme Mariolina! Der Räuber hatte sich ihr unter einem Vorwand genähert, wahrscheinlich um eine Auskunft gebeten, und sie dann hypnotisiert, sie gezwungen, in sein Auto zu steigen, und als sie versucht hatte, sich zu befreien, weil diese Hypnotisierung oder Hypnotisation, oder wie sich diese verfluchte Sache nannte, noch keine Wirkung zeigte, da hatte er sie am Handgelenk gepackt und ihr mit dem Tod gedroht. Aber die Kamera in der Bank hatte ihn bestimmt aufgenommen, und es war nur eine Frage von Stunden, bis die Polizei ihn ergreifen würde, zwanzig Jahre Haft, die ihm keiner erlassen würde. Zusammen würden sie als Nebenkläger vor Gericht ziehen (sie wusste nicht genau, was dies bedeutete, aber es schien ihr genau das richtige Wort) und würden ihr

Geld zurückbekommen, und dazu die Zinsen und eine Entschädigung. Das geschah der Bank nur recht, bei allen Provisionen, die sie kassierte!

»Wir haben es in allen Stellungen probiert. Es war ein wahres Fest der Sinne!«, rief die Bambolina, die zunehmend ihre moralischen Prinzipien und ihre schamvolle Zurückhaltung verlor, während sie sich die Kraft ihres Stiers in Erinnerung rief: »Ach, Ruggero!«

»Aber, Mariolina, du bist doch noch Jungfrau!«, stammelte Marietta bestürzt.

Jungfrau?, dachte Mariolina erschrocken. Staubflocken, Spinnweben, Erde? Vade retro!

»Nein!«, sagte sie mit heiserer Stimme und schwor sich feierlich, dass sich an ihren intimen Stellen niemals Staub, Spinnweben oder Erde ansammeln dürften. »Das war ich mal.«

Gleich darauf ertönte ein dumpfer Schlag: Marietta war zu Boden gefallen.

Oder besser gesagt, auf dem Boden zusammengesackt.

Ohnmächtig.

Bewusstlos, vielleicht sogar tot.

5

Listen

Noch ganz betäubt, weil er nur wenige Stunden geschlafen hatte, wachte Ruggero mit dem Gedanken auf, dass die Kacheln mit den Sonnen-Kühen fehlten. Wie gewöhnlich machte er einen Plan, was an diesem Tag alles zu tun sei.

Erstens: Sich einen guten Kaffee kochen.

Zweitens: Candela bezahlen.

Drittens: Nachsehen, wie es den Eltern ging.

Viertens: Die Kacheln suchen

Fünftens: Mit dem Anwalt sprechen

Sechstens: Mariolina anrufen.

Siebtens …

Er sah die Eltern im Wohnzimmer auf ihren Sesseln sitzen und gab jedem einen Kuss auf die Stirn. Sie dösten vor sich hin und schnarchten leise. Alles im grünen Bereich.

Seit Jahren behandelte er sie schon wie kleine Kinder. Sie waren zart, rührend, wehrlos, launisch, jammerten, waren unerträglich, echte Plagegeister. Genau wie die Kinder seiner Cousins, die er hasste wie alle kleinen Kinder auf der Welt, die er verabscheute. Was für ein

Glück, dass er nicht selbst welche hatte. Er hätte es nicht geschafft, mit allem fertig zu werden. Vielleicht hatte das Schicksal, das seinen Eltern ein so langes Leben beschert hatte, dafür gesorgt, dass ihm allzu viel Mühe erspart blieb. Das Schicksal. Ja, Ruggero glaubte daran. Auch an das der Toten, die ermordet worden waren.

Aber jetzt war wirklich nicht der Moment, an so etwas zu denken.

In der Küche stand Candela, die Haushaltshilfe aus Peru, und putzte das Gemüse für den Brei. Der war ziemlich flüssig, weil er einfacher zu verdauen war, und fade im Geschmack als Vorbeugung gegen zu hohen Blutdruck. So hatte der Arzt es geraten.

Ein Breigemisch, über das man sich maßlos hätte aufregen können, wenn man bedachte, was für Feinschmecker die beiden Empfänger dieser gesunden, grünlichen, nach nichts schmeckenden Speise früher einmal gewesen waren.

Candela grüßte ihn verdrossen mit einem trockenen *»Buenos dias.«*

Sie war die dritte Haushälterin in wenigen Monaten, von denen der letzten Jahre ganz zu schweigen. Grund für den ständigen Wechsel war außer dem unmöglichen Charakter der beiden Alten ihre zermürbende Herumkommandiererei. Sie gönnten den Haushaltshilfen, die sie als ihre Sklavin ansahen, keinen Moment Ruhe.

Leider musste Ruggero an den Tagen, wenn die eine gegangen war und er auf die Nächste wartete, sich rund um die Uhr um seine Eltern kümmern, Wechseln der Windeln inklusive.

Er war Einzelkind und hatte deshalb seit jeher ihr exzessives autoritäres Gehabe allein ertragen müssen. Sie hatten ihn so gedrillt und fertiggemacht, dass er mit fünfunddreißig noch immer keine Frau gefunden hatte.

Damit Candela nicht im Schlaf gestört wurde und so gut wie möglich die tägliche Last bewältigen konnte, hatte er bei seinem Bett eine Glocke angebracht, mit der seine Mutter ihn nachts rief, meistens dann, wenn er im Tiefschlaf lag oder gerade in einem erotischen Traum den Höhepunkt erlebte, und dazu noch ohne jeden Grund.

Während die Peruanerin dabei war, die Kartoffeln, Zucchini und Möhren in Würfelchen zu schneiden, warf sie ihm von der Seite einen schrägen Blick zu, als er sich jetzt den Kaffee machte. Ruggero wusste, was dieser vorwurfsvolle Blick bedeutete. Er war mit Bezahlen im Rückstand. Aber er hatte kein Bargeld im Haus und bei dem, was im Milchladen vorgefallen war, hatte er keine Zeit gehabt, auf die Bank zu gehen, bis … gestern.

Mmh! Gestern.

Der köstliche Duft des Espresso drang ihm in Nase und Lunge.

Mmh, wie war das schön, das Leben einzuatmen!

Als sie gesehen hatte, dass er zu seiner Brieftasche griff, machte sich Candela die Mühe (sie hatte ja nicht mehr zu tun, als sich um die beiden Alten zu kümmern und ein bisschen Gemüse zu putzen), den Kaffee in eine kleine Tasse zu gießen und einen Löffel Zucker hineinzugeben.

»Ist es so gut?«, fragte sie auf Spanisch.

»Nein, bitte zwei Löffel«, antwortete er.

Allmählich fing er an, ein paar Brocken Spanisch zu sprechen. Warum nicht? Das machte aus ihm einen Mann von Welt.

Eigentlich sprach Ruggero nur Italienisch, nur dass er etwas lispelte, aber Candelas gelegentliche Korrekturen ärgerten ihn.

Wegen der Verspätung hatte er zwei Zehn-Euro-Scheine dazugetan. Rasch ließ die Haushaltshilfe das Geld in ihrer Tasche verschwinden.

»Muy bien«, antwortete sie, nun etwas freundlicher.

Candela tat ihm ein wenig leid. Sie war nicht mehr jung und schon über vierzig gewesen, als sie vor ein paar Jahren nach Italien kam, damit ihre Kinder ihr Studium beenden konnten. Sie schickte ihr Geld nach Peru für ihren Unterhalt und den ihres Mannes. Ruggero konnte nicht verstehen, warum in manchen Ländern die Männer mit der Ausrede, es gäbe keine Arbeit, keinen Finger rührten und ihre Frauen zum Arbeiten ins Ausland schickten. Männer? Nein, das waren sie nicht, sie waren der Abschaum der menschlichen Spezies wahrer Männer, die sich den ganzen Tag plagten, um ihr Brot zu verdienen. Das war was anderes, als auf arbeitslos zu machen und die Frauen auszubeuten. Er würde diese Faulpelze zur Zwangsarbeit schicken, wenn es nach ihm ginge. In manchen Dingen war er furchtbar streng, ein echter Mann eben. Jedenfalls fühlte er sich so, vor allem nach dem Tag, den er mit Mariolina verbracht hatte.

Nachdem er seine Kaffee getrunken hatte, setzte sich Ruggero auf das Sofa im Wohnzimmer und nahm in aller Ruhe eine Zigarre aus der Holzkiste, die auf dem Holztischchen stand, und ließ sich Zeit, sie in Ruhe anzuzünden, bevor er zu sprechen begann.

Er hatte es noch nie geschafft, Neuigkeiten zu verschweigen, und teilte sie immer sofort mit. Vor Jahren hatte ihm eine, mit der er zusammen war, gesagt, seine Eltern hätten ihn abhängig gemacht, er sei unreif und unsicher. Aber das war eine dumme Gans gewesen, die nur hinter seinem Geld und seinem Haus her gewesen war. Da hatten seine Alten schon ganz recht gehabt. Er hingegen, so meinten sie, sei ein Prachtsohn.

Ja, ganz genau, der Inbegriff eines Sohnes.

»Ich habe eine Frau kennengelernt«, sagte er jetzt zu den beiden Alten, die gerade dabei waren, sich um die Fernbedienung des Fernsehers zu streiten, das Zepter ihrer Macht. »Diesmal wird sie euch gefallen.«

»Nein, mir gefällt sie sicher nicht«, sagte der Vater.

»Mir auch nicht«, sagte die Mutter.

»Die hier ist anders, sie gefällt euch bestimmt.«

»Sie will ja nur das Geld und das Haus«, meinte die Mutter.

»Sie will nur hier wohnen, sich schwängern lassen und dann uns und dich Trottel hinauswerfen«, legte der Vater nach.

»Nein, da täuscht ihr euch! Sie arbeitet, sie ist Staatsbeamtin. Und wohlerzogen und gebildet. Sie wird euch gefallen.«

Ihr Leben lang hatten die beiden sich gestritten, wegen lächerlicher und ernster Sachen. Seit er auf der Welt war, konnte sich Ruggero an keinen Tag erinnern, an dem es zwischen ihnen friedlich zugegangen wäre. Aber immer wenn es um eine Frau ging, hielten sie zusammen, um ihm Knüppel zwischen die Beine zu werfen.

»Sie sind alle Huren«, behauptete die Mutter und begleitete die Aussage mit einem mächtigen Furz.

»Sie sind alle Huren«, wiederholte der Vater.

»Oder verrückt«, legte die Mutter nach.

Ruggero tat plötzlich der Kopf weh.

»Ich bin sicher, dass euch diese gefällt. Sie hat keine Eltern mehr und wünscht sich eine Familie«, entgegnete er mit fester Stimme, doch seine Sicherheit geriet schon ins Wanken.

In der Absicht, dem jungen *Señor* zu Hilfe zu kommen, näherte sich Candela mit zwei Granitas.

Doch der Vater würdigte das Tablett keines Blicks, die Mutter nahm eine und während ein stinkender, lauter Furz ins Zimmer drang, kippte sie das Getränk auf die arme Haushälterin und sagte ihr, sie solle endlich abhauen.

»Ach, gehen Sie doch zum Teufel«, schrie Candela zurück und säuberte sich, so gut es ging. »Wenn das so weitergeht, dann bin ich auch weg«, sagte sie gleich darauf und unterstrich die Worte mit einer deutlichen Geste.

Nachdem Ruggero der Peruanerin zu verstehen gegeben hatte, dass er dieses Verhalten missbilligte, und ihr weitere hundert Euro zugesteckt hatte, verließ er das Wohnzimmer und sagte den Eltern, in den nächsten Tagen werde er ihnen seine Freundin vorstellen und sie würden sich bestimmt sehr freuen.

Er brauchte eine Frau, um Ordnung in dieses Haus zu bringen. Davon war er überzeugt, auch wenn er das nicht deutlich sagen konnte.

Dann rief er den Fliesenhändler an, der sich spontan daran erinnerte, ihm den Karton mit den Kühen auf den grünen Lieferwagen geladen zu haben. Er habe sie auch in Rechnung gestellt (und die Zahlung sei bereits eingegangen).

So ein Pech!, dachte Ruggero.

Das fehlte gerade noch! Und jetzt? Statt dem Anwalt zu melden, dass die Arbeit so gut wie fertig sei, musste er ihm von dem Zwischenfall berichten. Die Sache ärgerte ihn sehr. Immer noch fühlte er sich diesem heiligen Mann gegenüber in der Schuld, er war damals unschuldig gewesen, und der Anwalt hatte sich alle Mühe gegeben, um es zu beweisen. Aber bei dieser Sache hier …

War denn dieser Fries aus Kühen wirklich notwendig?, fragte er sich.

Die gleichen Kacheln zu bekommen, würde zwei Monate dauern, den August nicht mitgerechnet, hatte der Chef der Lagerhalle gesagt. Aber nur weil er es sei, sonst dauere es viel länger.

Das Design sei alles andere als gewöhnlich, das wisse er doch wohl noch? Man müsse auch bedenken, dass in der ersten Septemberwoche noch nicht wieder voll gearbeitet würde. Man müsse also bis November warten, allerdings bis zur zweiten Woche, wegen Allerheiligen. Und morgen würden sie übrigens wegen der Ferien schließen.

Wenn es nach Ruggero gegangen wäre, hätte man eine andere Lösung finden können, und der Anwalt, ein pragmatischer Mensch, würde sicher einverstanden sein. Aber wie würde seine Tochter die Sache aufnehmen? Die schien sehr heikel. Sie selbst hatte die Zeichnungen für diese Kacheln angefertigt, weil ihr nichts, was auf dem Markt war, gefallen hatte. Sie musste ein wenig seltsam sein. Wenn er es richtig verstanden hatte, hatte sie einen tollen Job aufgegeben und sich hier in dieses gottverlassene Nest zurückgezogen, dieses winzige Kaff. Und das, um *Milchverkäuferin* zu werden!

Es war wohl besser, persönlich zum Anwalt zu gehen und mit ihm unter vier Augen zu sprechen. Von Mann zu Mann. Auch von dem Schatz. Ja, wenn es einen gab, würde er ihn selbstverständlich teilen. Deshalb musste er die Schatzkarte in seine Mappe tun und sie dem Anwalt zeigen, ihm alles erzählen. Aber wirklich alles.

Nun ja. So gut wie alles.

Nichts über den Ring. Jedenfalls noch nicht. Er schien ihm wertvoll zu sein, den musste er sich erst mal genauer ansehen und ihn schätzen lassen.

Während er so dachte, ließ Ruggero den Motor seines Mercedes an, der so viel besser zu ihm passte. Er wollte heute Werbung für sich machen, und so schaltete er die Klimaanlage auf die höchste Stufe und machte sich auf den Weg bis zur Kanzlei des Anwalts, die zwanzig Kilometer entfernt lag.

Dabei vergaß er Punkt sechs seines Tagesplans.

6

Belinda

Belinda knabberte an einem der beiden Croissants, die sie unten in der Bar geholt hatte. Ihren Kaffee hatte sie schon getrunken, und zwar allein, weil ihr Vater, der Anwalt, noch telefonierte und nicht kam, und sie mochte ihn gerne heiß.

Den Kaffee, wohlgemerkt.

Cesare gefiel ihr so, wie er war.

Sie tauchte ein Stück des süßen Gebäcks in die Milchtasse und fischte es mit dem Kaffeelöffel heraus, bedeckt mit leichtem weißem Schaum. Sie hatte die Maschine, die die Milch in Schaum verwandelte, in die Kanzlei gebracht.

Die weiße Milch, welch ein Genuss!

Vielleicht war Belinda deshalb so wild auf Milch, weil ihre Mutter sie bis zum Alter von zwei Jahren gestillt hatte. Sie trank auch zum Mittag- und Abendessen Milch statt Wasser oder Wein, und wer dies zum ersten Mal sah, war entsetzt. Auch noch beim zweiten und dritten Mal.

»Ruggero wird bald hier sein«, sagte Cesare, nachdem er zu ihr in den Konferenzraum gekommen war, der gerade als Frühstückszimmer diente. Dies geschah, seit sie den Plan mit dem Milchgeschäft gehabt hatte, an jedem Samstagmorgen, weil dort sonst niemand war, und so kam sie zu ihm in seine Kanzlei.

»Wird er uns berichten?«, fragte das Mädchen und wies auf das zweite Croissant und den kalt gewordenen Kaffee.

»Und die Rechnung präsentieren. Er müsste mit der Arbeit fertig sein.«

»Aber du hast ihm nicht gesagt, dass er es umsonst machen soll, weil er uns Dank schuldet?«

»Das hatte er gesagt, aber wenigstens die Unkosten müssen wir ihm erstatten.«

»Aber du hast damals für seine Sache auch nichts genommen. Jedenfalls bin ich schon sehr gespannt, wie alles geworden ist.«

Der Anwalt sah sie ernst an.

»Belinda, bist du dir wirklich sicher?«

»Dass ich gespannt bin?«

Ohne auf den ironischen Ton zu achten, zog Cesare eine Augenbraue hoch und sah seiner Tochter fest in die Augen, diese Augen, die seit jeher so wichtig für ihn gewesen waren, von Anfang an und für immer.

»Über den Schritt, den du gehen willst«, sagte er geduldig. »Dass du hier weggehen willst«, fügte er hinzu, als habe er sich nicht klar ausgedrückt. Traurigkeit machte sich auf seinem Gesicht breit.

»Wir haben doch schon darüber gesprochen. Die Antwort ist ja«, sagte Belinda ruhig und aß weiter ihre in die inzwischen nicht mehr schaumige Milch getauchten Croissantstückchen.

»Und die Geschichte, von der die Leute sich erzählen?«

»Schon wieder? Ich dachte, du hättest mir aus Spaß erzählt, dass es in dem Laden spukt. Sag bloß, du glaubst an Gespenster!«

»Nein, daran glaube ich nicht. Wenn es sie aber vielleicht doch gibt?«

Belinda sah ihn verblüfft an. Der Mann, den sie am besten auf der Welt kannte und über alles schätzte, redete wie ein abergläubischer Dummkopf.

»Vergiss nicht, dass die zwei oder drei Leute, die den Laden vor dir bewirtschaftet haben, schließen mussten.«

»Vielleicht hatten sie keine gute Geschäftsidee.«

»Ich finde es falsch von dir, dich dort niederzulassen. Du solltest noch einmal gründlich darüber nachdenken.«

Belinda ärgerte sich.

»Du findest es also *falsch*? Mach dir um mich mal keine Sorgen. Wer im Glashaus sitzt, sollte nicht mit Steinen werfen, oder? Wenn du über dein Verhalten und darüber nachgedacht hättest, was du falsch gemacht hast, lägen die Dinge jetzt anders. Wir wären noch glücklich, so wie früher«, lautete ihre Retourkutsche.

»Was wirfst du mir vor? Dass ich gearbeitet habe, um meiner Familie einen ordentlichen sozialen Status zu geben? Du hast als Erste davon profitiert, und dies ist ein völlig unbegründeter Vorwurf.«

»Papa«, stieß Belinda hervor, »hör doch auf! Du bist hier nicht vor Gericht, und ja, ich werfe dir vor, dass du Mama hast weggehen lassen, und dieser Vorwurf ist berechtigt, das weißt du genau. Du hättest sie um jeden Preis aufhalten müssen!«

»Sie hatte schon die Koffer gepackt. Was hätte ich denn tun sollen, sie anketten?«

»Ja.«

Der Anwalt wusste, dass es keinen Sinn hatte, zu diskutieren. Sie würde ihre Meinung sowieso nicht ändern. Darin war sie Claudia ähnlich.

Entsprechend dem Motto *Talis mater talis filia*, wie die Mutter so die Tochter, das ihr Vater oft wiederholte, war es für Belinda keine plötzliche und schon gar keine einfache Entscheidung gewesen. Sie war langsam gereift, Tag für Tag, Tropfen um Tropfen (Milchtropfen selbstverständlich), bis ihr klar wurde, dass die Arbeit in einem Unternehmen nicht zu ihr passte.

Es war nichts für sie, mit gezückter Pistole dazustehen, um zu verhindern, dass ihr Projekte und Ideen oder selbst ihre Entwürfe weggenommen wurden. Es lag ihr nicht, ihre eigene Arbeit zu loben und sich anzupreisen, um Prämien zu erhalten und vorwärtszukommen. Und immer weniger ertrug sie, dass ein verführerischer und angeberischer, angeblich in sie verliebter Kollege ihr den Hof machte. Der nichts anderes wollte, als sie ins Bett zu kriegen.

Verführerisch war er, aber wie. Aber völlig verrückt und seit kurzem verheiratet: in aller Stille und während der Ferien.

Leider verheiratet, dachte Belinda.

Leider, nicht ihretwegen, sondern wegen der armen Frau, die sich ohne jede Ahnung an einen treulosen Mann gebunden hatte und jetzt seine Gefangene war. Kaum war die Hochzeit gefeiert, betrog er sie schon mit ihrer Cousine, jedenfalls erzählte man sich das auf dem Flur.

Wie Odysseus sah er nicht besonders gut aus (ihr allerdings gefiel er sehr), aber er konnte gut reden: von der Einsamkeit des Herzens, von der geistigen Flucht ins Spirituelle, dem Käfig des Nichts, den Zwängen des Lebens, der Wahlverwandtschaft und lauter anderem Unsinn.

Er war *facundus,* ein Vielredner, wie es bei Ovid heißt. Aber das hatte Belinda erst hinterher begriffen.

Am Anfang hatte sie ihm geglaubt und sich in diesen Poeten des unruhigen Herzens verliebt, oder besser gesagt in seinen verstörten Geist (eines Mitternachts hatte sie ihn durch die Sprechanlage gehört, betrunken, er hatte ihr Liebesschwüre auf die Magnettafel des Saals geschrieben, in dem sie gerade ein neues Projekt vorstellen wollte, er folgte ihr heimlich nach Hause und klingelte bei ihr mitten in der Nacht).

Dann begriff sie, dass er abgesehen von diesen Störungen ein Feigling war, der sich nicht damit zufriedengab, bis zum Alter von achtunddreißig viele Pferdchen auszuprobieren, sondern, kaum hatte er den Ehering an der Hand, schon wieder das Pferd wechseln wollte.

»Spring doch aus dem Fenster!«, sagte sie ihm eines schönen Tages und traf selbst eine wichtige Entscheidung.

In der Firma war Belinda für das Produkt (natürlich Milch) im Forschungs- und Entwicklungsbereich zuständig und für das Marketing. Im Kerngeschäft arbeiteten sie als Tandem. Die SBU (Strategic business unit), zu der sie gehörte, brachte die gesamte Kiste nach vorn. Kiste nannte der Chef die große Milchverarbeitungsindustrie, die, solange es zu keinem verwerflichen Skandal oder zu einer Pleite kam (»Aber unmöglich ist das nicht«, weissagte er), das Sahnehäubchen der nationalen Agrarproduktindustrie war.

Wegen ihrer Begeisterung für Milch hatte Belinda schon während der Schulzeit jeden Sommer in einem Stall mit vielen Kühen gearbeitet.

Sie half dort einer sympathischen, stämmigen und menschenfreundlichen Frau beim Melken. Diese brachte ihr bei, mit Hilfe ihrer Stimme zu den Kühen eine Beziehung aufzubauen, es sei sehr wichtig, dass sie rede (und nicht etwa muhte, wie die dumme Gans, die vor ihr da gewesen sei). Auf diese Weise würden die Kühe sie erkennen und auf sie hören und sie könne sie beruhigen. So gewann Belinda die Zuneigung von Bianchina, Nerina, Celestina, Carolina und wie sie alle hießen.

»Schöne Kuhaugen auf der Weide«, hieß ein Gedicht, das sie für Nocciolina schrieb, die braunweiß gescheckte Kuh, die sie bei einer Euterentzündung gepflegt hatte. Die Kuh hatte ihr mit dem intensivsten Blick gedankt, den ihr jemals jemand zugeworfen hatte. Die Verse hatte sie auf einen kleinen Zettel geschrieben, und so waren sie verloren gegangen. Danach hatte Belinda sich nie mehr im Dichten versucht.

Die Erfahrung mit den Kühen (der Sohn des Milchbauern sah zwar gut aus, aber das nützte ihr für den beruflichen Werdegang nichts), das Diplom in Milchproduktion und -verarbeitung und die Ausbildung im Forschungslabor an der Uni hatten ihr zu einer guten Stellung mit interessanter Perspektive verholfen.

Aber nur auf dem Papier.

Die Firma war nicht wie das Leben auf dem Land und es gab auch keine Tiere zum Gernhaben, sondern Raubtiere wie im Dschungel – die sie zwei lange und schreckliche Jahre ertrug. Dennoch erledigte Belinda ihre Arbeit mit Leib und Seele.

Die toxische Luft in den Büros, die internen Kämpfe, bei denen man weder unversehrt noch gleichgültig bleiben konnte, das Geschwätz, bei dem sich die Leute die Mäuler über sie zerrissen, machten sie fertig und nahmen ihr mit jedem Tag mehr die Lust an der Arbeit. So war sie ständig auf der Suche nach einer Alternative, aber auf keinen Fall wollte sie einfach in einer anderen Firma anfangen! Und dann fand sie ganz unverhofft die Lösung.

Der Laden lag im Zentrum eines kleinen, ein wenig heruntergekommenen Dorfes. Von der Welt vergessen und auf romantische Weise melancholisch, lag es auf einem der Hügel des Hinterlands. Der Laden war vierzig Quadratmeter groß, vorn war eine riesige Schaufensterscheibe und eine kleinere, fenstergroße, an der Seite.

Der Grundriss war quadratisch und ein wenig verwinkelt und lief an einer Seite spitz zu.

In dem kleinen Hinterhof gab es eine Außentreppe, die zu der darüberliegenden Wohnung führte. Die Wohnung war nicht sehr groß, etwas kleiner als der Laden wegen des Balkons, sie bestand aus einer fast dreieckigen kleinen Küche, einem winzigen Bad, dessen Fenster weit oben lag, und einem Zimmer, das rechteckig und hell war. Das Zimmer, das sie in ihrem Elternhaus hatte, war vielleicht größer als die gesamte Wohnung hier, aber Belinda war sich sicher, dass sie alles sehr hübsch einrichten konnte. Außerdem hatte sie keinen Zweifel daran, dass ein Leben weitab vom Schuss ihr ihre Fröhlichkeit zurückgeben würde. Dann könnte sie wieder gut schlafen und ihre unglückliche Liebe sowie die giftige Atmosphäre in der Firma vergessen.

Auch ihre Mutter hatte das gesagt.

Dass ihr Vater das Haus zufälligerweise gekauft hatte, war für sie ein Wink des Schicksals. Jemand hatte sie erhört und ihr die Lösung geschickt.

Der frühere Besitzer steckte tief in Schulden, und als die Hypothek abgezahlt war, wurde das Haus versteigert. Im Dorf erzählte man sich, dieses Gemäuer bringe Unglück wegen einer alten Legende oder eines Unglücks, das vielleicht tatsächlich einmal dort stattgefunden hatte. Drei Firmen, die hier ihren Sitz gehabt hatten, eine Schreinerei, eine Wäscherei und ein technisches Büro, waren pleite gegangen, und danach waren ein paar seltsame Dinge passiert.

Der Anwalt hatte den Verkaufsvorgang eigentlich für einen Kunden verfolgt, der während der Verhandlungen an einem Herzinfarkt starb. So machte Cesare das Angebot selbst (es hatte schon vorher eine Versteigerung gegeben, zu der aber niemand gekommen war, und so war der Preis erheblich zurückgegangen), und zwar in der Kanzlei wie üblich in einem geschlossenen Umschlag mit einem Scheck für die Kaution. Dieses (einzige) Angebot, das nur etwa ein Fünftel über dem Mindestgebot lag, wurde angenommen.

Der Anwalt hatte vorgehabt, die Immobilie zu veräußern. Aber Belinda hatte sich in das kleine Haus verliebt und wollte es unbedingt haben. Ihr Vater allerdings murrte und sagte, dieses Dorf sei so menschenleer, dass man fast vermuten könnte, seine Bewohner seien durch die von Manzoni beschriebene Pest ausgerottet worden.

»Aber nein, Papa! Ich finde es zauberhaft!«, entgegnete Belinda. Und da Cesare sogar bereit gewesen wäre, sich für seine einzige Tochter die Augen ausstechen zu lassen, gab er nach.

Die Straße nach Borgo Propizio führte um den Hügel herum durch Baumreihen und Weingärten. Im November, als Belinda sie zum ersten Mal gesehen hatte, hatten dort wunderbare warme Herbstfarben geleuchtet. Amarant, das sich in Gelb wandelte, dann wieder in tiefes Braun, tiefrote Pinselstriche, die sich in Grün auflösten, hier hell, dort dunkel. Oben wurde die Straße breiter und führte direkt zum Dorfplatz mit dem Rathaus, der Kirche, dem Brunnen, dem Zeitungskiosk und ein paar kleinen Läden; manche wurden noch betrieben, andere waren für immer geschlossen. Wenn man von dort zum Gipfel des Hügels hinaufsah, erkannte man die kleine Burg, im Mittelalter auf Felsen gebaut und von vier Türmchen gekrönt.

Ein Landadeliger hatte sie einst in weißem Lavastein errichten lassen, der an warmen Sonnentagen, so hieß es in alten Erzählungen, blendend weiß leuchtete.

Wenn man jetzt auf die verlassene Burg schaute, konnte man kaum glauben, dass sie einst eine so glorreiche Vergangenheit erlebt hatte, die irgendwann durch Revolten, Verrat und Nachlässigkeit zu Ende gegangen war.

Zu schade!

Schade war auch, dass die Gemeindeverwaltung ihre Burg vergessen hatte, angefangen bei dem holperigen Zufahrtsweg.

Und schade war auch, fand Belinda, dass die wenigen jungen Leute aus dem Dorf ihre Heimat verließen. Sie selbst würde das Gegenteil tun und nach Borgo Propizio ziehen.

In diesem Moment läutete es an der Tür.

Ruggero war da.

7

Wie geht man mit Frauen um?

Auf die Begrüßung des Anwalts, der ihm die Tür geöffnet hatte, antwortete Ruggero, offensichtlich sehr aufgebracht, man könne wohl kaum von einem guten Tag reden, so wie dieser begonnen habe. Zugleich zückte er sein Mobiltelefon, aus dem unpassenderweise *Jingle Bells* ertönte.

»Die Witwe des Toten!«, antwortete er auf den fragenden Blick des Anwalts. »Sie verfolgt mich. Heute früh stand sie vor meinem Haus und weinte. Sie sagte, sie könne nicht mehr, sie habe Angst um ihren Sohn, der Hausbesitzer habe die Miete erhöht, sie habe kein Geld …«

Aus Mitleid hatte Ruggero ihr alles gegeben, was er in der Brieftasche hatte, achtzig Euro, und zum Dank hatte sie seine Hände genommen, geküsst und mit Tränen benetzt, danach hatte sie sie an ihr Gesicht gehalten und es gestreichelt. Dann klagte sie, sie käme mit dem Leben nicht zurecht, bei ihrer Hochzeit sei sie noch ein kleines Mädchen gewesen, und jetzt wäre sie schon viel zu lange allein und sie hätte gern einen Mann, dem sie einen Teller Spaghetti mit frischen Tomaten servieren könne.

Schließlich gelang es Ruggero, sich von ihren Händen zu befreien, die ihn festhielten wie Zangen. Er sagte, er habe eine Verabredung, doch da schrie sie, er verstehe nicht, wie verzweifelt sie sei und dass sie sich umbringen wolle und dass er das auf dem Gewissen hätte wie schon ihren Mann.

Der Anwalt wusste, dass auf Ruggeros Gewissen nichts lastete und dass er in diese Geschichte durch puren Zufall verwickelt worden war.

Der Mann der Witwe war lediglich ein Bekannter von Ruggero gewesen, einer jener Leute, denen man in der Bar begegnet, mit denen man nach der Arbeit zwei oder drei Worte wechselt, wenn man aus dem einen oder anderen Grund keine Lust hat, nach Hause zu gehen. Man sitzt da und redet über das eine oder andere, meistens über Fußball und Formel eins, spielt Billard oder trinkt zusammen einen, heute gibt der eine einen aus, morgen der andere, und das war's auch schon.

An jenem verfluchten Abend – Ruggero hatte gerade das neue Auto gekauft, einen Geländewagen – lud er den Kerl zu einer Rundfahrt ein, nur um ein bisschen anzugeben. Er hätte sich sicher gehütet, wenn er geahnt hätte, dass der ein Krimineller war: Der Kerl wurde erschossen, gerade, als er in seinem Jeep saß. Das Auto war vom Blut völlig verschmiert und wurde konfisziert, und so musste Ruggero wieder mit seinem alten Lieferwagen fahren und trotzdem weiter die Raten zahlen.

Aber das war noch nicht das Schlimmste gewesen.

Die Polizisten hatten sich an ihm festgebissen, wollten Informationen, behaupteten, er habe mit der Sache zu tun. Ihre Anschuldigungen wurden durch die arme Frau bestätigt, die unablässig behauptete, sie sei sich ganz sicher, dass ihr Mann Ruggero gut kenne, sie seien alte Freunde. Dann aber gab sie zu, dass sie sich Gesichter nicht gut merken könne und sich vielleicht geirrt habe (sie sei nie mit ihrem Mann in die Bar gegangen, sondern zu Hause geblieben und habe sich um ihren Sohn kümmern müssen. Der sei jetzt ein hilfloses Waisenkind). So verließ Ruggero nach tagelangen ununterbrochenen Verhören schließlich hocherhobenen Hauptes die Questura.

Die unglückliche Witwe jedoch war überzeugt, dass ihr Mann noch leben würde, wenn Ruggero ihn nicht aufgefordert hätte, in sein verfluchtes Auto zu steigen, ihr Sohn wäre dann ein glückliches Kind gewesen wie andere auch und sie eine angesehene Frau mit einem Mann an ihrer Seite, seiner Zärtlichkeit und seinen Küssen.

Sie wandte sich oft an Ruggero, entweder um Geld zu verlangen oder um ihn um Rat zu fragen.

»Wie soll ich bloß mit dieser Frau umgehen, Herr Anwalt?«, fragte er einigermaßen verzweifelt.

Auf der Suche nach einer Antwort auf diese Frage sah Cesare seine Tochter an. Wie geht man mit Frauen um? Er war erfolgreich in seinem Beruf und ein gebildeter Mann, und doch hatte er das bis heute nicht begriffen. Als Claudia ihm erklärte, sie habe genug davon, immer nur das fünfte Rad am Wagen zu sein, das Anhängsel von

Gesetzestexten, Zeugenaussagen, Verteidigung, Urteilen, Testamenten, Anhörungen et cetera et cetera, da fiel ihm nichts Besseres ein, als starr und stumm dazustehen und zuzusehen, wie die einzige Frau, die er je geliebt hatte, ihn verließ. Die einzige, der er je gehört hatte.

Es schien unglaublich, doch so war es. Claudia war seine einzige Frau gewesen. Er hatte sich in sie verliebt, als sie vierzehn war und er achtzehn. Er hätte sie am liebsten sofort geheiratet, musste aber warten, bis er sein Studium abgeschlossen hatte. Er absolvierte es in nur drei Jahren. Alles an ihr faszinierte ihn. Kein Teil von ihr gefiel ihm besser als ein anderer, selbst die Nägel der kleinen Finger gefielen ihm. Er betete sie an.

Die Liebe von Claudia, einem Mädchen, das, wie sich bald herausstellte, sehr reif für sein Alter war, hatte ihm geholfen, in jeder Hinsicht zu wachsen, sie ermutigte und unterstützte ihn. Sie förderte bei ihm Entschlossenheit, Mut und Kraft. Er verdankte ihr seine Karriere. Hinter einem wichtigen Mann steht immer eine bedeutende Frau, sagte er oft voller Dankbarkeit.

Am Anfang.

Am Anfang, da hatte es Opfer gegeben, so wie bei allen jungen Leuten. Sie hatte Geld verdient, hatte ihr Studium aufgegeben, damit regelmäßig Geld ins Haus kam, während Cesare noch Praktika machte und nichts verdiente.

Wie viele Nächte war sie wach geblieben, um ihm zu helfen, die ersten Plädoyers vorzubereiten. Seit Belindas Geburt (jahrelang war es ihr unausgesprochener Wunsch, Mutter zu werden, aber sie hatte gewartet, bis ihr Mann beruflich vorwärtskam und bereit war, Vater zu werden) gab sich Claudia ganz ihrer Mutterrolle hin.

Sie hätte nicht anders gekonnt. Ihr wunderschönes Baby mit dem dichten braunen Haar, das sich ringelte wie Blumenranken, zeigte schon von ihrem ersten Wimmern an, dass sie nicht leicht zu beruhigen war. Sie war ein Mamakind wie kaum ein anderes und begann gleich, ihre Mutter wie ein Vampir auszusaugen. Sie wollte keine Sekunde weg vom Arm der Mutter, schlief nur, wenn niemand damit rechnete, weinte furchtbar gern, und an feste Zeiten hielt sie sich nicht, auch nicht, wenn es Zeit zum Essen war (Claudia stillte sie mehr als zwei Jahre und war irgendwann am Rande der Erschöpfung). Als genüge das noch nicht, musste sie sich dauernd die Kommentare ihrer Freundinnen und Nachbarinnen anhören: *Du verwöhnst sie, weil du sie immer auf dem Arm hast* oder *Nimm sie nicht dauernd hoch, wenn sie weint* oder *Sie weint, weil sie spürt, dass du müde bist.*

Cesare war inzwischen Partner einer Anwaltskanzlei und ging immer mehr in seinem Beruf auf. In seiner freien Zeit – es war nicht sehr viel – widmete er sich der kleinen Tochter, die so viel Zuneigung verlangte, und schloss seine Frau immer mehr davon aus.

Ihre Liebe geriet immer stärker ins Abseits und allmählich begann eine lange Agonie. Inzwischen war Belinda groß geworden, und es gab keinen Weg mehr, die Gefühle von früher am Leben zu erhalten.

»Gute Frage«, sagte der Anwalt und bemühte sich, nicht daran zu denken, wie Claudia den ockerfarbenen Koffer gepackt hatte, voller Zorn, und in schweigender Erwartung ins Nebenzimmer gestellt hatte.

»Gefällt dir diese Frau denn?«, fragte er Ruggero dann.

»Es geht hier nicht um Gefallen oder Nichtgefallen«, antwortete Ruggero. »Sie war die Frau eines Verbrechers, sie hat einen Sohn und ist nicht ganz richtig im Kopf. Es hätte nicht viel gefehlt und ich wäre im Knast gelandet, und ohne Ihre Hilfe …«

»Ich habe nur meine Arbeit gemacht, und du hattest keinerlei Schuld.«

»Nein, nein, wenn es nach ihr ginge, wäre ich jetzt in der Kiste. Wenn ich ein anderer wäre, dann würde ich …«

»Konjunktive sind keine Augenkrankheit und richtiges Italienisch ist nicht Ansichtssache.« Der Anwalt erinnerte sich an die näselnde Stimme des Lehrers am Gymnasium. In manchen Fällen war es so, die Erfahrung hatte er auch in seinem Beruf gemacht. Da gab es so viele Kollegen, die überempfindlich waren, wenn es um Worte ging, die das Fenster öffneten, weil die Luft *verbraucht* war oder die *jedermann zu schätzen* wussten, *Hauptsache ehrlich*. Doch wie die Lateiner sagten, schlechte Grammatik macht ein Dokument nicht ungültig.

Deswegen ließ man die Dinge am besten auf sich beruhen.

»Vergiss es am besten gleich wieder, Ruggero. Ich habe dich danach gefragt, weil du mir gesagt hattest, du hättest immer mal wieder Freundinnen … nichts Ernsthaftes … flüchtige Begegnungen …«

»Diese Freundinnen gibt es nicht mehr. Mein Leben hat sich verändert. Ich habe jemand kennengelernt und wir haben uns sofort verstanden …«

»Hast du jetzt eine feste Beziehung angefangen?«, fragte Cesare und betonte dabei jedes Wort, als befrage er einen Zeugen im Gerichtssaal.

Ruggero sah ihn an, als verstünde er den Sinn dieser Bemerkung nicht. In feierlichem Ton sagte er dann: »Jetzt habe ich eine Frau.«

»So wie Sie darüber reden, muss es sich um eine ganz besondere Dame handeln«, mischte sich Belinda ein. »Erzählen Sie uns ein bisschen.«

Ruggero, der nur darauf gewartet hatte, vergaß die fehlenden Kacheln und die Schatzkarte voll und ganz und verlor sich in labyrinthähnlichen Beschreibungen einer gepflegten, eleganten Porzellanpuppe, sanft und sinnlich, mütterlich und liebevoll, zart und kräftig, außergewöhnlich und doch ganz normal (um es mit Antonello Venditti auszudrücken, sagte er, in begeisterten Singsang verfallend). Der Anwalt machte gute Miene zum bösen Spiel und ertrug diesen unerwarteten, unfreiwillig komischen Vortrag.

Belinda wünschte sie sich zur Freundin. Der Gedanke, dass da eine Frau war, die sie schon zu kennen schien, war ein wichtiger Pluspunkt für das Dorf.

»Machen wir Nägel mit Köpfen«, unterbrach Cesare den eifrigen Ruggero. »Fahren wir doch hin, so können wir uns den Laden ansehen und die schöne Signora gleich kennenlernen.«

»Die künftige Ehefrau«, sagte Belinda und zwinkerte Ruggero zu, der in diesem Moment einen plötzlichen und heftigen Krampf im Unterleib spürte und schmerzhaft das Gesicht verzog.

Er sagte nicht ja, aber auch nicht nein.

8

Besuch bei der Gemeinde

Belinda saß am Steuer eines fantastischen silbernen Mercedes-Cabrio, ihre Haare flatterten im Wind, und die Luft streichelte ihr Gesicht, ihren Hals, die Arme und Achseln.

Belinda war entzückt. Das Adrenalin sauste ihr durch die Adern. Es hätte ihr Spaß gemacht, in diesem Traumauto von ihren Kollegen gesehen zu werden (oder besser gesagt den Ex-Kollegen, in einer Woche wollte sie kündigen) und Mittelpunkt ihrer Tratschgeschichten zu werden. Alle hätte der Neid gepackt und sie hätten tausend unbestätigte Gerüchte verbreitet. Sie hätte sie reden und glauben lassen, dieses Auto fahre sie an Wochenenden oder auf Reisen, es sei das Geschenk eines Emirs oder von irgendwem sonst. Wer das sei, das bleibe ihr Geheimnis, ihr kleines Laster. Sie hätten, neugierig wie sie waren, sogar in der Personalabteilung nachgeforscht: wie sie sich solch ein Auto leisten konnte, was sie eigentlich verdiente, welche Gehaltszuschläge und sonstigen Leistungen sie erhielt. Nicht alles (die Diskretion dieser Abteilung war eine lächerliche Legende) wäre nach außen gedrungen, aber wenigstens etwas, das bei ihnen noch mehr Zweifel geweckt hätte, denn Belindas Einkünfte hätten weder für den Kauf noch den

Unterhalt eines solchen Wagens gereicht. Wenn man sie gefragt hätte, mehr oder weniger direkt, hätte sie sich darauf beschränkt, zu lächeln wie die Monalisa und so getan, als bemerkte sie nicht, wie die Leute sich mit den Ellbogen anstießen, wenn sie vorbeikam, oder sich an der Kaffeemaschine beredte Blicke zuwarfen.

Es gab keinen Grund zu erklären, dass sie rein zufällig den Sportwagen des Maurers fuhr, der ihren Traumladen und die kleine Wohnung, in der sie bald leben würde, renoviert hatte, und dass er bedauerlicherweise eine Nierenkolik erlitten hatte, während sie zur Übergabe dorthin fuhren.

Der Anwalt hatte die Situation gemeistert und Ruggero in die Notaufnahme gebracht, und sie hatten ihn gleich dabehalten. Doch vorher hatte er es noch geschafft, mit schwacher Stimme Belinda zu bitten, sein Auto zu nehmen und Mariolina zu erklären, was passiert war, ihr auszurichten, er werde sie so bald wie möglich anrufen und … ob sie vielleicht kommen und ihn besuchen wolle.

Er tat Belinda leid, so hin und her gerissen zwischen körperlichen Schmerzen und Sorgen um seine Liebste. Er schien ihr ein wackerer Mann zu sein, aber auch ein Pechvogel. Sie hatte ihm versprochen, den Auftrag auszuführen, und gesagt, bei Gelegenheit würde sie ihm die neue Milchbar zeigen, wenn diese fertig eingerichtet sei. Sie hatte nicht genau verstanden, was Ruggero unter Schmerzen gestöhnt hatte … über irgendwelche Kühe, die … was? … sich verirrt hatten? Verschwunden waren? Belinda hatte kaum etwas verstanden. Vermutlich gab es dort auf dem Land Hirten oder vielleicht – mein Gott, der arme Ruggero! – waren seine Schmerzen so heftig, dass er schon phantasierte.

Die Kurven zwischen den von Wein berankten Hügeln waren sanft und bald schon konnte man die romantischen Türmchen der Burg erkennen. In der Atmosphäre, die über dem Dorf und seiner Umgebung lag, spürte man den Geist von früher. Geschichten von edlen Damen und Kavalieren, gestärkte weiße Wäsche, wohlriechendes, selbst gebackenes Brot, vielleicht auch schwarz gekleidete Frauen, die mit großen Krügen auf dem Kopf unterwegs waren. Gestalten unbestimmten Alters auf den steinigen Wegen.

Zum x-ten Mal senkte Belinda die Hand, um in einen niedrigeren Gang zu schalten. Die engen kurvigen Sträßchen war sie nicht gewöhnt. Sie fuhr zum Parkplatz im Zentrum des Dorfes und blieb dort mindestens zehn Minuten stehen, um in der Gebrauchsanweisung zu lesen, wie man das Dach des Wagens zumachte. Hinter den Fenstern der Häuser ringsum beobachteten sie neugierige Blicke und stellte man Vermutungen an.

Doch davon merkte sie nichts, und sie sah auch nicht die flüchtige Bewegung sich öffnender Gardinen, während sie auf ein Gebäude zuging, das früher ein Herrenhaus gewesen sein musste, das Sommerhaus einer großbürgerlichen Familie, die es erbaut haben mochte, um in den Adelsstand erhoben zu werden.

Ja, der Ehrgeiz! Er kann ein Laster oder eine Tugend sein, hatte der Philosoph Cuoco gesagt und ihr Lehrer am Gymnasium hatte dies oft zitiert. Belinda hatte sich oft gefragt, wie sich die Dinge entwickelt hätten, wenn sie den Ehrgeiz ihres Vaters geerbt hätte.

Doch sie hatte keine großen Ansprüche. Sie liebte die Natur und Werte, die wirklich zählen. In ihrem Herzen hegte sie den Wunsch, an einem Ort zu leben, der nicht verseucht war von Missgunst und moderner Hetze, und dieser Wunsch hatte sich festgesetzt wie ein Kuckuck, der die Flügel in einem fremden Nest ausbreitet und sich nicht mehr vertreiben lässt.

Sie blieb auf der ersten Stufe stehen und betrachtete eine Weile das halbrunde strahlenförmige Gitter vor der weit offen stehenden Eingangstür. Es hatte eine seltsame Form, längliche Blätter – oder waren es vielleicht Stücke von Südfrüchten oder ganze Früchte? Ja, diese Kreise schienen Orangen zu sein, und die Ovale Zitronen. Wirklich schön, aber ungewöhnlich.

Sie spürte, dass sie dieses friedliche Dorf mochte, in dem die Zeit stehengeblieben zu sein schien, und sie musste lächeln bei dem Gedanken, dass hier vielleicht ein Geist herumspukte, der alles in allem nicht böse sein konnte.

Während Belinda auf der Stufe zum Rathaus verharrte, erhielt Arturo einen so heftigen Rippenstoß, dass er fast mit einem Faustschlag geantwortet hätte.

»Dora, bist du verrückt geworden?«, brüllte er seine Frau an und bückte sich, um die Zeitungen aufzuheben, die er ordnen wollte und die ihm aus der Hand gefallen waren.

»Ich bin sicher, da passiert was. Ich gehe mal und schaue nach«, gab sie zur Antwort und eilte zum Rathaus, um dort etwas abzuholen … irgendein Papier angeblich.

Eine Bescheinigung, die sie dringend brauchte.

Die Empfangsloge des Rathauses bestand aus zwei Kathedern der früheren Dorfschule. Dahinter saß Osvaldo, zuständig für Informationen und der Herausgabe von Antragsformularen für Bescheinigungen, wenn er nicht gerade mit Rauchen beschäftigt war wie gerade eben.

Was war er nur für ein Trottel! Seine Frau hätte ihn liebend gern erschlagen (doch ihm wäre ein Tumor in den Bronchien lieber gewesen, vor dem sie ihn stets warnte und den sie ihm manchmal auch wünschte). Wegen seines furchtbaren Lasters (dem Rauchen) war etwas verloren gegangen, über das seine Frau mit Stolz und ausführlich hätte reden können und das ihr mehr bedeutet hätte als der Wunsch nach einem Blumenstrauß oder einem neuen Kleid (Osvaldo wäre nie auf die Idee gekommen, seiner Frau etwas zu schenken) und das ihr die Möglichkeit gegeben hätte, ihr eheliches Recht zu verlangen, aber in der Praxis …

Also wirklich, was war er für ein Dummkopf! Jetzt müsste er für seine Frau eine Geschichte erfinden, die dem, was er nicht hatte sehen können, möglichst nahe kam.

Kurz zuvor nämlich, während Osvaldo rauchte, war Belinda im leeren Eingangsflur erschienen. Sie schaute sich um und sah zwei Frauen auf sich zukommen, eine von vorn und die andere von hinten, die wohl nach ihr ins Rathaus war. Beide fragten unisono, als habe sie ein unsichtbarer Dirigent dazu aufgefordert: »Kann ich Ihnen behilflich sein?«

»Dorothea, das mache ich schon«, sagte die Frau, die von drinnen gekommen war, zu der von draußen. Letztere machte bei diesen Worten eine ärgerliche Geste (auch weil sie es hasste, mit ihrem vollen Vornamen angeredet zu werden).

Belinda war etwas überrascht.

»Ich suche das Finanzamt«, sagte sie.

»Ich begleite Sie«, sagte Dora beflissen.

»Nein, Dorothea, ich begleite die Dame«, sagte die andere mit Nachdruck.

»Ich komme mit«, sagte die Kioskbesitzerin, die sich nicht geschlagen gab, »ich brauche nämlich dringend eine wichtige Bescheinigung von dir.«

»Dann geh zur Meldebehörde. Ich habe Urlaub!«, rief Gemma und blitzte Dora mit ihren schielenden Venusaugen an. »Kommen Sie, Signorina, ich zeige Ihnen den Weg«, sagte sie zu der Fremden in einem ganz anderen Ton, entsprechend dem Satz »Der Dienst am Kunden hat mit größter Freundlichkeit zu geschehen«, der ihnen beigebracht worden war.

»Ich möchte Sie aber nicht stören, wenn Sie eigentlich im Urlaub sind«, sagte Belinda, die schon glaubte, in der Zweigstelle einer Irrenanstalt gelandet zu sein.

»Keine Sorge, mein Urlaub beginnt erst in einer halben Stunde, wenn wir schließen. Es ist meine wertvollste Pflicht, dem Bürger zu dienen«, erklärte Gemma mit einem Lächeln, dem es an Schlauheit und Gefälligkeit nicht mangelte. »Ich zeige Ihnen den Weg.«

Dann ging sie Belinda durch einen langen Korridor voraus und blieb vor einer geschlossenen Tür stehen.

»Die Signorina ist auf der Suche nach dir«, verkündete sie in leicht schrillem Ton. Mariolina, die gerade in Gedanken versunken war, schrak hoch.

Eigentlich brauchte Gemma gar nicht so laut auf sich aufmerksam zu machen. Die anderen Angestellten der Gemeinde spitzten bereits die Ohren, um möglichst wenig zu verpassen, Osvaldo in der Pole-Position.

In der Annahme, es ginge nicht nur darum, das Kataster einzusehen, schloss Mariolina die Tür, um das Getuschel von draußen nicht hören zu müssen, diensteifrig, aber nicht zu sehr.

»Setzen Sie sich bitte«, sagte sie zu dem brünetten Mädchen und wies auf einen Stuhl. Dann setzte sie sich wieder an ihren Kampfplatz und legte beide Handflächen auf den Schreibtisch. Sie hatte kleine Hände, zierlich und flink, gepflegte Fingernägel mit gut sichtbarem, weißem Halbmond und transparent lackiert. Belinda sah sie bewundernd an.

»Ich bin nicht wegen einer dienstlichen Angelegenheit hier«, sagte sie dann. »Es geht um Ruggero.«

Mariolinas Gesichtsausdruck wurde hart, sie ging in Verteidigungsstellung. Ganz gleich, ob diese Frau nun seine Schwester, Cousine, Nichte, Vertraute war oder eine, die hinter ihm her war und ihm den Hof machte, eine Hure oder absurderweise seine Ehefrau – sie musste von vornherein jegliches Missverständnis ausräumen.

»Was immer Sie mir zu sagen haben, ich garantiere Ihnen, dass Ruggero im vollen Besitz seiner geistigen … und körperlichen Kräfte war.« *Besonders der körperlichen*, hätte sie am liebsten hinzugefügt. »Sie müssen wissen, dass ich nicht die geringste Absicht habe, ihn wieder herzugeben. Wenn Sie also deswegen hier sind …«

Belinda unterbrach sie mit der Geste eines Polizisten, der jemanden aufhalten will und keine Kelle dabeihat.

»Ich bin hier, um Ihnen zu sagen, dass Ruggero im Krankenhaus ist und sich wünscht, dass Sie zu ihm kommen«, erklärte sie ihr, sah sie freundlich an und legte ihre viel größeren Hände auf die ihren.

»Krankenhaus? Oh Gott! Der Arme, was ist ihm zugestoßen?«

Mariolina hatte Belindas Hände erst weggeschoben und hielt sie nun fest verzweifelt umklammert, während ihr Tränen wie Sturzbäche aus den Augen liefen.

Unaufhaltsam wie die Niagarafälle, die Belinda als Kind gesehen und nie mehr vergessen hatte: mehr als fünfzig Meter wilden Wassers, mit dem Mutter Natur ihre ganze Wut abzureagieren schien.

Unmöglich zu stoppen.

9

Etwas fehlt

Nachdem sie ihr versichert hatte, dass Ruggero es überleben würde, nicht nur bis zu dem Moment, an dem sie ihn wiedersähe, sondern noch für viele künftige Jahre, sagte Belinda zu Mariolina, sie müsse, bevor sie sie ins Krankenhaus brächte, unbedingt ihre Milchbar anschauen. Sie bat sie, sie zu begleiten, weil ihr ihre Meinung wichtig sei. Mariolina, die sich nach neuen Bekanntschaften und Zuneigung sehnte, war gerührt.

»Gern!«, sagte sie und besiegelte damit eine Freundschaft.

Unwillkürlich trat für einen Moment der Gedanke an den leidenden Ruggero in den Hintergrund.

Sie war begeistert, von dem Laden und auch von der neuen Besitzerin.

Während diese vor Freude anfing zu tanzen, Mariolina in den Arm nahm und mit ihr durch den Raum walzte, gaben die Kühe fröhliches Glockengeläut von sich. Jedenfalls schien es so. Belinda fand die Kühe wunderbar, sie hatte sie von einer alten Zeichnung, die sie selbst einmal gemacht hatte, und zwar im Kindergarten.

»Meine Mutter hat sie die ganze Zeit aufgehoben«, erklärte sie stolz.

Eine außergewöhnliche Mutter, auch wenn sie sie verlassen hatte.

Sie war ja auch schon groß, als sie gegangen war, aber das hatte nichts zu bedeuten, sie brauchte ihre Mutter noch, genauso wie ihr Vater, und wünschte sich nichts mehr, als dass sie zurückkäme.

Leider wusste sie, dass das eine Utopie war. Die Mutter hatte sehr klar gesagt, dass sie ihre Entscheidung nicht rückgängig machen würde.

Die weißen Wolken auf himmelblauem Grund gaben dem Laden etwas Märchenhaftes. Sie waren an dem Teil der Wände zu sehen, an denen es keine Kacheln gab, und auch die Decke war so bemalt. Alles wirkte wie ein Bild aus *Heidi* oder einem Märchen der Gebrüder Grimm, und im Hintergrund sah man den alten Innenhof.

»Stell dir vor, all das ist das Werk deines Verlobten!«, rief Belinda aus.

»Nein, nun ja … ich weiß nicht, ob er mein *Verlobter* ist. Alles ging so schnell, ich habe nicht damit gerechnet, ich dachte gerade an die Ferienreise …«

Mariolina überkamen wieder die Zweifel, die sie den ganzen Vormittag gequält hatten. Stundenlang hatte sie nichts anderes getan, als ihr Handy auf der Schreibtischplatte anzustarren. Dieser grausame Gegenstand, wie teuer er auch war, der überall funktionierte, hatte sich nicht ein einziges Mal zu klingeln bequemt, nicht mal verwählt hatte sich jemand.

»*Life is just what happens to you while you are busy making other plans*«, sang Belinda leise, und als Mariolina sie erstaunt ansah, sagte sie. »Das Leben ist das, was dir zustößt, wenn du gerade andere Pläne machst«, sagte sie philosophisch mit einem Satz von John Lennon.

»Vielleicht stimmt das …«

»Ist die Bank entlang der Wand nicht hübsch? Auch das ist eine Idee von Ruggero.«

»Hat er denn viele Mitarbeiter?«

»Mitarbeiter? Nicht, dass ich wüsste. Ich glaube, hier hat er alles allein gemacht.«

»Was, ganz allein?«

Mariolina überlegte, ob sie »Mein Verlobter ist Baumeister« ändern musste in »Mein Verlobter ist Maurer«. Wie auch immer, der erste Teil blieb unverändert. Jedenfalls hoffte sie das.

»Er ist wirklich sehr begabt«, sagte Belinda. »Aber das weißt du natürlich besser als ich. Euer Haus wird unglaublich schön werden.«

»U… unser … Ha… Haus?«

Mariolina hatte noch nie im Leben so gestottert.

»Er hat über dich gesprochen wie über seine künftige Ehefrau«, sagte Belinda fröhlich und auch ehrlich und vergaß dabei ganz, dass *sie* die Worte »künftige Ehefrau« benutzt hatte und Ruggero gar nicht mehr dazu gekommen war, sie auszusprechen, weil er plötzlich heftige Krämpfe im linken Unterleib verspürt und sein

Gesicht schmerzlich verzogen hatte. Er hatte die Worte weder bestätigt noch verneint.

Mariolina war im siebten Himmel und gab Belinda einen Kuss auf die Wange.

»Du bist ein Schatz!«, rief sie und fügte dann schüchtern hinzu: »Dass Ruggero das gesagt hat! Nie zuvor hat mich jemand so genannt! Er hat zu mir gesagt, dass er seinen Schatz gefunden hat – sogar zwei.«

»Zwei Frauen?«

»Nein, das eine ist ein echter Schatz. Ruggero hat eine Schatzkarte in einem Schuh gefunden.«

»In einem Schuh? Bist du da sicher?«

«Ja, es war ein alter Schuh mit doppelter Sohle. Und darin war eine Karte versteckt!«

»Was du nicht sagst!«

»In einem Schuh, der hier eingemauert war … aber vielleicht habe ich das auch falsch verstanden.«

»Tja. Das könnte die geheime Schatzkarte des Gespensts Barbanera sein – oder wie auch immer es sich nennt, du weißt ja, dass es in diesem Haus spukt«, scherzte Belinda, während Mariolina Zweifel kamen, ob sie die Geschichte hätte erzählen dürfen, da Ruggero sie offenbar nur ihr anvertraut hatte. »Oder vielleicht war es ein Seeräuber, wobei ich nicht so genau weiß, was die für Schuhe haben.«

Glücklicherweise schien Belinda das Ganze nicht ernst zu nehmen. Sie blickte sich im Laden um und musterte eingehend die Wölkchen an den Wänden. Es war besser, das Thema zu wechseln.

»Ach, vergiss es einfach, die Sache mit Ruggero hat mich richtig verwirrt. Sag mir lieber, was willst du hier in diesem Dreieck machen?«

»Ich glaube, da stelle ich den Herd hin. Außer Milchgetränken will ich auch Leckereien verkaufen. Natürlich selbstgemachte.«

Belindas Pläne nahmen schon konkrete Formen an.

»Ja, der Herd muss hierher, auch weil sonst im Haus kein Platz dafür ist. Magst du Katzenzungen?«

Und ohne auf eine Antwort zu warten, ging sie über die steinerne Außentreppe ins obere Stockwerk, das Ruggero in Ordnung gebracht hatte.

Mariolina war froh, eine Freundin gefunden zu haben, und begeistert von der Aussicht auf eine Milchbar, die ganz bestimmt Leben ins Dorf bringen würde. So viele Dinge änderten sich, dachte sie, so viele …

Als ihr wieder einfiel, dass Ruggero im Krankenhaus war und unter Schmerzen litt, hatte sie ein schlechtes Gewissen, dass sie nicht gleich zu ihm geeilt war. Sie hätte Belindas Einladung freundlich ablehnen können; der Milchladen war wunderschön, aber das hätte warten können, und wenn ein Mann seine Frau an seiner Seite braucht, weil es ihm schlecht geht, dann muss diese Frau da sein. Und auf der Höhe.

Und diese Frau war sie. Oh Gott!

»Bitte, fahr schneller«, bat sie.

Sie wollte so schnell wie möglich bei ihm sein, ihre Eingeweide zogen sich vor Aufregung zusammen, und vor ihrem inneren Auge tauchten die Bilder von ihrem Ruggero auf, wie er noch gestern auf dem Fahrersitz gesessen hatte, neben ihr und in bester Form.

»Ah, mein Liebster…«

Belinda gelang es kaum, mit Worten Mariolinas wachsende Angst zu beruhigen. Dabei versuchte sie schon, so schnell zu fahren wie möglich, an der Grenze der erlaubten Geschwindigkeit, und doch den Wagen sicher zu lenken.

Der plötzlich stotterte und stehen blieb.

Die beiden Frauen blickten besorgt auf die leere Straße.

»Vielleicht fehlt uns …«, begann Mariolina, aber das letzte Wort (Benzin) hörte Belinda bereits nicht mehr. Endlich nämlich war ihr eingefallen, was sich in einer Furche ihres Gehirns versteckt hatte und von der Aufregung unterdrückt worden war.

»Genau!«, rief sie aus. »Jetzt weiß ich, was nicht stimmt. Die anderen Kühe fehlen!«

»In diesem … Auto?«, fragte Mariolina verwirrt.

»Ja, die Kühe im Profil – die mit der runden Sonne und den Strahlen.«

»Was für Strahlen?«

»Strahlen, die aussehen wie Zipfelbärte.«

»Ich fürchte, ich verstehe nicht …«, sagte Mariolina vorsichtig.

Aber Belinda hatte schon zu ihrem Handy gegriffen und wählte eine Nummer.

Erst in diesem Moment fiel Mariolina auf, dass sie heute schon wieder vergessen hatte, ihrer Schwester zu sagen, dass sie nicht nach Hause kam. Und diesmal hatte sie ihr Mobiltelefon auf dem Schreibtisch liegen lassen, wo sie es den ganzen Vormittag lang beobachtet hatte, in der Hoffnung, dass es klingelte. Doch das Telefon hatte geschwiegen. Ein Schweigen, das sich nun durch unglückliche Umstände erklärt hatte.

Sie traute ihren Augen nicht, als sie in diesem Moment Mariettas Gesicht in einem der Fenster des Autobusses sah, der zum Dorf hinauffuhr. Mariolina wedelte mit den Armen, um sich bemerkbar zu machen, sie stieg aus und lief sogar neben dem Bus her, der sich die Serpentine hinaufquälte.

Doch Marietta hatte ihre Schwester schon gesehen und den Fahrer gefragt, ob er ausnahmsweise vor der Kurve anhalten und sie aussteigen lassen könnte.

Cesare stand im Wartesaal der Notaufnahme, als sein Telefon klingelte. Es war seine Tochter.

Er liebte Belinda über alles, aber er fand, manchmal sei sie ein verwöhntes Mädchen, fast ein verzogenes Kind, typisch für die heutige Zeit, mit zwei Eltern, die zu schwach und nachgiebig gewesen waren, anstatt sie hin und wieder zu bestrafen und ihr einen Klaps zu geben. Aber jetzt war es zu spät dazu, und da quatschte sie schon wieder so einen Unsinn – und in welchem Ton! – und beschwerte sich, dass die Kacheln mit den Kühen und der Sonne, deren Strahlen aussahen wie Spitzbärte, fehlten. Das hätte er ihr doch sagen müssen, diese Kacheln seien ihre eigene Kreation, und warum sie nicht an der Wand wären, wie besprochen, und warum ihr Vater ihre Gefühle nicht achte (war sie verrückt geworden?) und ihr immer Steine in den Weg legen müsse, und das nach allem, was sie seit der Trennung hätte durchmachen müssen. Mama habe ihre Kinderzeichnungen extra sorgfältig aufgehoben. Mama habe Verständnis dafür, dass sie von emotionalem Wert seien, dass man darauf achten müsse, dass … dass …

»Belinda, ich kriege Kopfschmerzen!«, rief Cesare entnervt und wünschte sich einen schönen starken Kaffee. Oder einen Brandy.

Er hätte auch sofort einen getrunken, wenn es im Krankenhaus eine Bar gegeben hätte, wenn sie dort Alkohol serviert hätten und Ruggero nicht gerade in diesem Moment aus dem Behandlungszimmer gekommen wäre.

Er durfte jetzt nach Hause.

Zu Fuß, so wie die Dinge standen.

10

Ein Glück, dass es Mama gibt

Claudia war stets für ihre Tochter da. Trotz ihrer sechsundzwanzig Jahre brauchte Belinda immer wieder den Rat der Mutter, selbst bei Kleinigkeiten. Offenbar sprach sie mit niemandem sonst über diese Dinge. Die Seelenarchäologie eines Kindes ist geheim, dachte Claudia, und wie alle Mütter hatte sie Mühe, mit anderen darüber zu reden. Sie hatten immer in einer Symbiose gelebt. Doch Claudia wusste, dass diese starke Verbundenheit ihrer Tochter schadete. Um die Nabelschnur endgültig zu durchtrennen, hatte sie sich, als sie ihren Mann verließ, entschlossen, aus dem Haus auszuziehen und sich eine Zweizimmerwohnung zu nehmen. Damit schnürte sie Belinda das Herz ab. Doch sie verfolgte dabei ein großherziges Ziel: Ihre Tochter würde gezwungen sein, erwachsen zu werden, und ihr Mann oder besser gesagt Ex-Mann würde vielleicht ein bisschen reifer werden.

Sie war nicht die erste Frau, die so etwas machte. Auch die Frau des … »Großen Musikers«, wie Tante Letizia ihn immer nannte, hatte das getan. Sie hatte die Kinder dem Vater überlassen, das hatte sie selbst in einem Interview erklärt. Die Tante hatte es gelesen und überall herumerzählt, als sie sich trennten.

Jetzt lebte die Frau des Großen Musikers in Afrika als Malerin, auch das wusste die Tante, und wehe, man bezweifelte es.

So weit als möglich war Claudia aber immer für ihre Tochter da, wenn schon nicht persönlich, dann wenigstens mit ihrer Stimme. Um zu vermeiden, dass sie Anrufe verpasste, trug sie immer zwei Mobiltelefone bei sich.

Doch in diesem Augenblick – sie war gerade in einem Feriendorf und verbrachte dort ihren ersten Sommer als Single, ganz bewusst (und nicht wie in den letzten Jahren als weiße Witwe) – hörte sie das Klingeln des Telefons nicht, denn sie war gerade mit etwas anderem beschäftigt.

Sie wartete, bis sie an der Reihe war, auf feinstem, puderartigem Sand Darts zu spielen, mit gewissen Aussichten, den als Preis ausgesetzten Aperitif zu gewinnen (ein überflüssiger Preis, da alle Getränke sowieso im Preis inbegriffen waren).

Zum Ausgleich, wenn auch nur auf der Grundlage charmanter Komplimente und bedeutungsvoller Blicke, schien ihr, dass sich möglicherweise der Chef des Feriendorfes für sie interessierte – ein gutaussehender und sympathischer Mann. Vor kurzem war er als Ersatz hergekommen, da sein Vorgänger sich mit den Eigentümern zerstritten hatte.

Trotz seines langen graumelierten Pferdeschwanzes, den sie aus Prinzip nicht leiden konnte, war der Typ die Sache sicher wert: wegen seines intensiven Blicks, der wohlgeformten Muskeln, und wegen seiner sinnlichen Ausstrahlung.

Es war eine Art Magnetismus, es Charisma zu nennen wäre zu schwach gewesen.

Er war so anders als ihr Mann, dieser stets ordentliche Jurist.

»Verdammt!«

Belinda warf, das fand jedenfalls der stets ordentliche Jurist, mit derben Ausdrücken um sich, wie es ihr nur passte. Das Echo ihres Unmuts verhallte zwischen den sanften Kurven des sonnenbeschienenen Hügels, strich an den noch sauren Weintrauben und dem alten Mauerwerk der Häuser vorbei und ließ sich schließlich an den Türmchen der Burg nieder, und weil es sich dort niederließ, störte es den Schlaf des Burggespenstes.

Belinda war außer sich, weil ihre Mutter nicht ans Telefon ging, und das in einem solch entscheidenden Moment. Sie schüttelte ihr braunen Locken, lief wütend neben dem Auto auf und ab und hielt ihr Handy in die Höhe, und alles wurde noch schlimmer, weil sie manchmal Empfang hatte und dann wieder nicht.

Just in diesem angespannten Moment kamen die beiden Schwestern auf sie zu.

Mariolina lächelte, Marietta nicht.

»Das ist Marietta, meine Schwester«, zwitscherte Erstere fröhlich, ohne den abweisenden Gesichtsausdruck ihrer Schwester zu bemerken, die Belinda schon im Geiste als eine ziemlich gewöhnliche Person eingestuft hatte.

Marietta streckte zögernd die Hand aus, mit herablassendem Blick und undurchdringlicher Miene. Mariolina indessen bemühte sich, ihr die reizende Inhaberin der neuen Milchbar vorzustellen. Das werde künftig ein wichtiger Treffpunkt sein für Borgo Propizio, schon in nächster Zukunft, sehr bald, denn die Renovierungsarbeiten seien abgeschlossen, und es sei alles ganz zauberhaft geworden. Ein Laden, in dem frischer Wind wehen würde, der Leben ins Dorf bringen würde, der vielleicht sogar ein Begegnungszentrum für alle Frauen aus dem Dorf würde. Wer weiß, ob sich in dieser »Lattothek« nicht sogar ein Fan-Club von Milchliebhabern bildete, dabei würde man vielleicht ein paar Kilo zunehmen, da es dort auch Desserts und Süßigkeiten gäbe, aber warum auch nicht? Männer fassten doch viel lieber mollige Frauen an als knochige.

»Das ist Belinda, meine neue Freundin«, schloss Mariolina ihre euphorische Rede.

Marietta war von Eifersucht gequält, zudem war sie noch eingeschnappt wegen gestern und noch schwach auf den Beinen wegen der Ohnmacht am Abend zuvor. Jetzt aber packte sie eine solche Wut, dass sie kein Wort herausbrachte.

Sie und Mariolina waren einander immer genug gewesen. Was sollte das heißen, »meine neue Freundin«? Und der Mann von gestern, »nennen wir ihn unter uns meinen Verlobten«? Was war nur los mit Mariolina, die früher niemanden gebraucht hatte als sie?

Da Mariolina ihre Schwester kannte (in solchen Fällen war es besser abzuwarten, bis sie sich von selbst beruhigte), und sie überdies der Gedanke beschäftigte, dass

Ruggero ihre Hilfe brauchte, wandte sie sich an Belinda, die ihrerseits mit dem Problem der fehlenden Kuh-Kacheln kämpfte, und fragte: »Was machen wir jetzt?«

»Wir müssen erst mal dieses Ungeheuer von der Straße rollen, und dann überlegen wir uns etwas.«

»Aber was?«, drängte Mariolina in der Hoffnung auf eine gute Lösung.

Doch die fanden sie nicht.

Stattdessen tauchte einen Augenblick später ein Wagen auf der anderen Fahrbahn auf, dessen Gehupe die drei Frauen aus ihrer desolaten Lage riss.

»Mariolina, Marietta, *ciao*!«

Das Auto hielt an und eine Frau stieg aus. Sie sah blass und abgekämpft aus, ihre Augen waren geschwollen, die Haare ungekämmt. Sie lächelte gezwungen.

»Ornella!?«

Marietta hätte sie kaum erkannt. Wie konnte die Frau eines berühmten Chirurgen, die Geld wie Heu und jede Menge Personal zu Hause hatte, in einen solchen Zustand geraten? Ganz sicher stimmte etwas nicht an dem Bild, das ihre Mutter, Signora Elvira, von ihr gezeichnet hatte. Mariolina hingegen sagte sich, dass der Himmel diese zerrupfte Person geschickt haben müsse, damit sie von hier wegkamen (also konnte das, was sie gestern getan hatte, keine Sünde sein … umso besser).

Ornella umarmte die beiden Schwestern und blieb bei der Älteren stehen.

»Meine Mutter hat mir erzählt, du hättest dich verlobt! Ich freu' mich ja so für dich! Ich bin so froh, dass …«

Dass sie in heftiges Weinen ausbrach.

Mariolina, die vor lauter Liebesglück ein offenes Herz hatte, begann, Ornella die Wangen zu streicheln und tröstende Worte zu murmeln, als sei sie ein kleines Mädchen. Sie vergaß sogar alle Schwindeleien, die sie ihr als Jugendliche angetan hatte, als sie mit Hilfe der Signora Elvira die Jagdsaison für die beste Partie eröffnet hatte.

Während der Grundschule waren sie enge Freundinnen gewesen und hatten immer zusammen gespielt, manchmal spielten sie Frauen, deren Männer an der Front waren, oder Kriegerwitwen, und das hatte sie verbunden. Auch im Spiel ist gemeinsames Leid das halbe Vergnügen.

Ornellas Tränen erwiesen sich als ansteckend: Schließlich begann auch Mariolina zu weinen, rückhaltlos und ohne zu sagen, warum, während Marietta in einvernehmlicher Ungeduld zu Belinda hinübersah und vergaß, dass sie die Inhaberin des neuen Milchladens kurz vorher noch so unsympathisch gefunden hatte. So entstand zwischen den beiden das zarte Pflänzchen von Gemeinsamkeit.

Als ihre Tränen versiegt waren und Ornella sich etwas beruhigt hatte, zündete sie sich eine Zigarette an und bot auch den anderen eine an, und jede nahm eine Zigarette, obwohl sie sonst nicht rauchten. Dann saßen sie auf der warmen Mauer am Straßenrand, zwitscherten aufgeregt wie die Spatzen und achteten nicht auf die starke Strahlung der Sonne. Sie waren wie vier junge

Mädchen, die frei haben und am Samstagnachmittag ausgehen dürfen.

»Jedes Mal wenn er wütend ist«, sagte Ornella, die sich gerade von ihrem Mann getrennt hatte, »kann man genau sehen, wie sich sein Gesicht verändert, die Venen an seinem Hals schwellen an. Es ist nicht nur der Ärger, es ist so etwas wie … die Lust, etwas Böses zu tun. Er hält es nicht aus, wenn er nicht alle Aufmerksamkeit auf sich zieht und nicht immer der Erste ist. Gestern kam er mit wutverzerrtem Gesicht nach Hause und hatte einen Blick wie ein Wahnsinniger. Ein anderer hat die Chefarztstelle gekriegt, und das kann er nicht verwinden. So feige wie er ist, hat er bestimmt im Krankenhaus gute Miene zum bösen Spiel gemacht und nichts gesagt. Dann ist er nach Hause gekommen und hat seine Wut an mir ausgelassen. Wie eine Furie kam er ins Schlafzimmer, ich hatte mich gerade hingelegt, aber er hat mich plötzlich geweckt und angefangen, mich zu schütteln, als wäre alles meine Schuld! Er ist nicht zum ersten Mal handgreiflich geworden, aber früher hat er sich wenigstens immer entschuldigt und danach haben wir uns wieder geliebt. Aber diesmal hat er mich verprügelt wie einen Hund. Mir reicht's! Ich habe mich noch nie so gedemütigt gefühlt. Bisher hatte ich nie den Mut, mich zu trennen, aber jetzt ist es so weit. Ich will ihn nie wiedersehen. Niemals!«

Der Himmel hatte sich verdüstert, und es war heiß und drückend, als die vier neuen Freundinnen Ruggeros Riesenschlitten an den Straßenrand schoben und dann in Ornellas Kleinwagen stiegen, wobei jede daran dachte, dass sie etwas Wichtiges zu erledigen hatte.

Zunächst Ornella: die Gastfreundschaft annehmen, die ihre Mutter ihr seit einiger Zeit anbot. Nachdem diese sie energisch gedrängt hatte, den Mann zu heiraten, der früher als eine exzellente Partie gegolten hatte, wollte sie jetzt ihre Tochter retten, oder zumindest das, was zu retten war.

Sie würde ihr bestimmt helfen können, die Trümmer zu beseitigen, und sie hatte einen Kuchen mit Kichererbsen gebacken, den sie doch beide so gern äßen.

»Keinen salzigen, einen süßen«, sagte sie auf die Frage ihrer neugierigen Freundinnen. »Er schmeckt so herrlich, ihr könnt euch das nicht vorstellen. Lasst mir ein paar Stunden Zeit, und dann könnt ihr euch den Schnurrbart lecken, den ihr nicht habt«, fügte sie hinzu.

Zweitens Marietta: Die Zeichnungen für eine Bikini-Kollektion ansehen, die exklusiv für *Fili fatati 1888* (sie war von dort gerade mit dem Bus gekommen) angefertigt worden waren, von einem jungen amerikanischen Modeschöpfer, der in Italien bekannt werden wollte. Eine Kollektion, die im nächsten Sommer den anderen Konkurrenz machen würde, weil der junge Mann – so hatte ihr die Ladenbesitzerin erzählt – »virtuose Traditionen mit raffinierter Modernität« verbinde. Nicht nur das! Er käme der neuen Mode zuvor. Sie drehten gerade in Hollywood für einen Film am Strand von Malibu, und die Hauptdarstellerin trüge nichts als gehäkelte Sachen. Die würden dann alle haben wollen, wenn der Film nach Italien käme. Nur *Fili fatati 1888* könnte dann eine reichhaltige Kollektion neuester Mode zeigen, und so würden sie die angesehenen Kunden wiedergewinnen, die sie früher gehabt hätten. Das brächte für alle Erfolg und Gewinn. Marietta sei die Einzige, die diese Badebekleidung herstellen könne, so hatte die Signora noch gesagt, mit ihren geschickten Händen (und, aber darüber hatte sie sich nur leise im Innern gefreut, zu geringen Kosten).

Marietta wollte nun schleunigst auf den Friedhof gehen und die Mutter bitten, ihr vom Himmel aus die Hand zu führen, während sie die Probemodelle anfertigte …

Modelle?

Was für eine Idee! Natürlich, sie brauchte ein Model! Das würde ihr die Arbeit erleichtern.

»Ornella, ich glaube, ich habe ein Angebot für dich«, sagte sie und erregte damit die allgemeine Aufmerksamkeit.

Drittens Mariolina: Sie musste unbedingt ihr Mobiltelefon holen, das sie dummerweise auf ihrem Schreibtisch hatte liegen lassen, Ruggero anrufen und ihm alles erzählen, was an diesem unglaublichen Vormittag geschehen war. Sie musste auch von ihrer kindischen Angst berichten, dass sie für ihn nichts als ein Abenteuer sei (und dann, Liebster, habe er ihr Belinda geschickt mit dieser zärtlichen Botschaft, und jetzt habe das Wort Zukunft eine Bedeutung für sie), sie mache sich solche Sorgen um ihn, seine Gesundheit sei doch sehr wichtig … sie habe aus Versehen Belinda von der Schatzkarte erzählt … nein, das würde sie besser nicht erzählen, sonst hielt er sie womöglich für eine Klatschbase …

Hoffentlich ließ sie dieser verrückte Osvaldo nicht im Stich und tat ihr den Gefallen, die Rathaustür zu öffnen.

»Ich bitte dich, Mama«, bat sie im Geiste, »du bist am richtigen Ort, hilf mir!«

Viertens Belinda: Sie musste ihre Mutter von einem Ort aus anrufen, an dem es ein ordentliches Netz gab, und über die verschwundenen Kacheln sprechen, aber auch über Ornellas Situation, weil sie ihr sicher besser raten könnte als ihr Vater, der Anwalt. Mama war eine solide und praktisch denkende Frau von großer Entschlusskraft, die nicht dem ersten Besten auf den Leim ging.

»Belinda, mein Schätzchen, wie geht es dir?«

Die geliebte Stimme fegte jeden Rest von Ärger beiseite.

»Na endlich, mir geht's gut und dir?«

»Mir geht es blendend, ich bin an einem herrlichen Ort und weiß nicht, was mit mir geschieht: Ich habe mich verliebt!«

11

Ein begeisterter Katholik

Cesare und Ruggero waren auf dem Nachhauseweg, zum Glück hatten sie mehr zufällig ein Taxi vor dem Krankenhaus erwischt. Es hätte nicht viel gefehlt und sie hätten tatsächlich zu Fuß gehen müssen.

Am Steuer saß ein korpulenter Taxifahrer, der nur kurz anhielt. Er wollte eigentlich nach Hause, denn er hatte Hunger. Er habe noch nichts gegessen, sagte er, nur ein paar Kartoffelkroketten gegen Mittag, die ihm ein Kollege spendiert habe, diese Dinger, mit Mozzarella gefüllt. Wenn sie noch warm seien, dann seien sie die reinste Gaumenfreude. Ob die Herren die Mozzarellakroketten schon mal probiert hätten? Leider seien diese hier kalt gewesen, und außerdem sehr klein, viel zu wenig für seinen armen, hungrigen Magen. Er war trotzdem bereit, die beiden Passagiere mitzunehmen, um ein gutes Werk zu tun, auch wenn es noch lange nicht Weihnachten war. Aber es sei ja bald Mariä Himmelfahrt und alles könne dazu beitragen, ins Paradies zu kommen.

Sie hatten Ruggero aus dem Krankenhaus entlassen, nachdem sie ihm ein krampflösendes Mittel verabreicht hatten. Sie gaben ihm die Empfehlung mit auf den

Weg, möglichst viel zu trinken (natürlich Wasser) und auf Diät zu achten. Der Arzt, es war übrigens derselbe wie am Vortag, hatte der Signorina Grüße bestellt. Auch ein bisschen Ruhe, so meinte er, würde Ruggero guttun.

»Der hat gut reden, wie soll ich mich denn bloß ausruhen, Herr Anwalt?«

»Du musst eben weniger arbeiten. Ich weiß, dass der Laden meiner Tochter… Ach übrigens, meine Tochter…«

»Nein, der Laden Ihrer Tochter war nicht anstrengend für mich, Herr Anwalt. Meine Eltern machen mich fertig. Sie belasten mich mehr als ein Kreuz auf dem Rücken. Denken Sie an das Kreuz Christi. Meine Eltern sind noch schlimmer. Die Verantwortung ist zu groß für einen einzigen Sohn … Sie haben doch auch eine Tochter, Herr Anwalt, die Einzelkind ist, oder?«

»Ach ja, übrigens, meine Tochter hat …«

»Na ja, bei einer Frau ist das vielleicht anders … und eine Frau hat einen starken Rücken. Ihre Tochter, hat sie eigentlich einen Mann, der…«

»Das weiß ich nicht! Übrigens, meine Tochter…«

»Ich will es nicht aus einem bestimmten Grund wissen, ich habe es nur so gesagt, um mich nicht als einziges Einzelkind zu fühlen. Wegen meiner Eltern bin ich noch immer nicht verheiratet. Sie hatten immer jede Menge an meinen Freundinnen auszusetzen, und jetzt machen die Hausangestellten alles falsch. Heute Morgen haben die Alten mir eine Szene gemacht, weil ich ihnen gesagt habe, dass ich eine Frau gefunden habe und sie ihnen vorstellen will. Anstatt zu sagen, mein Sohn, heirate, mach uns zu Großeltern, mach schnell ein schönes Kind …«

»Übrigens, meine Tochter, Ruggero, meine Tochter …«

»Das ist sicher auch so eine Hure!«

»Wie bitte?!«

»Sie haben gesagt, sie sei eine Hure.«

»Aber wer denn?«

»Meine Eltern, wer sonst?«

»Ich meine, wer soll eine Hure sein?«

»Meine Freundin! Aber das ist sie natürlich nicht …«

»Ruggero, du ruhst dich jetzt besser erst mal aus, du bist jetzt zu Hause«, forderte der Anwalt ihn auf und unterbrach so das Gespräch, das zu einer Pressekonferenz zu werden drohte.

»Ja, aber ich habe nicht vor, mich jetzt andauernd auszuruhen. Ich muss mich von all der Abstinenz erholen, Sie verstehen schon«, fügte er dann hinzu. Dann ließ er Cesare mit dem Blutsauger von Taxifahrer allein, der inzwischen begriffen hatte, dass die Passagiere an verschiedene Orte gebracht werden wollten, und sagte, wenn er nicht so ein strenger Katholik sei, hätte er sie jetzt beide rausgeworfen. Er habe immer noch nichts gegessen, nur die paar mickrigen Kartoffelkroketten gegen Mittag … Nun gut, er gebe sich mit dem doppelten Tarif zufrieden, eine bescheidene Summe, wenn man bedenke … Also, damit müssten die Herren schon einverstanden sein, denn fast alle Taxifahrer seien gerade im Urlaub und er sei ein Heiliger, dass er diese außergewöhnliche Fahrt bei dieser höllenartigen Hitze überhaupt gemacht habe.

Und ob ich ihn verstehe, dachte Cesare und verabschiedete sich von Ruggero, während vor seinen Augen das Bild seines großen, leeren, deprimierenden Schlafzimmers auftauchte. Die acht Türflügel des Intarsienschranks; die Kommode mit den Silberbeschlägen, in der noch ein paar Halstücher von ihr lagen; das mit indigofarbenem Atlas bezogene Bett, der Spitzenvorhang … Mit anderen Worten: Claudia.

Ihre Persönlichkeit, ihr Geschmack, ihr Stil. Ihre Abwesenheit.

Ihr Körper war überall, aber es gab keinen Ort, wo er ihn berühren konnte … Es ging auch nicht ums Berühren, nein. Gut, es ging auch darum, das konnte er nicht leugnen. Aber mehr als alles war es die Sicherheit, die Claudia ihm immer gegeben hatte, die Wärme, die Harmonie, die von ihr ausging. Ihr ganzes Wesen, das immer von einem innerem Feuer durchglüht schien, ihre Vitalität und Bescheidenheit, die Freude, bei der Rückkehr nach Hause einen warmen Herd vorzufinden, und die Wohltat, von einem leichten, wohlriechenden Duft empfangen zu werden.

Es ging nicht darum, allein und damit nur die Hälfte eines Ganzen zu sein, sondern darum, eine Frau an seiner Seite zu haben. Oberflächlich und tiefsinnig, zerbrechlich und zäh, praktisch und nachdenklich. Lebensnotwendig und stets gegenwärtig. Einen ruhenden Fels, der Sicherheit, Verteidigung und Schutz bot.

Aber was war er für sie? Sicher war er als Mann lange Zeit für sie kaum da gewesen, das sah er ein. Er war nur ein Phantom gewesen (seit der Notar ihm von dem Mann erzählt hatte, der sich hinter der Burg in den Abgrund gestürzt hatte, ging ihm das Wort Phantom oft durch den Sinn …, aber es hatte wenig Sinn, Belinda diese Geschichte zu erzählen, sie hätte ihren Schritt trotzdem nicht rückgängig gemacht.)

Dabei hatte er Claudia immer geliebt. Und er liebte sie noch.

Mehr als sogar noch als früher, wenn das überhaupt möglich war, liebte er die Frau, deren Liebe er mit jedem Atom seines Wesens brauchte und die er auf dümmste Art durch Oberflächlichkeit und Egoismus verloren hatte. Wegen einer Karriere, die ihn jetzt nicht mehr interessierte, um einen Status und Privilegien zu erhalten, die ihm heute nur lachhaft vorkamen.

Er konnte nichts anderes tun, als sich ihr Bild in Erinnerung zu rufen und sich mit ihr in einer endlosen Welt zu vereinen, mit Wiesen voller Margeriten, die es nur in seiner Phantasie gab, ein irdisches Paradies, in dem sie Hand in Hand über das Gras gingen und doch noch alles miteinander teilen konnten.

»Mea culpa, mea maxima culpa«, entfuhr es ihm unwillkürlich.

Der Taxifahrer sah ihn im Rückspiegel bewundernd an. Er sei, so erklärte er, ein Liebhaber der lateinischen Sprache, auch wenn er sie kaum kenne, weil er nicht habe studieren können. Er stamme aus einer kinderreichen Familie mit wenig Geld, es habe nie viel zu essen gegeben. Der Herr habe ihnen aber immer geholfen, auf ehrliche Weise zu leben, mit großer Mühe allerdings. Die Mutter habe es ihnen, ihm und seinen Geschwistern, nie an der Vorspeise fehlen lassen. Und auf Lateinisch sei die Messe doch etwas ganz anderes, nicht wahr? Man höre mit mehr Frömmigkeit zu. Auch wenn er keines der Worte verstehe, gingen sie ihm ins Ohr, und er merke gleich, dass es heilige Worte seien. Sein Großvater sei Organist gewesen bis ins hohe Alter, und er sei stolz darauf. Alle in seiner Familie seien gläubige Katholiken und verehrten Gregor den Großen.

»Sind Sie auch gläubiger Katholik?«, fragte er dann unvermittelt den Anwalt, der trotz seiner Überraschtheit ohne Zögern begeistert mit ja antwortete, denn ihm war gerade eine himmlische Gnade zuteilgeworden. Auf dem Display seines Handys leuchtete der geliebte Name auf.

»Ciao, Cesare.«

Deo gratias. Gott sei gedankt.

Die Stimme war ausnehmend freundlich, als sei es gar nicht sie oder vielleicht sie aus einer früheren Zeit.

»Claudia! Ich habe gerade an dich gedacht … ich muss mit dir reden … wo bist du?«

»Auch ich muss mit dir reden, Cesare. Es ist wichtig.«

»Ja, das stimmt. Wir müssen miteinander reden. Aber jetzt gerade geht es nicht, ich bin im Taxi, es ist etwas passiert … Ach, das ist eine lange Geschichte.«

Er würde gleich zurückrufen, sobald er aus diesem Weihrauchkessel ausgestiegen war.

»Ich bin gleich zu Hause und rufe dich dann zurück. Vielleicht komme ich zu dir und hole dich ab. Bleib, wo du bist, verstanden?«

Um nichts auf der Welt hätte sich Claudia, die wegen der schlechten Verbindung die letzten Worte nur schwer verstanden hatte, von dort wegbewegt, wo sie gerade war, vor allem, weil Romeo in der Nähe war, das wunderbare Geschenk, das die Götter ihr direkt aus dem Olymp auf die Erde geschickt hatten.

Aber das konnte Cesare nicht wissen.

12

Wie es um Cesare steht

Wie ein Taucher unter Wasser, der nur nach oben kommt und Luft holt, wenn er kurz vor einer Ohnmacht steht, erstickte Cesare seine Gefühlsregungen.

Wenn Claudia ihn sonst (leider nur sehr selten) angerufen hatte, war ihre Stimme immer hastig gewesen. Es waren mehr oder weniger verwaltungstechnische Fragen, wenn nötig schon mit der fertigen Lösung.

Cesare begriff, dass sie so wenig wie möglich mit ihm diskutieren wollte, und jedes Mal zersprang ein Torpedo mitten in seinem ohnehin gequälten Herzen.

Jetzt aber – welches Wunder! – musste sie mit ihm reden.

Ich muss mit dir reden, Cesare, es ist wichtig!

Das hatte sie zu ihm gesagt, und davon hätte er nicht zu träumen gewagt. Und außerdem sagte sie es mit einer weichen wohlklingenden Stimme mit sehnsuchtsvollem Unterton.

Wunderschön.

Cesare wollte sich nicht zu viele Illusionen machen, aber er wusste, dass es zwischen ihnen nicht vorbei war (es konnte einfach nicht vorbei sein!), und deshalb wollte er nicht aufgeben, bis er seine Frau zurückerobert hatte.

Er würde die Ausdauer eines Tropfens haben, der den Stein höhlt, *Gutta cavat lapidem non vi, sed* … wie ging es noch weiter? Er wusste es nicht mehr. Seine Schulzeit war schon zu lange her.

Wie schnell doch der Sand durch die Sanduhr rann! Er musste sich beeilen, und sich genau wie Ruggero erholen. Aber nicht von der Abstinenz … nicht nur. Er musste sich erholen, von den Gedichten, die er Claudia nicht vorgelesen hatte, von den Blumen, die er ihr nicht gekauft hatte, von den Liebesbriefen, die er nicht für sie zwischen den Kochtöpfen oder unter dem Kopfkissen versteckt hatte, den romantischen Abenden, die er nicht für sie geplant hatte.

Jetzt würde er ihr das alles geben und noch viel mehr. Denn seine Frau war alles für ihn, sie war sein A und O.

Dem Kaiser – denn Cesare bedeutete ja genau das – musste zurückgegeben werden, was dem Kaiser gehörte, und Gott bekam, was ihm zukam. In voller Achtung des Neuen Testaments … Markus oder Matthäus? Sicher einer der beiden Evangelisten mit M.

Ja, auch der Katechismusunterricht war lange her.

Nein, er war kein glühender Katholik, er besaß auch nicht das Privileg des Glaubens, und von dem Heiligen, den der Taxifahrer erwähnt hatte, hatte er noch nie etwas gehört.

Nicht dass er etwas gegen Religion gehabt hätte, aber bis zum Ende der Tertia war er von Priestern erzogen worden. Danach war er in ein weltliches Gymnasium gekommen, und da hatte sich in ihm ein Widerstand gegen die Pfaffen geregt, der bis heute andauerte.

Die paar Male, die er in der Kirche gewesen war, konnte er an zwei Händen abzählen: bei der Hochzeit (mein Gott, wie schön war Claudia gewesen!), bei der Taufe und Kommunion der Tochter, auch bei der Firmung und noch bei einigen Feiern, auf denen er nicht fehlen durfte.

Wieso kam ihm jetzt gerade seine Hochzeit in den Sinn? Diese Hochzeit rief Schuldgefühle in ihm wach, die er nie ganz verdrängt hatte, auch damals schon hatte er sie nicht geleugnet. Er war immer wie ein tapsiger Bär gewesen und wollte damals nur eine kleine Feier, nur mit den Eltern, die er schließlich einladen musste, und vier Freunden (genau vier an der Zahl), die engsten, die auch Trauzeugen gewesen waren. Claudia, schön wie sie war, hätte sich dagegen wehren können, hätte sich zieren und ihre Ansprüche durchsetzen können, aber sie war verständnisvoll und nahm alles hin, auch das schnelle Anschneiden des Hochzeitskuchens im Kreuzgang der Kirche. Die schönste Frau der Welt hatte kein richtiges Hochzeitsfest feiern dürfen. Trotzdem war sie glücklich und strahlte. Jetzt hatte er Gewissensbisse, dass er ihr keine große Hochzeit zugestanden hatte mit vielen Gästen, die Reis warfen und applaudierten.

Die wenigen Anwesenden hatten den wunderschönen Hochzeitskuchen genossen, den Tante Letizia selbst gemacht hatte … Die Torte zumindest würde der Braut gerecht, hatte die Alte, die sich immer einmischen musste, ohne jedes Taktgefühl gesagt.

Er war eben nicht auf Augenhöhe mit seiner wunderbaren Braut. Wenn es nach Letizia gegangen wäre, dann hätte Claudia *ihn* heiraten sollen. Wen? Das war überflüssig zu sagen. G. M. natürlich, den Großen Musiker! Alle Frauen der Familie hatte die Tante angehalten, sich in G. M. zu verlieben – oder zumindest in seine Lieder.

Freundlicherweise hatte sie ihr Idol am Tag der Hochzeit nicht erwähnt.

Als eine metallische Stimme ihm mitteilte, dass der Teilnehmer sein Telefon ausgeschaltet habe oder momentan nicht zu erreichen war, hätte Cesare alles Gold der Welt darum gegeben, gleich jetzt die saphirblauen Augen seiner Frau wiederzusehen, mit dieser Iris, die die Farbe wechselte, mal war sie heller, mal dunkler, mit kleinen Goldsprenkeln, die sie manchmal fast grün aussehen ließen – je nach Stimmung und Wetter.

Er öffnete die oberste Schublade der Kommode. Ihre Tücher lagen noch darin, raschelnd, seidig, weich, leicht, manche so zart, dass man sie kaum anzufassen wagte. Immer in sanften Farben, zart wie sie selbst. Claudia versäumte es nie, ein Halstuch zu tragen, das war ihr besonderes Kennzeichen, und sie kannte hundert verschiedene Arten, diese Tücher zu binden. Einmal hatte sie sich ein Tuch um den Kopf geschlungen und unter dem Kinn zusammengeknotet, was ihre aufgeworfenen Lippen noch mehr betonte. Sie sah aus wie eine Schauspielerin, einfach hinreißend! Aus lauter Eifersucht hatte er verlangt, dass sie das Tuch abnahm. Er hatte ihr den Grund nicht genannt, nein, er hatte sich über sie lustig gemacht, sie vielleicht sogar verletzt, und dann hatte sie geweint.

Was für ein Idiot war er gewesen!

Heute waren die Tücher von Claudia der einzige Trost, der ihm geblieben war. Er nahm ein zartgraues (das am besten zu seiner Stimmung passte) und strich sich damit übers Gesicht. Er steckte die Nase hinein, schnüffelte ein wenig daran und bildete sich ein, den Geruch ihrer Haut wahrzunehmen (doch ihm war klar, dass es nur das parfümierte Säckchen aus dem Wäscheschrank war). Dann drückte er das Tuch an seine Wange, während ihm die Tränen in die Augen traten. Schließlich legte er es in die Schublade zurück.

Die Atmosphäre im Haus war erdrückend, und auch sein Besitzer war bedrückt, durch die Stille, die man fast mit dem Messer schneiden konnte. Ein plötzlicher warmer Windstoß ließ das offene Fenster klappern und Cesare fuhr hoch. Claudia rief zurück. Sein Herz fing Feuer.

»Belinda hat mir gesagt, dass ihre Lieblingskacheln fehlen, Cesare. Die mit der Kuh und der Sonne.«

Sie sprach in dem bekannten Ton, vorwurfsvoll, alle Sanftheit war aus ihrer Stimme verschwunden.

»Ja, ja, ich weiß. Ich muss mir das alles noch mal ansehen, um …«

»Das hättest du längst tun sollen, Cesare.«

Sie redete wie eine strenge alte Jungfer.

»Ja, aber heute morgen …«

»Du musst das Problem lösen, Cesare. Diese Sache ist sehr wichtig für unsere Tochter.«

»Ja, das mach ich ja. Trotzdem bin ich dagegen, dass sie in dieses Kaff zieht.«

»Warum? Belinda ist sechsundzwanzig, hast du das vergessen? Sie ist jetzt eine Frau, und es ist richtig, dass sie ihr eigenes Leben führt.«

»Außerdem ist mir die ganze Sache nicht geheuer, Claudia.«

»Nicht geheuer?«

»Ja. Ich habe da so eine Geschichte gehört. Vor langer Zeit war ein Handwerker in diesem Laden, ein Schuhmacher …«

»Mein Gott, Cesare, jetzt erzähl mir nicht, dass du dich vom Dorfgeschwätz beeindrucken lässt!«

»Ich habe es vom Notar erfahren.«

»Dass sich dieser Unglückliche eines Nachts in die Schlucht hinter der Burg gestürzt hat?«

»Man fand ihn am Boden zerschmettert auf.«

»Das tut mir sehr leid für ihn …«

»Man sagt, sein Geist treibe sich immer noch herum, und dass der Laden ein Ort des Unglücks sei.«

»Du bist verrückt, Cesare. Ich muss jetzt los. *Ciao!*«

Cesare hörte, wie jemand nach Claudia rief und sie antwortete: »Ich bin hier, ich komme schon.«

Er stellte sich vor, wie sie eine Hand hob, um auf sich aufmerksam zu machen.

»Wohin gehst du? Wo bist du eigentlich?«

»Ich muss jetzt Schluss machen.«

Wieder diese Stimme, aber jetzt deutlicher, vielleicht gleich neben ihr, und sie sagte: »Claudia, beeil dich, Romeo wartet auf dich.«

»Wo bist du? Wo musst du hin? Und wer ist Romeo?«

»Cesare, zerbrich dir nicht den Kopf über Dinge, die dich nichts angehen. Ich bin in den Ferien. Ich muss einen Tanz einstudieren und Romeo ist der Chef des Feriendorfs. Noch Fragen?«

Der Schulbesuch bei den Priestern hatte Cesare derart geprägt, dass ihm bei den unpassendsten Gelegenheiten plötzlich Bibelworte in den Sinn kamen. Wie der Psalm, den er hätte aufsagen können, als liege das Buch aufgeschlagen auf einem Pult.

Sie haben ihre Zunge als Schwert verwendet und bittere Worte abgeschossen wie Pfeile.

Jetzt hatte er etwas zu beißen. Und fühlte sich schon besser. Wenn er etwas oder jemanden hatte, gegen den er kämpfen konnte, fühlte er sich immer besser.

Er musste sich auf das Spiel konzentrieren.

Denn jetzt wurde es ernst.

Und hart.

Wenn das Spiel hart wird, fangen die Harten erst an, richtig einzusteigen, sagte er sich in völliger Übereinstimmung mit der entsprechenden amerikanischen Redewendung.

»Warte, Claudia, noch etwas!«

»Was denn noch?«, fragte sie mit einer Ungeduld, die verletzend war.

Ich will dich nicht verlieren. Ich kann nicht leben ohne dich. Ich habe dich immer geliebt. Ich bitte dich, komm zurück.

Trotz seiner Bitterkeit gelang es ihm, in normalem Ton zu sprechen. Dann sagte er etwas ganz anderes, als er eigentlich hatte sagen wollen. Sie würde ihn wahrscheinlich für einen Verrückten halten. Nicht schlimm, das Spiel begann mit verdeckten Karten. Jetzt war nicht der richtige Moment, um seine Gefühle zu offenbaren.

»Weißt du zufällig, wer Gregor der Große war?«

»Wer?«

»Der heilige Gregor der Große.«

»Weeer?«

Claudia begann, um die geistige Verfassung ihres Ex-Mannes zu fürchten. Es war wirklich besser, wenn Belinda so schnell wie möglich bei ihm auszog.

»Gregor der Große«, antwortete Cesare in möglichst normalem Ton. »Ein Heiliger!«

13

Elviras Geschichte

»Kind, was hast du nur?!«, rief Signora Elvira, als sie ihre Tochter sah: müde, abgehärmt, mit verheulten Augen, viel zu mager. Energisch zog sie Ornella an ihre Mutterbrust, gleich hier, am Hauseingang.

»Komm her. Mama bringt dich wieder in Form. Wie dünn du doch bist! Und so blass!«

Erst als Ornella hereinkam, merkte die Mutter, dass sie in Begleitung war. So änderte sie schnell den Ton und sagte heiter: »Marietta, Mariolina, wie geht es euch? Wie nett, das ihr meine Tochter begleitet habt!«

Hinter Mariolinas »Aber gern« verbarg sich ein ganz anderer Gedanke, nämlich, dass sie jetzt eigentlich bei Ruggero sein müsste.

»Ich bin so froh, dass du hier bist, mein Schatz«, sagte Elvira. »Wie lange ist denn dein Mann wegen dieses Kongresses im Ausland?«

»Welcher Kongress, Mama?«, sagte Ornella. Sie hatte es lange genug mit angesehen, dass die Mutter die Wirklichkeit mit schönem Schein verschleierte. »Meine Freundinnen wissen alles. Ich habe die Nase voll davon, dass du immer diese heuchlerische Fassade aufsetzt. Was gibt es da zu verbergen? Dass ich einen miesen Kerl, einen Egoisten, ein engstirniges Ekel geheiratet habe. Das sollen ruhig alle erfahren. Er ist ein elender Wicht, der nur an sich denkt. Er ist bösartig und schlägt zu, er geizt mit dem Geld und ebenso mit Gefühlen. So ist er, mein Mann, oder besser gesagt, mein Ex-Mann.«

»Aber Ornella, was redest du da? Du bist eine verheiratete Frau, dein Mann ist ein vorzüglicher Arzt …«

»Ein Ausbeuter ist er! Ein Sklavenhalter! Immer spart er an allem. Auch bei mir. Ich muss ihn um Erlaubnis bitten, wenn ich mir *Strümpfe* kaufen will. Möchtest du noch mehr Beispiele? Hast du gesehen, mit was für einer Klapperkiste ich herumfahre? Ein Wunder, dass sie überhaupt noch fährt. Weißt du, was der Automechaniker dazu gesagt hat? Wenn es ein Wein wäre, würde es zur *gran riserva* gehören!«

Vom Wohnzimmerfenster aus blickte Elvira auf das klapprige Auto, das vor der Zufahrt zu ihrem Haus parkte. Es musste wirklich … nun ja, da blieb wohl nichts anderes mehr, als es zu verschrotten.

»Und vor allem … hast du schon vergessen, was er gestern Abend mit mir gemacht hat?«

»Entschuldige, Ornellina«, stammelte die Mutter, der seltsamerweise die Worte ausgingen. »Aber bitte schrei doch nicht so und reg dich nicht so auf. Und ihr beiden, nehmt doch Platz!«, fügte sie verstört hinzu.

Nachdem sich alle gesetzt hatten, fing sich Elvira wieder, und kurze Zeit später war sie schon wieder ganz die alte Quasselstrippe. Sie sagte zu den beiden Schwestern, sie habe sie ja so lange nicht gesehen, da sie nicht mehr so oft ausginge wie früher. Ihre Beine machten ihr zu schaffen, die Jahre gingen eben nicht spurlos an einem vorbei, aber das gelte nur für sie selbst, nicht für sie beide, die noch jung seien, vor allem Mariolina, die ja in bester Form zu sein schiene.

»Wie froh deine Mutter oben im Himmel sein muss!«, rief sie aus. »Es ist so schwierig, Töchter großzuziehen, die nicht nachher zur Beute von Schurken werden wie mein armes kleines Mädchen, das wahrlich einen besseren und liebevolleren Mann verdient hätte.«

Anstatt die Mutter zu erinnern, dass diese in ihrem Ehrgeiz selbst zur Urheberin des ehelichen Unglücks ihrer Tochter geworden war, benahm Ornella sich wie eine Dame. Sie wechselte das Thema und stellte ihrer Mutter Belinda vor. Doch zunächst beachtete die Mutter diese kaum, denn sie brannte vor Neugier, Mariolinas Neuigkeiten in allen Einzelheiten zu erfahren.

Als sie ihr dann allerdings erzählten, in welchem Laden Belinda ihre Milchbar einrichten wollte, änderte sich der Gesichtsausdruck der Signora Elvira schlagartig.

Sie schlug ein Kreuz und begann von dem Mann zu erzählen, auf den die Legende vom Gespenst von Borgo Propizio zurückging.

»Na ja, Legende ist vielleicht zu viel gesagt. Dieser merkwürdige Kerl hatte einen langen Bart und war ein etwas grober und sehr schweigsamer Mensch. Er war Schuster, und genau da, wo Sie Ihren Milchladen eröffnen wollen, hatte er seine Werkstatt und schlief dort auch. Die Wohnung oben drüber wurde erst ein paar Jahre später ausgebaut. Damals war der Laden eine Art

Höhle, die Sachen lagen überall herum, es war ein irres Durcheinander. Ich selbst war nur einmal dort, aber alle sagten, dass die Werkstatt ein dunkles Loch sei. Und auch der Typ war seltsam. Man wusste nicht so recht, ob er jung war oder alt: Manchmal wirkte er wie ein früh gealterter junger Mann, manchmal wie ein Greis. Draußen sah man ihn nie. Ihr wisst ja, wie das ist, das Dorf ist klein, und wir alle fragten uns, wer er eigentlich war und woher er kam. Selbst wenn man ihm die Schuhe zur Reparatur brachte, war es unmöglich, auch nur ein Wort mit ihm zu wechseln. Es war schon viel, wenn er guten Tag und auf Wiedersehen sagte. Er hatte einen komischen Akzent, ich glaube nicht, dass er Italiener war, aber wir hielten uns nicht lange mit ihm auf, es gab damals ganz andere Probleme, das könnt ihr euch gar nicht vorstellen, es war schon ein Wunder, wenn man ein paar Schuhe besaß. Ich kann mich noch gut daran erinnern, wie viele Kilometer ich als Kind mit meinen Holzpantinen an den Füßen gelaufen bin und welche Angst wir vor der Bombe hatten …«

»Mama, erzähl lieber weiter von dem Schuster«, mahnte Ornella. Sie wollte nicht schon wieder all die alten Kriegsgeschichten hören, die sie schon auswendig kannte.

»Dass ich überhaupt etwas erzählen kann, verdanke ich meinem lieben Mann, Gott hab ihn selig, auch wenn es nicht viel ist. Doch immerhin weiß ich mehr als die anderen, weil mein Umberto dabei eine Hauptrolle gespielt hat.«

Der Triumph stand ihr ins Gesicht geschrieben.

»Mein Umberto war nämlich Nachtwächter damals, und eines Abends, als er seine Runde machte, tauchte ein Auto auf, das er vorher noch nie gesehen hatte … Am Steuer saß eine Frau. Sie parkte den Wagen auf dem Rathausplatz, stieg aus dem Auto und ging in Richtung Schusterladen. Umberto begleitete sie, er war natürlich neugierig und fragte, was sie suche. Die Frau war Ausländerin und sagte etwas, das er nicht verstand. In diesem Moment tauchte der Schuster auf, wie ein Blitz rannte er aus seiner Werkstatt und verschwand Richtung Burg. Die Frau lief ihm eilig hinterher. Dann setzte sich auch Umberto in Bewegung und rannte neben der fremden Frau her, die unverständliche Worte ausstieß. Als sie oben angekommen waren, war die Tragödie schon geschehen. Der Schuster war in den Abgrund gefallen oder besser gesagt, er hatte sich hinuntergestürzt, nun, wer konnte das schon genau sagen? Das war eine Nacht, so dunkel wie der Weltuntergang!«

Signora Elvira machte eine dramatische Pause, um die Spannung zu erhöhen. Und tatsächlich starrten vier Augenpaare sie gespannt an, besonders Mariolina.

»Die Fremde ging wieder zurück zum Schusterladen und durchwühlte die ganze Werkstatt – offenbar suchte sie irgendetwas. Es war das erste Mal, dass in Borgo Propizio so etwas passierte, und es war zum Glück auch das letzte Mal. Aber wollt ihr wissen, was seltsam ist?«

Die vier Köpfe nickten.

»Der Schuster humpelte doch. Wie konnte er also plötzlich so schnell rennen?«

»Hat es denn keine Untersuchung gegeben? Hat man nicht herausgefunden, wer der Schuster war und diese fremde Frau?«, fragte Belinda, die ein wenig von der Berufskrankheit ihres Vaters geerbt hatte.

»Das weiß ich nicht. Die Polizei kam und nahm die Frau mit.«

»Gab es denn einen Prozess?«

»Nicht dass ich wüsste. Aber es gab eine Beerdigung, jedenfalls glaube ich das, bin mir aber nicht sicher, weil die Leiche des Mannes weggetragen wurde. Keiner weiß, woher die beiden eigentlich kamen. Plötzlich war das Dorf ein Pulverfass. Eine Zeitlang schrieben alle Zeitungen über uns, und Borgo Propizio war in den Schlagzeilen. Auch mein Mann ist damals interviewt worden. Ich erinnere mich, dass man in der Zeitung von gestohlenem Schmuck sprach, von Kehlerei …«

»Hehlerei, Mama, Hehlerei«, korrigierte Ornella sie.

»Ja, mein kluges Mädchen. Man redete also eine Weile über diesen merkwürdigen Vorfall … Aber dann wurde geschwiegen, und es passierte nichts mehr«, sagte Elvira und zuckte die Achseln. Dann fuhr sie fort und ihre Stimme wurde einen Ton schriller.

»Andere Dinge geschahen. Umberto erlitt einen Herzinfarkt, und der Herr rief ihn zu sich. Unglück braucht man sich nicht zu kaufen, es kommt ganz von selbst. Plötzlich stand ich allein da, mit wenig Geld und zwei Mädchen, die ich großzuziehen hatte. Das war eine schwere Verantwortung, und ich musste mich überschlagen, um alles zu schaffen.«

»Aber Papa ist doch erst zehn Jahre später gestorben! Das hat doch nichts mit dem Schuster zu tun, Mama!«

»Doch, doch. Es kam durch den Schock!«

»Zehn Jahre später?«

Elvira nickte mit dem Kopf und bestätigte das Selbstverständliche oder das, was ihr als solches erschien.

»Zehn Jahre später. Und ich hatte ein schweres Leben, so ganz allein, und ihr beide wart noch klein und brauchtet so viel. Ich war ohne Mann, ohne eine Stütze. Das war nicht leicht, weißt du. Deswegen habe ich mich so bemüht, euch gut zu verheiraten, aber du hattest Pech, mein armes Mädchen ... Das haben wir wirklich nicht verdient ...«

Während Signora Elvira das Schicksal beklagte, das ihr und ihrem Nachwuchs zugestoßen war, fragte Mariolina, bemüht, sich ihre Angst nicht anmerken zu lassen: »Und dieser Schmuck, hat man den jemals gefunden?«

»Keine Ahnung ... Aber nach dem, was so geredet wurde, musste es ein bedeutender Schatz sein.«

»Warum hast du uns diese Geschichte nie erzählt, als wir Kinder waren?«, fragte Ornella.

»Ich weiß nicht. Vielleicht ... weil ihr Kinder wart und ich nicht wollte, dass ihr Angst bekommt ... weil ich ... Angst hatte, weil ich Angst habe.«

»Wovor, Mama?«

»Vor dem Geist dieses seltsamen Schusters, der in Mondnächten immer noch durch Borgo Propizio spukt, weil er keine Ruhe findet.«

14

Ein unerwarteter Besuch

Mariolina tat, als habe sie eine wichtige Sache vergessen, sprang in ihren Panda in Grau metallic und raste los. Ich habe keine Minute zu verlieren, dachte sie und fuhr Hals über Kopf Richtung Hügel. Dabei dachte sie darüber nach, was sie Ruggero sagen sollte.

Der war aus der Klinik nach Hause zurückgekehrt und alles war dort in bester Ordnung. Candela stand in der Küche, in der es nach Essig roch, weil sie so gut wie alles damit sauber machte. Die Eltern saßen im Wohnzimmer, in dem es nach Scheiße stank, denn im Ruhezustand wurden ihre lauten Fürze stärker.

Wie sollte er seiner zukünftigen Frau diesen Geruch jemals zumuten?

Er riss die Fenster auf, die trotz der Augusthitze geschlossen waren, dann zog er sich in sein Apartment zurück.

Mariolina hörte das Tuten seines Telefons, aber niemand nahm ab. Ob er vielleicht nicht mit ihr sprechen wollte? Hatte die Tochter des Anwalts ihm nicht gesagt, was passiert war? Und was hatte er am Ende mit seinem Auto gemacht?

Ruggero musste Ordnung in seine Gedanken bringen und sich gut überlegen, wie er sich verhalten sollte. Deshalb setzte er sich an den Schreibtisch und stellte den Computer an.

Nichts half ihm so sehr, seine Gedanken zu ordnen, wie ein Solitär-Spiel am PC. Wenn ihm zu viel durch den Kopf ging, spielte er es manchmal stundenlang. Ebenso leicht wie er die virtuellen Karten bewegte, konnte er dann die Ereignisse Revue passieren lassen.

Sie wusste, dass sie das Richtige tat.

Nachdem sie einen Moment gelauscht hatte, klopfte Candela zaghaft an Ruggeros Tür, denn sie wusste, dass der junge Herr nicht gestört werden wollte, wenn er sich in seine Wohnung zurückzog.

Da der Señor aber nicht antwortete, klopfte sie lauter.

Nichts.

Sie klopfte erneut.

Immer noch nichts.

Sie öffnete die Tür.

Ruggero saß da, den Kopf auf der Tastatur, reglos. Er war in dieser unbequemen Haltung fest eingeschlafen, trotz des rauschenden Computers.

So also arbeitete *el señor*, deshalb bezahlte er nie pünktlich ihren Lohn!

Erst nach dreimaligem Schütteln öffnete er die Augen, und als sich die Nebel des Schlafs gelichtet hatten, spürte er so heftige Kopfschmerzen, dass er kaum etwas sehen konnte.

Er rieb sich den schmerzenden Nacken und machte Candela Vorwürfe. Sie wisse doch, dass sie ihn bei der Arbeit nicht stören dürfe.

»Muy bien«, antwortete die Hausangestellte respektlos, »dann sagen Sie das mal der Signorita.«

»Welcher Signorita?«

»Mariolita.«

Die schon seit einer Viertelstunde im Wohnzimmer wartete.

Wenn sie sich ihre zweite Begegnung mit Ruggero hätte vorstellen müssen, dann hätte Mariolina dies mit den Bildern eines romantischen Films getan.

Ein kleiner Wald.

Im Vordergrund sie in einem weißen langen eleganten Organza-Kleid mit tiefem Ausschnitt, der weite Rock im Wind flatternd, ein Hut mit breiter Krempe. Er, ein attraktiver Verführer aus dem neunzehnten Jahrhundert, das weit geöffnete Frackhemd zeigt seinen muskulösen Oberkörper.

Er sieht sie auf einer Schaukel zwischen zwei Bäumen schwingen, läuft auf sie zu und ruft ihren Namen; sie hört ihn und geht auf ihn zu. Er breitet seine Arme aus, sie findet darin Schutz und verliert sich in einem leidenschaftlichen Kuss, er beugt ihr Gesicht nach hinten, um sie zu betrachten, sie legt ihren Kopf an seine Schultern, er streichelt ihr Haar, sie lächelt ihm zu, er bedeckt ihre Wangen mit lauter zärtlichen Küssen, und sie hält ihr Gesicht hin, auf das es immer heftigere Küsse regnet.

Ende: Beide liegen eng umschlungen auf einer Blumenwiese.

Alternativ: Sie finden sich auf einem Parkplatz, auf der Straße, einer Bank, einem Postamt.

Doch niemals hätte Mariolina an ein Wohnzimmer gedacht, in dem es nach toten Ratten roch und in dem zwei alte Leute auf dem Sofa saßen, die schnarchten und furzten.

Eine Ewigkeit musste vergangen sein, bis Ruggero erschien. Er schien Lichtjahre von dem Mann entfernt, der sie einen Tag zuvor verführt hatte, so dass ihr Hören und Sehen vergangen war. Er blieb vor ihr stehen – in einem verschlissenen Unterhemd, in ausgebeulter Hose, Badeschuhen, und mit verstörtem Gesicht.

»Was machst du denn hier?«, fragte er und sah sie verblüfft an.

»Belinda hat mir gesagt, du wärst wieder zu Hause.«

Es gibt Momente im Leben, in denen man sich fragt, ob man nicht gerade einen Riesenfehler macht. Mariolina fürchtete, dies sei ein solcher Moment, und hob verlegen die Schultern.

»Es war falsch von mir, herzukommen«, murmelte sie und wartete auf Bestätigung oder Widerspruch, aber weder das eine noch das andere erfolgte. Und so fuhr sie fort zu reden und erklären, dass sie mit ihm über etwas Wichtiges sprechen müsse.

Es gibt auch Momente im Leben, in denen man glaubt, ein Trugbild vor sich zu haben. Ruggero fürchtete, dass dem so sei. Er löste sich plötzlich aus seiner

Erstarrung und kniff sich heftig in den Arm, dann hielt er sich für verrückt, weil er sich selbst wehgetan hatte, nachdem sein Körper an diesem Tag schon genug erlitten hatte.

»Ich freue mich über diesen unerwarteten Besuch, Bambolina«, sagte er schließlich um Männlichkeit bemüht. »Doch leider geht es mir nicht gut«, fügte er kläglich hinzu.

15

Leidenschaftliches Rot

Als Ruggero die Gespenstergeschichte gehört hatte, brach er in Lachen aus. Über den Schuster allerdings hätte er gern mehr erfahren. Doch Mariolina wusste sonst nichts über ihn.

Vor allem aber fühlte er sich geschmeichelt, dass er eine Jungfrau besessen hatte. Nein, das habe er nicht bemerkt. Wie hätte er das auch in diesem Durcheinander? Jetzt verspürte er eine unaussprechliche Zärtlichkeit für diese unbescholtene, engelhafte, heilige Frau, die auf ihn allein gewartet und sich ihm gleich bedingungslos hingegeben hatte. So stand es im Buch des Schicksals geschrieben. Und Ruggero glaubte an das Schicksal.

Eine so besondere Frau hatte ein besonderes Geschenk verdient, fand er.

Ruggero führte Mariolina in sein Schlafzimmer. Obwohl sein Blut heiß in den Adern pochte und ihn große körperliche Lust überkam, wusste er sich zu beherrschen. Er öffnete seine Nachttischschublade, sagte Mariolina, sie solle die Augen schließen, nahm ihr zartes Händchen in seine kräftige Hand und steckte ihr etwas an den Finger.

Als sie die Augen wieder öffnete, sah Mariolina an ihrem linken Ringfinger einen atemberaubend schönen Ring. Seine Form war antik und ausgesprochen edel. Wie recht hatte sie gehabt, in Ruggero einen echten Herrn zu sehen. In der Mitte der gewölbten Fassung saß ein leuchtender ovaler Stein von auffallend lebhaftem Rot, dem Rot der Leidenschaft. Ob es ein Rubin, ein Zirkon, ein Granat oder einfach nur Glas war (auch ein Stück Glas kann ewig halten, dachte Mariolina), war gleichgültig – entscheidend war das Liebespfand, das er darstellte.

Alle Zweifel, die Mariolina an diesem schrecklichen Vormittag erlitten hatte, waren endgültig verschwunden, die Wiege ihrer Phantasie schwang hin und her. Sie meinte ein Glockenspiel zu hören, in dessen Klänge sich ein altes Schlaflied mischte: »Wenn die Kinder schlafen ein, wachen auf die Sterne …«

Dann kam der Augenblick, in dem sie offiziell den Eltern vorgestellt wurde.

Diese waren zu Ruggeros großem Erstaunen ganz bezaubert von diesem hübschen, anständigen, ernsthaften Mädchen. Schon lange hätten sie ihrem Sohn gesagt, er solle endlich heiraten, meinten sie, aber jetzt könnten sie verstehen, warum er sich bisher noch nicht dazu entschlossen habe. Er habe auf sie gewartet, und das zu Recht. Sie würde eine perfekte Hausfrau sein. Und sie seien ein wirklich schönes Paar.

Sie furzten nicht einmal. Stattdessen hatte eine leichte Brise den Duft von frischem Heu ins Zimmer geweht, so dass Mariolina schon glaubte, der Pestgeruch von vorhin sei reine Einbildung und nur Ausdruck ihrer Angst gewesen.

Dann aßen sie alle gemeinsam Eis, und als der alten Frau der Löffel herunterfiel, hob Mariolina ihn schnell auf und machte ihn mit ihrer Serviette sauber. Die alte Frau bedankte sich bei ihr.

Dann zeigte Ruggero ihr das Haus. Es war groß, vornehm, schön, einfach wunderschön, mit nur einem Stockwerk, aber vielen Zimmern, dazu gab es einen Portikus und einen Garten. Ruggero erklärte ihr, er wolle ein paar Umbauten vornehmen, dazu brauche er aber ihren Rat.

Mariolina dachte an helle gelb getünchte Veranden, dichte Kletterpflanzen und Rosen auf einer weißen Pergola.

»Deine Meinung ist mir sehr wichtig.«

Genau das sagte er.

Alles schien so auszugehen wie im Märchen, nämlich gut. Bald schon würde Mariolina einen weißen Brautschleier tragen, während die Orgel den Hochzeitsmarsch spielte.

Da ertönte tatsächlich eine Melodie. Aber sie hatte nichts mit den lieblichen Noten von Mendelssohn zu tun. Es war *Jingle Bells*, das auf Ruggeros Handy erklang.

Cesare schien angespannt und teilte ihm mit, er habe ihm zwei Dinge zu sagen.

Erstens dürfe er ihm nichts verheimlichen, zweitens sei sein Mercedes mitten auf der Straße einfach so liegengeblieben und seiner Tochter hätte wer weiß was passieren können.

Um der Wahrheit die Ehre zu geben – das Gespräch mit Claudia hatte ihn wütend gemacht. Dieser grässliche Angeber namens Romeo schien tatsächlich zu existieren. Romeo … allein schon der Name! Jetzt musste er sich bei seiner Tochter einschmeicheln, um zu erfahren, wo ihre Mutter war, um sie dann dort abholen zu können. Und dabei musste er möglichst diplomatisch vorgehen, was bei dieser unmöglichen Tochter alles andere als einfach war. Aus all diesen Gründen war es besser, seine Wut an Ruggero auszulassen – weil diese vermaledeiten Kuh-Kacheln fehlten, weil er den Laden ordnungsgemäß hätte übergeben müssen, weil seine Tochter in diesem blöden Angeber-Auto beinahe umgekommen wäre, weil, weil, weil … jeder weitere Vorwand war ihm willkommen.

»Probleme?«, fragte Mariolina. Ruggeros veränderter Gesichtsausdruck, als dieser das Gespräch beendete, war ihr nicht entgangen.

Ruggero war blass. Über alles konnte man mit ihm reden, aber keiner durfte etwas gegen sein Auto sagen!

»Es wird Abend«, antwortete er ausweichend.

Er musste weg. Der Anwalt würde kommen und sie mussten die Dinge von Mann zu Mann bereinigen.

»Es gefällt mir nicht, dass du allein im Dunkeln Auto fährst«, sagte er.

Die frischgebackene Schwiegertochter verabschiedete sich von den Eltern, die sie am Sonntag zum Mittagessen erwarteten, dann gab sie ihrem Liebsten einen Kuss auf die Lippen, was ihn verlegen machte, weil die Eltern zusahen. Dann riet er ihr noch, nicht anzuhalten, falls sie dem Gespenst begegnete.

Mariolina fuhr nach Borgo Propizio zurück, alle vier Fenster ihres Pandas weit geöffnet wegen der frischen Luft (die Klimaanlage war nicht serienmäßig eingebaut, und sie hatte Geld sparen wollen). Die Sonne ging hinter den Hügeln unter und tauchte den Himmel in ein zauberhaftes perlmuttenes Rosa.

Da in ihrem Haus kein Licht brannte, fuhr sie gleich zu Signora Elvira, wo ihre Schwester und die Freundinnen geblieben waren.

»Ihr seid ja noch hier«, sagte sie fröhlich, als sie hereinkam.

»Wieso bist du einfach so abgehauen? Ich hätte beinahe wieder einen Herzinfarkt bekommen!«

Wenn sich die Gelegenheit bot, stellte sich Marietta gern als Opfer dar.

»Aber nicht doch, gestern warst du nur einen Moment ohnmächtig, Schwesterchen. Jetzt setz dich wieder hin, damit es nicht wieder passiert. Ich habe große Neuigkeiten.«

Während sich Elvira, Ornella und Belinda neugierig um sie scharten, drehte sich Mariolina vor Glück im Kreis, streckte den linken Arm aus und zeigte ihre Hand …

»Voilà!«, sagte sie strahlend und zeigte den Ring mit dem leuchtend roten Stein.

»Donnerwetter!«, rief Elvira, und dann brachen alle in staunende Ahs und Ohs aus und stellten tausend Fragen, auf die Mariolina, die sich anmutig wie eine Prinzessin auf dem Sofa niedergelassen hatte, nur zu gern antwortete.

Jetzt gehen aber wirklich die Pferde mit ihr durch!, dachte Marietta grimmig.

16

In der Strandbar

»Ich möchte zu dir sein wie der Frühling zu den Kirschen«, sagte Romeo, der von Poesie nur so übersprudelte. Er hätte nicht anders empfinden können. Die Nacht am Meer war so lieblich, dass er fast darunter litt, am Leben zu sein. Auch das hatte er irgendwo gelesen, aber es gefiel ihm, so zu denken, sich einzubilden, es stamme von ihm, und sich wirklich so zu fühlen.

»Diese Nacht ist so lieblich, dass man fast darunter leidet, am Leben zu sein …«, sagte er seufzend.

Der unerfüllte jugendliche Wunsch, Gedichte aufzusagen, kam bei ihm oft zum Vorschein.

»Du scheinst ja ein Dichter zu sein«, sagte Claudia und sah zu, wie er auf Kniehöhe den Riss seiner Jeans erweiterte.

Er steckte einen Zeigefinger in den Mund und schüttelte den Kopf.

»Ich bin eher ein Zyniker«, sagte er. Er zog an dem abgenutzten Stoff und das Loch wurde zu einem mehrere Zentimeter langen Riss. »Ich glaube, für Frauen ist es wichtiger, dass man ihnen sagt, dass man sie liebt, als die Liebe selbst. Sie wollen lieber Geliebte genannt als richtig geliebt werden.«

Er wartete auf Claudias Reaktion, doch diese blieb ganz ruhig.

»Und da fängst du mit Neruda an.«

»Ich fange bei ihm an und höre bei ihm auf, denn ich kenne nichts anderes«, gab er zu und lachte entwaffnend.

Wie ein Wasserfall, der Lärm erzeugt, erzeugte Romeo Energie. Ansteckende Energie.

»Also Dichter, Zyniker und was noch?«

»Hmm … Wahnsinniger vielleicht.«

»Ohne ein bisschen Wahnsinn ist der Mensch nur ein lebender Leichnam«, sagte Claudia philosophisch und stieß damit auf sein völliges Einverständnis. Danach gingen sie etwas trinken.

Während sie zu der inzwischen leeren Strandbar schlenderten, hatte Claudia den Eindruck, sechzehn Jahre alt zu sein, vielleicht auch achtzehn, mehr aber auf keinen Fall. Das hier waren Ferien, die allein ihrem Vergnügen dienten, sie von allen Gedanken befreiten, ein unvermutetes Abenteuer, das sie sich nie hatte vorstellen können. Und schon gar nicht in ihrem Alter.

Auch ein Martini gehörte dazu.

Romeo ging hinter die Bar und zog ein Paar weiße Handschuhe an.

Claudia fragte ihn nicht, warum, aber ihre Miene tat es für sie.

»Damit es feierlicher ist«, sagte Romeo.

»Einfacher ausgedrückt, um ein bisschen Schau zu machen«, meinte sie lächelnd.

»Und damit der Cocktail nicht durch die Hände angewärmt wird.«

Amüsiert (und auch bewundernd) sah sie zu, wie er den Martini in den Shaker goss und ein paar Eisstückchen hineintat. Dann den Gin. Auf der grünen prismaförmigen Flasche stand *No Ten*. Romeo schüttelte den Shaker genau zwanzig Mal.

»Das gehört zur perfekten Martini-Technik«, erklärte er. Dann nahm er zwei Gläser aus dem Eisfach und ein Sieb, durch das er den Cocktail goss, dann ließ er eine Olive in Claudias Glas fallen.

»Ich möchte, dass du mit mir tust, was die Olive mit dem Martini macht«, sagte er und lachte wieder sein zugleich silbriges wie auch männliches Lachen.

»Schwimmen oder ertrinken lassen?«, fragte Claudia und lachte mit ihm. »Romeo! Romeo, warum bist du Romeo?«, deklamierte sie jetzt ihrerseits. »Wieso haben sie dich so genannt?«

»Namen sind dazu da, das Wesen von jemandem auszudrücken, meint mein Vater«, antwortete er. »Und ich heiße wegen vieler Leidenschaften und aus vielen Gründen so, sagt er, aber vor allem, weil in meinem Leben eine unsterbliche Liebe vorkommen wird. Er ist Idealist, ein echter Dichter, oder zumindest kennt er im Unterschied zu mir sehr viele Gedichte von Anfang bis Ende.«

Er lächelte ihr zu und sie sah, dass er unter der Unterlippe eine winzige Narbe hatte, schmal wie eine Wimper, die seinen Sex-Appeal noch verstärkte.

»Natürlich weißt du auch, wie Romeo gestorben ist.«

»Er behauptet, es gibt den Tod nicht, dass nie jemand gestorben ist und auch nie jemand sterben wird. Man geht nur in eine andere Lebensform über.«

»Das ist so etwas wie Zen-Philosophie. Der Tod der Raupe erweckt den Schmetterling zum Leben. Romeo ist demnach glücklich gestorben, denn im Tod hat er seinem großen Liebestraum die Krone aufgesetzt.«

»Nach seiner Auffassung ja. Mein Vater hasst alles Mittelmäßige. Selbst jetzt, wo er alt ist, denkt er noch gern in großen Dimensionen. Große Leidenschaften, große Begeisterung, großer Hass, große Oden, große Geschichten, große Visionen …«

»Große Liebe?«

»Meine Mutter … glaube ich.«

»Also ist er kein Zyniker wie sein Sohn?«

»Habe ich dich mit den Worten von vorhin erschreckt?«

Nein, erschreckt hatte er sie nicht, genau das aber hätte ihr gefallen. Ein unterhaltsamer Sommerflirt. Aufregend, vergnüglich und mitreißend, zur Unterstützung der anachronistischen rebellischen Regungen ihrer Hormone.

»Wer Angst vor dem Wolf hat, soll nicht in den Wald gehen«, antwortete Claudia.

Jemand hatte mal gesagt, der Martini sei der Cocktail, mit dem man Entscheidungen fälle. Romeo brauchte für seine Entscheidung einen zweiten Martini, die gleiche Zeit, die man im Krieg hat, um einem Schuss zu entgehen oder getroffen zu werden. Gewinnen oder verlieren.

»Man kann vom Wald auch sagen, dass dort der Wolf ist, den man tötet«, flüsterte er ihr zu und trat näher, bevor er ihr mit einem Finger durchs Haar fuhr und entlang der Schulter und über die Brust, bevor er begann, ihr über den Rücken zu streichen, den das Tuch freiließ, das Claudia sich umgelegt hatte, mit einem Knoten im Hals und einem tief im Rücken. Danach berauschte er sich an dem nach Südfrüchten riechenden Duft, der sie einzuhüllen schien wie eine zweite Haut, während vom Strand her die salzige Luft des Meeres und das Geräusch der Wellen zu ihnen herüberwehte.

17

Vater und Tochter

»Das Auge des Chefs macht das Pferd dick«, sagte Ruggero in weltmännischem Ton und zwinkerte.

Er dachte, er habe etwas sehr Geistreiches gesagt, Cesare aber lachte nicht. Wie betäubt hatte er zwei Stunden damit verbracht, sich alles aufs Genaueste erklären zu lassen, bevor sie mit einem Batterie-Ladekabel losfuhren, um den Mercedes zu holen, der glücklicherweise sofort ansprang.

Zuzuhören, wie die Kacheln, die ordnungsgemäß bestellt und bezahlt worden waren, auf geheimnisvolle Weise verschwunden waren; wie Ruggero die Karte zu einem verborgenen Schatz in der doppelten Sohle eines im Laden eingemauerten alten Schuhs gefunden hatte, und wie er glaubte, dass diese beiden Dinge zusammenhingen – das alles verwirrte den Anwalt.

Cesare war zunehmend irritiert und erwiderte, nichts könne Ruggeros mangelnde Sorgfalt entschuldigen. Was den Schatz angehe, den könne er ruhig suchen und behalten, er habe nichts dagegen.

Aber Ruggero hämmerte auf ihn ein wie ein Presslufthammer. Er erwiderte, sein Gewissen spräche eine klare Sprache, er schulde ihm viel und werde nie vergessen, dass ihn der Anwalt vor dem Gefängnis bewahrt habe.

Er zog ein vergilbtes Blatt voller Kleckse aus der Brieftasche, aus dem seiner Meinung nach hervorging, wo der Schatz versteckt war. Er wollte ihm das Blatt um jeden Preis geben, und Cesare nahm es schließlich, damit der aufsässige Maurer Ruhe gab.

Wie hätte er auch ahnen können, dass Ruggero von der Existenz des Schatzes vor allem deshalb überzeugt war, weil er im Absatz des besagten Schuhs auch einen Ring gefunden hatte?

Zu Hause angekommen hätte Cesare gern geschlafen. Er versuchte es, legte sich auf das Bett, schloss die Augen und befahl seinem Körper, sich zu entspannen. Ohne Erfolg. So wartete er bis spät in der Nacht auf die Rückkehr seiner Tochter, darauf vorbereitet, zwei Stunden mit ihr zu verbringen. Um sie zu überzeugen.

Dass man das Problem mit den verwünschten Kuh-Kacheln lösen könnte, aber erst in ein paar Monaten, da diese neu gebrannt werden müssten und derzeit alle Sommerferien machten. Oder sie müsste sich eben andere Kacheln aussuchen (eine Alternative, die Belinda sofort ausschloss). Dennoch könne sie wie gewünscht im Herbst Einweihung feiern, und der Fries mit den Kühen würde dann eben später angefügt.

Sein größtes Problem aber war ein ganz anderes: Claudia zurückzugewinnen. Er wollte wissen, wo sie war, und sie dort abholen.

»Glaubst du, meine Mutter ist ein Paket?«, fragte Belinda feindselig.

Cesare ging auf diese Provokation nicht ein.

»Deine Mutter ist meine Frau und sehr wichtig für mich. Ich liebe sie seit dem Moment, in dem ich sie zum ersten Mal gesehen habe, und jeden Tag meines Lebens liebe ich sie mehr. Seit sie gegangen ist, bin ich nicht mehr ich selbst. Nicht weil ich allein geblieben bin, sondern weil ich ohne sie nicht sein kann. Sie ist die einzige Frau, die ich will.«

Während er sprach, hüpfte sein Adamsapfel auf und ab wie ein in der Kehle steckender Bissen und seine Stimme klang ganz heiser vor lauter Not.

Ihr Vater war immer ein schöner Mann gewesen und hatte sich für sein Alter gut gehalten. Er war auch ein angenehmer Gesprächspartner und ein Mann von gutem Geschmack. Er hätte viele Frauen haben können, da war sich Belinda mehr als sicher. Jede Frau hätte auf einen kleinen Fingerzeig hin ja gesagt. Er hätte nicht einmal etwas zu tun brauchen. Ihr fiel die Richterin ein, die sich in ihn verliebt und sich im ganzen Gericht lächerlich gemacht hatte und sogar demütig vor seiner Tür gestanden hatte, nachdem sie erfahren hatte, dass er getrennt lebte.

In Belindas Augen war ihr Vater ein Siegertyp wie Julius Cäsar (warum hätte er sonst so geheißen?), ein Mann, den keine Grenze aufhalten konnte, der halb Europa unter Roms Herrschaft gebracht hatte. Immer wenn sie sich vorstellte, dass er in einen Gerichtssaal kam, sah sie ihn den Rubikon überschreiten und den Sieg erringen.

In der letzten Zeit jedoch hatte Cesare an Glanz verloren. Er war dünner geworden und die Falten auf der Stirn waren deutlicher zu sehen. Sie waren nicht mehr attraktiv, sondern zeugten von Müdigkeit. Er schien ausgebrannt, hatte Ringe unter den Augen, die jetzt stets traurig wirkten, und hängende Schultern.

Man stirbt zwar nicht aus Liebe, aber wenn es so weitergeht, ist seine Gesundheit wirklich in Gefahr, dachte Belinda.

Sie überlegte, am nächsten Tag bei ihm zu bleiben und ihm ein bisschen Gesellschaft zu leisten. Vielleicht würde sie den Kuchen backen, den sie bei Signora Elvira gegessen hatte, Mürbeteig mit süßen Kichererbsen. Von dem man sich den Schnurrbart leckte, wie Ornella gesagt hatte.

In Wahrheit stand es um Cesare noch viel schlechter. Er aß, schmeckte aber nichts mehr, er las, konnte sich aber danach an nichts erinnern, er schlief, ohne sich zu erholen.

Es war ein seelischer Zusammenbruch. Einsamkeit, Niedergeschlagenheit, Unsicherheit beherrschten ihn.

»Ich dachte immer, du wolltest nichts mehr von ihr«, sagte Belinda leise.

»Oh nein, ich habe sie immer gewollt.«

»Aber warum hast du sie dann gehen lassen?«

»Ich wusste nicht, wie ich sie festhalten sollte. Und es war ja auch richtig, dass sie den Teil der Jugend, den sie damals nicht hatte, ausleben konnte. Sonst hätte sie das für immer bereut. Als wir geheiratet haben, war sie erst zwanzig, weißt du …«

Er machte eine Pause, denn ihm fiel wieder ein, wie ungeschickt er um ihre Hand angehalten hatte – hättest du Lust, mit mir die Fensterläden unseres Hauses anzustreichen?, hatte er zu Claudia gesagt, als sie an einem Malergeschäft vorbeikamen –, und die Angst, die er verspürt hatte, als sie kurz zögerte.

»Sie war ja fast noch ein Kind, und die Ehe hat ihr die Sorglosigkeit genommen, auf die sie in diesem Alter ein Recht hatte. Deshalb habe ich sie gehen lassen. Ich glaubte auch, nach ein paar Monaten wäre sie es leid und käme zurück. Stattdessen vergeht immer mehr Zeit … und ich habe Angst.«

Dass sie nicht mehr wiederkäme.

»Ich habe ihr nicht richtig gezeigt, dass ich sie liebe, und mich zu sehr von meinem Beruf vereinnahmen lassen.«

»Sagen wir, die Arbeit hat dich aufgefressen.«

»Ja. So kann man es sagen, aber ich wollte ihr das Beste schenken, ich wollte ihr alles geben. Sie hat vieles für mich aufgegeben und Opfer gebracht, das habe ich immer gewusst, und ich wollte es wiedergutmachen.«

»Das hättest nur du selbst gekonnt, aber du warst ja nie da.«

»Da siehst du, Belinda, wie schwer es mit der Liebe ist. Liebe ist immer zerbrechlich, und wie leicht kann man sich täuschen. Man liebt jemanden so gut man kann, und doch schafft man es nicht, ihn so zu lieben, wie er es möchte.«

»Weiß Mama denn, dass du sie noch liebst?«

»Nein. Ich habe nie etwas getan, um es ihr begreiflich zu machen.«

»Warum?«

Cesare war gewohnt, seine Gedanken und Gefühle zu verbergen. Jetzt, im Nachhinein, hätte er gewusst, was er hätte sagen sollen, und auch Argumente gehabt. Er hätte von Liebe gesprochen, ohne etwas zu erwarten.

»Um nicht wieder abgewiesen zu werden«, sagte er und zeigte seiner Tochter einen Brief, den abzuschicken er nie den Mut haben würde.

Du bist die Hüterin meiner Geheimnisse, meiner Nächte, meiner Tage. Die Gefährtin meiner endlosen Stunden, meiner schönsten Morgenröten und meiner traurigsten farblosen Sonnenuntergänge. Du bist die Frau, die ich immer geliebt habe, die Geliebte, von der ich immer träumte, Du bist das Brot, das der Seele den Hunger nimmt, der fruchtbare Boden, auf dem ich gehe und bei dem ich an einsamen Abenden Trost suche. Dabei denke ich an Dich, nur an Dich, immer an Dich, denn Du bist alles, was ich will.

Belinda hatte nicht geahnt, dass im Herzen ihres Vaters so viel Romantik und so große Verzweiflung wohnten. Sie umarmte ihn und drückte ihn fest an sich.

Seit so langer Zeit hatte Cesare keine Wärme, Zärtlichkeit oder Trost erfahren. Seit langem fühlte er sich nicht mehr geliebt. Er küsste die Tochter auf die Nase wie früher, als sie klein war, und sah, wie sie plötzlich in Schluchzen ausbrach.

»Es ist zu spät, Papa, sie hat sich verliebt …«

Es traf also wirklich zu.

In Cesares Mund formten sich heftige Flüche, die er gegen seinen Rivalen richtete. Dieser Romeo war bestimmt so ein nichtsnutziger *Latin lover.*

Es gab nur einen Weg, ihn zu besiegen, sie beide mussten zusammenhalten, der Ehemann und die Tochter. Sie mussten Claudia beweisen, dass sie ihre Familie waren. Und immer bleiben würden. Die Familie war die Grundlage für alles andere, sie bedeutete alles, verflucht noch mal!

Und so schlossen Vater und Tochter einen Pakt.

18

Horoskop

Schütze

Du hattest nie den Mut, dich für jemanden einzusetzen, der dies in einem bestimmten Moment seines Lebens brauchte. Mach dieses Mal eine Ausnahme. Der Mensch, den du liebst, braucht deinen Schutz, und du kannst dich nicht davor drücken.

Tante Letizia stellte nachdenklich den Fernseher ab. Es war zum Verrücktwerden.

Gestern hatte das Horoskop ihr gesagt, sie solle sich Zeit für sich nehmen und sich ein paar Tage in einer Schönheitsfarm oder einer Therme entspannen. Heute sollte sie das schon wieder lassen … um jemanden zu beschützen. Aber wen?

Na, umso besser, dass sie nicht gefahren war. Die Einzige, mit der sie hätte fahren können, war sowieso ihre Nichte Claudia, aber die hatte die Koffer gepackt und war ausgeflogen, allein.

Das verdammte Mädchen!

Sie hatte es ihr immer gesagt, aber dieser Sturkopf hatte nichts hören wollen. Schon der Mann, den sie sich ausgesucht hatte! Hätte sie bloß auf sie gehört und einen besseren genommen als diesen geschwätzigen Anwalt, der sie mit Worten umgarnt hatte. Dann wäre sie mit einem Mann zusammengekommen, der ihrer würdig war, einem großen Musiker, den sie schon in dem Augenblick hatte heiraten wollen, als sie ihn zum ersten Mal sah.

Aber das war nie passiert. Und daran war nicht die Tante schuld, die mit hundert Sachen bis ans Ende der Welt geeilt wäre, um persönlich einzugreifen.

Es gab noch andere Idole, die noch weniger erreichbar waren, denn sie befanden sich bereits im Jenseits: Gutenberg, Meucci oder Kolumbus. Wie hatte man so viele Jahre ohne Bücher, Telefone und Schokolade auskommen können?, fragte sie sich. Auch die Tomate, die so wichtig für die Pizza war! Eine Pizza ohne Tomaten konnte sie sich einfach nicht vorstellen.

Tante Letizia war eine Träumerin und ging das Leben nicht direkt an. Sie versuchte, mit Hilfe des Horoskops schwierigen Situationen auszuweichen. Sie mochte leichte Musik, aber auch die Weisheit indischer Lehrer und besuchte Vorlesungen an der Senioren-Universität. Sie war zweifellos ein Original. Sie wusste es und bildete sich etwas darauf ein. Eine fröhliche Ketzerin nannte sie sich selbst, und hätte sie in der Vergangenheit gelebt, wäre sie eine Hexe gewesen (ebenso bedeutend wie die furchtlose Jeanne d'Arc) oder eine verführerische Hofdame (so wie Madame de Pompadour). Hätte sie sich entscheiden müssen, hätte sie nicht gewusst, für welche von beiden, aber da gab es keine Lösung. Es sei denn, sie wäre zu noch früherer Zeit Kleopatra gewesen.

Heute war es nicht mehr so einfach, in den Ruhm der Nachwelt einzugehen, aber Letizia hatte sich mit einem Ehemann getröstet, der Licht in ihr Leben gebracht hatte wie eine neue Sonne. Das sagte sie noch jetzt oft, obwohl er schon so viele Jahre fort war.

Sie war noch recht jung gewesen, als sie Witwe wurde, ohne Kinder (ob durch seine oder ihre Schuld spielte keine Rolle) und mit einer guten Rente. Sie lehnte alle anderen Männer ab, außer ihrem Lieblingssänger, und widmete sich Nichten und Neffen, Großnichten und Großneffen, von denen Claudia ihr Liebling war. Und Belinda. Die wusste es und nutzte es mitunter aus.

Tante Letizia hatte eine helle rosa Haut, die an knitterige Seide erinnerte. Manchmal gefiel ihr das, manchmal fand sie es bedrückend. Dann sah sie sich als verwelkte Rose und lebte in der großen Angst, eine alte Vettel zu werden mit milchigen Augen und krächzender Stimme, verschrumpelt wie eine alte Pflaume, ein Wrack im Altersheim. Allein bei diesem Gedanken schnürte sich ihr der Magen zusammen und sie bekam Sodbrennen. So konnte sie ihrem Mann unmöglich gegenübertreten, wenn sie wieder zusammenkamen. Sie würde sich hinter dem Gewand des heiligen Petrus verstecken und ihn bitten, ihm die Schlüssel zu einer anderen Wolke zu geben, ein wenig weiter weg.

Sie hatte sich gerade das Gesicht mit pflegendem Balsam eingecremt, als es an der Tür klingelte. Belinda war da.

»Ich habe eine Viertelstunde für dreihundert Meter gebraucht!«, rief das Mädchen. »Vor mir fuhr so ein alter Tattergreis mit Hut im Schneckentempo!«

Letizia fühlte sich an ihrer empfindlichsten Stelle getroffen, in manchen Dingen war sie hochsensibel.

»Konntest du nicht zu Fuß kommen? Du bist schließlich noch jung«, fragte sie pikiert, aber es war nicht als Frage gemeint.

Damit sie ihr verzieh, ließ die Nichte dieselbe kosmetische Behandlung über sich ergehen, und hätte am liebsten gesagt: »Kauf dir doch in der Parfümerie mal eine ordentliche Maske!«

Doch ihre Tante konnte Gedanken lesen.

»Mein Kind, Industrieprodukte sind alle scheußlich. Ich mache meine Cremes und Masken selbst, die sind viel besser: frische Zutaten immer zur Jahreszeit passend. Hier sind Fisch, Milch und Olivenöl drin. Findest du das in den Töpfchen, die man kaufen kann?«

In der nächsten halben Stunde saßen sie mit zurückgelehntem Kopf auf dem Sofa und schwiegen, damit ihre Haut die Wohltaten optimal aufnehmen konnte.

Belinda hing sehr an ihrer Tante Letizia. Als sie noch klein war, hatte sie immer, wenn ihr Besuch bevorstand, am Fenster gesessen und die Straße hinuntergeschaut, bis die Tante endlich kam. Tante Letizia traf immer kurz vor dem Essen ein, in einer Wolke altmodischer Pelze oder in einem verwaschenen Blümchenkleid. Sie war klein, rundlich, alterslos, und sie hatte eine Handtasche aus nachgemachtem Krokodilleder, aus der sie immer ein Geschenk für Belinda hervorzog und auch eins für Claudia (oft eine CD, unnötig zu sagen, von wem).

Tante Letizia war viel mehr Teil ihrer Kindheit als die Großeltern. Wenn es zu Hause Probleme gab, rief ihre Mutter die Tante an, aber auch, wenn es ihnen richtig gut ging. Tante Letizia ergriff auch Belindas Partei und sagte zu Claudia: »Als du so alt warst, hast du das auch gemacht!« Zu ihr flüchtete Belinda, wenn ihre Eltern ihr mit ihren Streitereien oder, schlimmer noch, mit ihrem bedrückten Schweigen auf die Nerven gingen.

»Sieh dich mal an, du siehst aus wie aus Porzellan!«, sagte Tante Letizia zufrieden, als sie sich das Gesicht abgewaschen hatten. »Ihr wollt ja nie auf mich hören. Für euch bin ich immer die Kassandra. Ich schreibe dir jetzt das Rezept für die Maske auf, dann könnt ihr euch auch mal eine machen, du und deine Mutter.«

Belinda wusste, dass die Tante manchmal in Menschen hineinschauen konnte, als wären sie aus Kristall.

Mit der Fernbedienung in der Hand öffnete Tante Letizia eine Seite des Videotextes und zusammen schauten sie sich Claudias Horoskop an.

Waage

Du lebst gerade in einer ganz besonderen Phase. Deine dauernden Erfolge beim anderen Geschlecht geben dir Sicherheit und mehr Selbstbewusstsein im Umgang mit ihm. Hüte dich vor Enttäuschungen!

Sie mussten sie unbedingt retten! Nichte und Tante (die beinahe Herzflimmern bekam, als sie erfuhr, was Claudia Belinda bei ihrem letzten Telefongespräch anvertraut hatte) waren sich da völlig einig.

»Eine Sünde der Unkeuschheit, in Ordnung, aber das hier geht doch etwas zu weit.«

»Tante, würdest du auch mitmachen, wenn du … lügen müsstest? Wir müssen nämlich einen Vorwand erfinden.«

Letizia machte eine heftige Handbewegung, um zu bedeuten, dass diese Frage lächerlich war.

»Weißt du, wie viele Lügen ich in meinem Leben erzählt habe?«

Belinda schüttelte leicht verwirrt den Kopf. Sie hatte nicht gewusst, dass ihre Tante so gut flunkern konnte.

»Keine einzige«, antwortete die Tante in triumphierendem Ton. »Und deswegen ist jetzt die Zeit gekommen, damit anzufangen«, fügte sie lebhaft hinzu. »Wenn eine harmlose Lüge ein Problem zu lösen hilft? *E voce dal sen fuggita*, die Stimme verlässt die Brust, wie der Dichter sagt. Sie verschwindet in einem Augenblick. Und wenn alles wieder in Ordnung ist, ist sie sofort vergessen.«

Wunderbare Tante Letizia!

Sie konnte sich furchtbar pedantisch aufführen und dann wieder ganz reizend und charmant sein. Und sie hatte tatsächlich eine blendende Idee.

Aber sie mussten sich beeilen. Übermorgen früh musste alles fertig sein.

19

Ein antiker Ring

Lustlos drehte Mariolina den Zündschlüssel im Schloss ihres Wagens. Der Motor sprang an, sie trat auf die Kupplung, legte den ersten Gang ein und fuhr los.

Heute wäre sie gern Einzelkind gewesen wäre. Das kam nicht oft vor, war aber auch nicht ganz so selten. Sie hasste Marietta, wenn diese sich wie eine ältere Schwester aufspielte (dabei war sie doch die Jüngere) und mochte sich selbst nicht, wenn sie nicht den Mut fand, sich dagegen zu wehren. Ihre Beziehung zu ihrer Schwester war eine Hassliebe.

An diesem Tag hatte Marietta sie eigentlich nur gebeten, sie mit dem Auto in die Stadt zu fahren. Wirklich ein kleiner Gefallen. Marietta konnte nicht Auto fahren, und es war eine Qual für sie, den Bus zu nehmen, besonders am Samstag, wenn Mariolina nicht arbeitete. Sie hatte einen Bikini gehäkelt, ein bestimmtes Muster, und es erinnerte an die Decken, in die man früher Neugeborene einwickelte – das war noch etwas ganz anderes gewesen als die scheußlichen Synthetikdecken von heute. Auf rosa Grund hatte sie lila Blümchen aufgenäht, die aussahen wie aus Zucker, und dazu minzgrüne Blättchen. Sie musste den Bikini unbedingt der Inhaberin von *Fili fatati 1888* zeigen und wollte mit ihr auch über Ornella sprechen, wegen einer besonderen Idee, die ihr in den Sinn gekommen war.

Ohne das Thema allzu direkt anzusprechen, äußerte sie sich dann auch zu dem Ring an Mariolinas Finger. Er sei wirklich wunderschön, ein prächtiges Schmuckstück, das sähe man gleich … Ob sie Mariolina einen Vorschlag machen könne? Vielleicht sei es besser, den Wert des Rings schätzen zu lassen, dann wisse sie, was für ein Geschenk das sei, und damit auch, wie ernst es Ruggero meine. Der Ring sehe aus wie ein altes Stück, vielleicht habe er großen Wert, und dann wäre es peinlich, mit einem weniger wertvollen Geschenk zu reagieren …

»Meinst du nicht auch?«, fragte sie und tat gleichgültig.

Nein, Mariolina war nicht dieser Meinung. Aber da sie sich inzwischen hatte überzeugen lassen, fuhr sie jetzt widerwillig über dieselbe Straße, auf der sie und Belinda tags zuvor mit Ruggeros Mercedes die Panne gehabt hatten. Inzwischen stand er nicht mehr am Straßenrand.

Mariolina hoffte, dass er nicht vom Abschleppdienst abtransportiert worden war, sondern dass es ihrem Liebsten gelungen war, ihn selbst abzuholen, so wie es ihr selbst mit dem Handy gelungen war, als sie schnell ins Rathaus ging, während nur die Putzfrauen da waren. Mit leisen Schritten war sie wie eine Diebin in ihr eigenes Büro geschlichen und hatte das Telefon genommen. Der Akku war inzwischen leer und deshalb nicht zu gebrauchen, und so hatte sie Ruggero nicht gleich anrufen können, um zu erfahren, ob alles geklappt hatte.

Das Juweliergeschäft lag in der Hauptstraße unweit von dem Handarbeitsladen. Warum sie zuerst dort hingegangen waren, hatte Mariolina nicht begriffen, doch ihre Schwester hatte energisch auf sie eingeredet.

Der Juwelier war ein Herr, der etwas auf sich hielt. Er war an die Sechzig, hatte aber noch schwarzes Haar, jedenfalls schien es so, es war sorgfältig gekämmt und grau an den Schläfen. Er war blass, als sähe er nur selten die Sonne, und tatsächlich war es nicht einfach, sich diesen Mann in der Badehose vorzustellen, so gut und korrekt wie er angezogen war, trotz der Hitze und der fehlenden Klimaanlage in seinem Laden. Sein Lächeln war perfekt, als habe er es vor dem Spiegel eingeübt. Doch es war ein Lächeln, das alles und nichts bedeuten konnte, ausdruckslos. Seine Augen, von hellem, fast durchsichtigem Blau, verrieten sein Interesse.

Die beiden Schwestern merkten es gleich. Der Mann wog den Ring bedeutungsvoll in der Hand und sah ihn sich dann endlos lange mit der Lupe an.

»Dieses Schmuckstück ist ein Kunstwerk«, sagte er schließlich.

Dieser Meinung waren die beiden Schwestern sowieso.

»Edelsteine«, sagte er in belehrendem Ton, »sind es deshalb, weil sie manchmal einen schwierigen, fast gefährlichen Weg nehmen müssen, um zu uns zu gelangen.

Bei einer Gemme wie dieser, von solch leuchtendem Blutrot, kann man in dunkle Geschichten hineingezogen werden. Darin ist ein Feuer, das nie erlischt, Glut, die jederzeit wieder auflodern kann.«

Seine feste baritonartige Stimme erinnerte die Schwestern an einen Schauspieler, dessen Name ihnen gerade nicht einfiel. Sie hatten den Sinn der Worte nicht so richtig verstanden, hätten aber fast applaudiert, doch sie hielten sich gerade noch zurück.

»Das Besondere dieses Rubins besteht darin, dass er ein Männerporträt enthält. Das kleinste Porträt der Welt.«

Der Juwelier nahm ein Vergrößerungsglas und hielt es über den Stein. Erstaunt betrachteten die Schwestern das Gesicht des Mannes mit langem Bart und einem Turban auf dem Kopf.

Es war verblüffend. War das ein Vorfahr von Ruggero? Mariolina fragte sich, ob er vielleicht aus einer exotischen Familie adeligen Geschlechts stamme.

»Wenn Sie ihn so halten«, sagte der Juwelier, nahm Mariolinas Hand und hielt sie horizontal vor ihre Brust, »sehen Sie, dass er die Frau ansieht, die den Ring am Finger trägt, voller Bewunderung, vielleicht liebevoll, sicher aber mit Verlangen. Dieser Ring ist von unschätzbarem Wert. Unmöglich zu sagen, wie hoch. Ich wiederhole es: unschätzbar.«

Mit Bewunderung, Verlangen, Liebe … sieht die Frau an, die ihn am Finger trägt … Wer weiß, wer und wann …

»Ist das ein sehr alter Ring?«, fragte Mariolina.

Der Juwelier hatte die Antwort in seinem wohlgeordneten Kopf schon parat:

»Er stammt aus dem siebzehnten Jahrhundert und wurde nach dem Bild eines bedeutenden flämischen Malers hergestellt. Ein berühmtes Bild und eine ebenso berühmte Geschichte. Darf ich Sie fragen, woher Sie ihn haben?«

Egal, für wen er vor vierhundert Jahren gemacht worden war, jetzt trug sie ihn am Finger. Er war ihr Verlobungsgeschenk, ein Liebespfand.

»Mein Verlobter hat ihn mir geschenkt.«

»Darf ich fragen, was Ihr Verlobter von Beruf ist?«

Er könnte Mosaiken und Reliefs machen, Kathedralen und Wolkenkratzer bauen, andere Sachen, als nur einen Laden renovieren.

»Gebäude. Er baut Häuser«, antwortete Mariolina mit leichtem Hochmut.

»Wissen Sie, dass ich Sie beide anzeigen könnte?«, fragte der Juwelier. Sein Lächeln war verschwunden.

Mariolina erstarrte, als sie den plötzlich rauen Ton in seiner Stimme hörte.

»Aber ich habe es nicht vor«, beruhigte er sie.

Sein hochgeschätztes Juweliergeschäft, vom Vater an den Sohn vererbt, würde bald in fremde Hände übergehen, weil es keine Erben gab und er, der letzte Besitzer, seinen Lebensabend genießen wollte. Sein Leben hatte er in dieser Art Tresor verbracht und nun sehnte er sich nach frischer Luft. Das Letzte, was er sich jetzt wünschte, waren Probleme. Und dieser Ring bedeutete Probleme. Zugleich war ihm klar, dass es ein Unrecht war, eine Straftat nicht anzuzeigen. Deshalb wollte er die beiden Frauen und ihren gefährlichen Ring möglichst schnell wieder vergessen.

»Verlassen Sie bitte sofort meinen Laden«, sagte er mit großer Entschiedenheit.

Mit diesen Worten schob der Juwelier die Schwestern Richtung Tür.

Mariolina stolperte verwirrt hinaus, doch Marietta blieb empört stehen: »Was fällt Ihnen ein, so mit uns zu reden? Nehmen Sie Ihre Hände weg!«

»Ich würde mir lieber die Hände abhacken, als Sie beide anzufassen«, antwortete der Juwelier barsch. »Auch Sie könnte ich anzeigen, wegen Mittäterschaft.«

Während die schwere Tür hinter ihnen zuschlug, fiel Mariolina ein, dass die Stimme des Mannes sie an Alberto Lupo erinnerte, den Lieblingsschauspieler ihrer Mutter, aber sie sagte es ihrer Schwester zu spät, denn diese glitt gerade auf den Bürgersteig.

Wieder ohnmächtig.

»Das wird aber langsam zur schlechten Gewohnheit!«, rief Mariolina außer sich.

20

Die Antwort

Niemals hätte Claudia auf die Gewohnheit verzichtet, in ihrer Handtasche ein Buch bei sich zu tragen, ganz gleich welcher Größe. Sie war eine echte Leseratte und las, wann immer es möglich war, ganz gleich wo. Sie war der Meinung, dass Bücher dem Leben eine Orientierung gaben, dazu beitrugen, neue Horizonte zu finden, jedes auf seine Weise. Dennoch mochte sie am liebsten Biografien, vor allem von Frauen – Herrscherinnen, Tyranninnen oder Favoritinnen. Im Moment begeisterte sie sich gerade für die Geschichte von Anne Boleyn. Normalerweise hätte sie die Zeit des Rückflugs genutzt, um sich an dieser spannenden Lektüre zu berauschen, aber jetzt stand ihr nicht der Sinn danach. Sie blieb mit geschlossenen Augen sitzen, während ihre Gedanken umherirrten, und versuchte Klarheit in ihre wirren Gefühle zu bringen. Und so blieb die zweite Frau Heinrichs VIII. auf den fünfhundert Seiten, die ihr Leben, ihre Liebe und ihren Schmerz enthielten, die gesamte Reise über auf dem Grund von Claudias Tasche.

Der spindeldürre Steward erklärte gerade, wie man die Schwimmwesten, die unter den Sitzen verstaut waren, anlegen und aufblasen sollte, aber Claudia ignorierte ihn. Zu viele Fragen gingen ihr durch den Kopf.

Was für eine Frau war sie eigentlich? Was für eine Frau sahen die anderen in ihr? Welche Kluft trennte die Person, die sie gewesen war, von derjenigen, die sie sein würde. Und war da überhaupt eine Kluft? Oder hatten die beiden Frauen etwas gemeinsam?

Sie brauchte keinen Psychologen, um zu begreifen, dass sie sich an einem Scheideweg befand und nicht umkehren konnte, aber ebenso wenig war sie in der Lage, weiterzugehen. Sie wusste nicht, wo sie stand.

Sie fühlte sich … verloren.

Man kann nur weggehen, wenn man weiß, wohin man zurückkehren kann, hatte einst ein Philosoph geschrieben und sich auf Odysseus bezogen, der sein Haus um das aus einem hundertjährigen Olivenbaum geschnitzte Ehebett gebaut hatte. Während seiner Irrfahrten war es stets sein Bezugspunkt gewesen. Er hätte nicht hierhin und dorthin und an unbekannte Orte reisen können, wenn er nicht gewusst hätte, wohin er eines Tages zurückkehren würde.

Wohin kehrte sie zurück?

Körperlich fühlte sie sich gestärkt. Die Ferien hatten ihr gut getan, mehr als erwartet, und auch ihrem Gesicht, dem sie sich im Wellness-Center des Dorfes besonders gewidmet hatte. Durch das Pilates-Training dreimal pro Woche und die seit der Trennung verlorenen acht Kilo (von denen fünf zu viel gewesen waren) fühlte sie sich wie runderneuert. Körperlich jedenfalls.

Wie es mit ihren Gefühlen aussah, war ihr nicht klar.

Sie hatte geglaubt, sie wolle etwas Neues, aber dann ertappte sie sich dabei, wie sie das Alte mit dem Neuen verglich. Seltsamer Vergleich. Manchmal war es ihr, als gingen das Alte und das Neue ineinander über.

Und das gefiel ihr nicht sonderlich.

Ein bisschen schon.

Dann auch wieder nicht.

Sie richtete die Düse der Klimaanlage Richtung Gang und legte den Schal, den sie gewohnheitsmäßig als Bandana gebunden hatte, um den Hals. Die Starre in ihrem Genick, erstes Anzeichen einer unwillkommenen Arthrose, erinnerte sie daran, dass sie so alt war, wie es in ihrem Pass stand. Die Karosserie konnte man verschönern, mit dem Motor aber sah es anders aus. Seit Monaten nahm sie Tabletten für die Schilddrüse, und schon seit Jahren nahm ihre Weitsichtigkeit zu. Auch ohne zu übertreiben wie Tante Letizia, musste sie doch zugeben, dass die Abnutzung ihres Autos zunahm.

Ach, wie ging es überhaupt der Tante? Gleich wenn sie nach Hause kam, würde sie sie anrufen, besuchen und mit ihr ein paar Ausflüge machen. In letzter Zeit hatte sie die Tante ziemlich vernachlässigt. Ob sie dies mit dem für sie gekauften Geschenk wiedergutmachen konnte?

Eine körperlose weibliche Stimme verkündete, man hätte mit dem Anflug begonnen, und unterbrach ihre Gedanken und Erinnerungen.

»Und so sterbe ich mit einem Kuss«, hatte Romeo deklamiert.

Aber er starb nicht, nachdem er sie geküsst hatte.

Er küsste sie wieder.

Und wieder.

Und dann …

Dann wurde er durch den Missklang aufgeregter Stimmen unterbrochen und ging, um nachzusehen, was vorn am Ufer passiert war. Eine Menschenmenge hatte sich dort versammelt, denn ein Mädchen, das ein nächtliches Bad hatte genießen wollen, lief Gefahr zu ertrinken. Die Freundin, mit der sie schwamm, schaffte es nicht, sie zu retten. Sie hatte geschrien und jemand hatte nach dem Mädchen getaucht, während die anderen Jugendlichen am Strand immer lauter um Hilfe schrien. Einige Leute waren ans Ufer gestürzt, und weitere folgten ihnen. Schreie, Lärm, Verzweiflung, Angst, Neugier, Fragen, Vermutungen. Ein solches Durcheinander, dass man am Ende nicht mehr wusste, was der Grund für all den Tumult war.

Glücklicherweise ging alles am Ende gut aus. Das Mädchen hatte viel Wasser geschluckt und einen Riesenschrecken bekommen.

Doch der Zauber war vorbei.

Die Lust vorüber.

Claudia ging in ihren Bungalow im Pinienhain zurück und fragte sich: Hätte sie es denn wirklich gewollt?

Sie legte sich aufs Bett, starrte an die Zimmerdecke und dachte stundenlang über die Phantasiebilder nach, die zwischen den Flügeln des Deckenventilators lustlos aufeinanderfolgten. Bis plötzlich die Antwort auftauchte, als sie sich schon im Halbschlaf zwischen den Betttüchern hin und her wälzte. Sie war aus ihrem Innersten aufgestiegen wie eine Musik, die plötzlich den Raum um sich erfüllte, hatte die leeren Zwischenräume berührt, ihr Herz gestreichelt und war zwischen allen Sinnen hin und her geflattert. Claudia spürte, wie sie auf ihrer Zunge Gestalt annahm, sich nach vorn ausbreitete bis hin zur Zungenspitze. Sie spürte einen Geschmack, der zugleich kräftig und zart war.

»Cesare.«

Dies war die gesuchte Antwort, geflüstert im ersten Morgenlicht.

Und am nächsten Morgen bestieg sie frohen Herzens das Flugzeug.

21

Heiligt der Zweck die Mittel?

Belinda hatte an der Flughafenbar eine heiße Milch bestellt. Das war bei der eiskalten Luft, die die Klimaanlage verbreitete, nur zu berechtigt. Außerdem musste sie sich entspannen, und wenn ihr eins dabei half, dann war es Milch – auch wenn diese hier wie üblich nur lauwarm war. Sie seufzte.

Soweit sie wusste, gab es in der Familie keine ängstlichen Menschen, weder väterlicher- noch mütterlicherseits. Und sie war es am allerwenigsten. An der Uni war sie immer die Einzige gewesen, die in heiterer Stimmung in die Prüfungen gegangen war. Ganz zu schweigen von dem Tag, an dem sie ihre Abschlussarbeit verteidigt hatte. Sie war die Einzige ohne Ringe unter den Augen.

Deswegen zog ihr dieses unbekannte, furchtbare Gefühl den Magen zusammen, ganz plötzlich, und Belinda wusste nicht, was sie dagegen machen sollte. Das Hin und Her der Leute um sie herum hätte sie normalerweise interessiert, aber heute störte es sie nur. Sie wünschte sich, dass schon alles vorbei wäre. Alles gesagt wäre. Dass sie schon zu Hause wäre, in fröhlicher Stimmung.

Wenn sie ihre Rolle gespielt hätte, dann könnte sie sich ohne diese Last wieder ihrer Milchbar und den verschwundenen Kacheln widmen. Ihr kam es vor, als ginge es um eine echte Kuhherde aus Fleisch und Blut und nicht um ein paar Keramikkacheln. Im Großen und Ganzen sah es in ihrem Laden aber schon recht gut aus. Und wenn alles so lief wie erwartet, konnte sie ihrem Vater, heruntergekommen wie er war, sogar verzeihen. Sie hoffte nur, dass er keine Dummheiten von sich gab, die ihrer Mutter auf die Nerven gingen, und damit alles vermasseln würde.

Armes Papachen, durch seine Angst verlor sie allen Respekt vor ihm.

Wieder spürte sie dieses Brennen im Magen. Wenn ihre Mutter jetzt mit nein antworten würde? Wenn sie sagen würde, sie sei weggegangen und käme um nichts auf der Welt zurück? Sie war ein widerspenstiger Mensch, das kannte Belinda von sich selbst. Was würde geschehen, wenn sie beim Anblick der hilflosen Tante Letizia im Rollstuhl kein Mitleid hätte?

Claudia war praktisch veranlagt. Sie konnte auf die Idee kommen, eine Haushälterin zu engagieren, oder die Tante in eine Einrichtung schicken. Kein furchtbares Senorienheim natürlich, sondern eine Art Hotel in einem schönen Badeort. Oder sie könnte sie bei sich in der neuen Wohnung aufnehmen, so eng es dort auch war.

Und wenn – das möge Gott verhindern! – Claudia merkte, dass dies alles nur eine Finte war, die sie hinter ihrem Rücken ausgeheckt hatten, damit sie sich Cesare wieder annäherte? Dass die Tante gar nicht hingefallen war und der Gipsverband nichts als eine Täuschung? In diesem Fall müsste Cesare sein ganzes juristisches Wissen zum Einsatz bringen, denn Claudia würde ihm vor Gericht übel mitspielen.

Der Plan sei genial einfach und perfekt, fand Letizia. Sie selbst hatte ihn sich ausgedacht.

Sie würde einen Beinbruch vortäuschen, den sie sich angeblich bei einem Sturz zugezogen hatte. Da sie nicht allein zu Hause bleiben konnte, hatte sie sich bei der Großnichte einquartiert, damit diese sie betreute. Und da Belinda mit ihrer Milchbar genug zu tun hatte, sollte sie ihre Mutter bitten, sich vier Wochen lang um die Tante mit dem Gipsbein zu kümmern.

»In einem Monat können so viele Dinge passieren, wenn man nur die Situation richtig steuert und demütig seine Fehler anerkennt. Oder etwa nicht?«, sagte Letizia zu Cesare, dem nichts anderes einfiel, als zu nicken, und zwar so dumm, dass er aussah wie eins der Hündchen mit baumelndem Kopf, die hinter der Heckscheibe mancher Autos zu sehen sind.

Sie hatten auch einen Rollstuhl besorgt, ein altes Modell, so breit, dass er bei Claudia gar nicht erst durch den Flur gekommen wäre. Dies alles mit der Hilfe einer Gruppe von Freiwilligen aus Krankenhäusern, deren Arbeit Tante Letizia vor Jahren organisiert hatte. Es waren Freunde, sie drückten ein Auge zu, und so erhielt die Tante einen echten Gipsverband.

Belinda hatte Gewissensbisse, Tante Letizia jedoch nicht, sie fand, sie sei ein Engel der Gerechtigkeit. Sie forderte ihren Neffen auf, das, was ihm gehöre, wieder in Besitz zu nehmen. Mit Demut, Kraft und List, wenn er verstehe, was sie meine.

Ob er sie wirklich verstanden habe? Besser, sie erklärte es ihm noch einmal.

Vor dem Sprung ist der Tiger eine zusammengekauerte Katze.

Bevor der Adler losfliegt, duckt er sich unter seine breiten Flügel.

Kriege gewinnt man nicht mit Gewalt, sondern mit List.

Die weisen Inder hingegen lehrten, um etwas Großes und Dauerhaftes zu erreichen, brauche man strenge Disziplin, die man in der Schule des Unglücks lerne. Und die habe er doch nun wirklich besucht, oder?

Wo sie wohl alle diese Sachen liest, fragte sich Belinda, doch noch geheimnisvoller schien ihr, dass Cesare alles wortwörtlich wiederholte. Wahrscheinlich, um sich Mut zu machen, freilich ohne großen Erfolg.

Vor dem Sprung ist der Tiger eine zusammengekauerte Katze.

Damit ihn niemand in den Rücken schießt.

Bevor der Adler losfliegt, duckt er sich unter seine breiten Flügel.

Damit ihn keiner mit einer Doppelflinte abknallt.

Ihm zuzuhören war rührend.

Sie war voller Angst, dass ihre Mutter alles entdecken könnte, außerdem plagten Belinda Zweifel: Heiligte der Zweck wirklich die Mittel?

Sie hatte aus dem Beet vor der Ankunftshalle eine Margerite herausgerissen und zupfte daran, um die richtige Antwort zu finden. Ja. Nein. Ja. Nein.

Ja, antwortete das letzte Blütenblatt, das unversehrt geblieben war.

Claudia, gebräunt und verjüngt, machte ein besorgtes Gesicht.

»Die Tante hat absoluten Vorrang! Fahren wir erst mal nach Hause!«, rief sie.

Nach Hause hatte sie gesagt, stellte Belinda erleichtert und zufrieden fest. Sie hatte wirklich nach Hause gesagt. Ohne jeden Zweifel.

22

Die Predigt

Cesare klopfte diskret an die Tür des Schlafzimmers, das er Letizia überlassen hatte (sein Zorn hatte sich gelegt und sie hatten einen Waffenstillstand geschlossen), und er wartete geduldig.

Sie hatten an alles gedacht: Auch daran, dass Claudia beim Anblick ihres Schlafzimmers mit dem Bett und den wenigen Sachen, die sie dort zurückgelassen hatte, nachdenklich würde, sich erinnerte, sich vielleicht wünschte, dass …

Das Haus, die Wärme, die Familie, darauf mussten sie ihre Aufmerksamkeit richten, denn das – so gut kannten sie Claudia – fehlte ihr ganz bestimmt. Alles musste ganz unverändert wirken, als sei sie niemals weg gewesen. Der Faden musste da angeknüpft werden, wo er abgerissen war.

»Das ist nicht so einfach«, hatte Cesare gesagt, dem etwas ängstlich zumute war.

Letizia aber hatte gesagt, sie sei zuversichtlich. Man müsse zwar berücksichtigen, dass Claudia mit ihren Gedanken weit weg sei, mit dem Herzen aber sei sie es glücklicherweise nicht. Dessen war sich die alte Tante ganz sicher. Sie hatte die Nichte gesund und munter angetroffen, ohne exotischen Flitterschmuck, ohne auffällige Frisur, ohne Zittern oder einen hysterischen Unterton in der Stimme, statt dessen ruhig, in bester körperlicher Verfassung, sehr besorgt und mitleidvoll wegen des Beinbruchs, den sie gleich als ernstes Missgeschick aufgefasst hatte, das alles war ein positives Zeichen, ein sehr positives sogar.

Die Tante wich den Fragen aus, wie und warum sie gestürzt sei, und lenkte das Gespräch auf die Geschichte einer Bekannten, die Höllenqualen litt, wegen eines Mannes, der weit entfernt wohnte und bei seiner Arbeit zu vielen Frauen begegnete, die sich gern mit ihm amüsieren wollten. Daraufhin hatte Claudia ihr gestanden, sie habe beinahe einen Graben übersprungen, in den sie ungern hineingefallen wäre. Es wurde immer besser.

Cesare konnte hereinkommen.

»Komm rein«, sagte Letizia, und als er eintrat, hatte die Tante Gelegenheit, ihren Plan weiter umzusetzen.

Jetzt kam die Predigt.

»Ich will euch keine Predigt halten«, begann sie, während Belinda in der Küche stand und das Essen zubereitete, »aber man muss gut darauf achten, wen man sich aussucht. Dieses arme Mädchen hier«, sagte sie und zeigte auf die Titelseite eines Magazins, das nicht zufällig auf ihrem Nachttisch lag, »sucht sich immer die falschen Männer aus, dauernd fällt sie auf Betrüger rein. Man muss es sich gut überlegen, bevor man sich verliebt. Es gibt keine Liebe auf den ersten Blick, keinen *Coup de foudre*. Der ist zu nichts anderem da, als irgendwelche Launen zu rechtfertigen. Ich hätte mir für Claudia einen Mann gewünscht, der … also Cesare, ich will dir nicht zu nahe treten … der brillant ist, einen Künstler, einen, der das Leben in ein Wunder verwandelt, ein Lied, ein … wie soll ich es sagen? Jemand, der für sie in die Hölle gegangen wäre.«

Sie hielt einen Moment inne und fuhr dann singend mit einem Chansonvers ihres Lieblingssängers fort: »Um nur sie zu finden, am Ende der Welt.«

Ihre Rede war ziemlich banal, und Cesare war unwohl zumute.

Claudia aber hörte neugierig zu.

»Nun ist es aber so: Das Leben hat dir Cesare geschenkt, der ein wackerer Bursche ist, ein fleißiger Arbeiter, ein Mann, den man nur bewundern kann, weil er alles, was er ist, aus eigener Kraft geschafft hat. Du hast ihm zwar sehr geholfen, und dafür ist er dir dankbar. Er weiß, dass er ohne dich ein Habenichts oder etwas noch Schlimmeres geworden wäre. Aber zum Glück ist er das nicht geworden, zum Glück ist er ein solider Mann.«

Cesare fragte sich, wie lange diese Farce noch dauern sollte, und fürchtete, dass sie Claudia auf die Nerven ging. Diese aber fragte sich, was die Tante im Schilde führte, und fürchtete, Cesare würde gleich ernsthaft böse werden.

»Es gibt so viele Arten von Männern: solche, die ihre Frau lieben, aber der Versuchung außerehelicher Beziehungen nicht widerstehen können …«

Cesare sah sie bestürzt an. Auf wessen Seite stand sie eigentlich?

Claudia sah sie besorgt an. Was würde sie jetzt preisgeben?

»… bis die Ehe in die Brüche geht, und dann sind sie verzweifelt. Aber das ist hier nicht der Fall.«

Die rhetorische Glanzleistung machte der Tante ganz offensichtlich Spaß.

»Es gibt Ehefrauen, die ihr Haus ganz exzellent führen, auch um Kinder und Ehemann kümmern sie sich bestens, aber sie verstehen zum Beispiel nicht seinen kreativen Geist. Aber auch das ist hier nicht der Fall.«

Ihr fehlte eigentlich nur noch die Toga, dann hätte sie Cicero im Senat Konkurrenz machen können.

»Und dann gibt es noch Männer, die nicht verstehen, dass ihre Frau Wärme und Fürsorge braucht, und zwar im Lauf der Zeit immer mehr. Sie denken nur an ihren Beruf und machen ihrer Umgebung das Leben schwer.«

Sie machte eine dramatische Pause wie eine Schauspielerin, die ihrem Publikum Gelegenheit zum Applaus geben will, und holte tief Luft. Dann fuhr sie fort:

»Es gibt noch jede Menge anderer Fälle, aber jetzt sind wir bei unserem Fall angekommen.«

Verblüfft über diese leidenschaftliche Ansprache sahen Claudia und Cesare die Tante an und warteten auf das Finale.

Auf das sie aber genauso gut verzichten konnten.

Plötzlich klingelte das Telefon und eine uralte Freundin, die lange nichts mehr von sich hatte hören lassen, rief just in diesem Moment an. Sie war auf der Suche nach Letizia. So überließ die Tante die beiden ihrer Verwirrung und dankte dem Himmel für sein pünktliches Eingreifen, da sie selbst nicht mehr gewusst hatte, wie sie ihre Rede zu Ende hätte führen sollen.

Mit ihrem schwerfälligen Rollstuhl fuhr sie zu Belinda, die ihr das Telefon entgegenhielt, und fragte sich, ob sie eher ein Musical-Star, eine griechische Tragödin oder einer jener Mormonen-Priester war, die man oft in amerikanischen Filmen sah. Sie sah sich auch durchaus in der Rolle einer Hohepriesterin des Hollywood-Kinos.

Cesare, der bislang gestanden hatte, setzte sich auf die Bank am Fußende des Bettes. Er streckte die Beine aus, starrte scheinbar interessiert auf eine Schuhspitze und beugte sich vor, als wolle er sie genauer betrachten.

Durch diese eigentlich dumme, banale und bedeutungslose Geste ging Claudia, die ihn von hinten beobachtete, ein Licht auf.

Die Schuhe. Es gab etwas, das ihr fehlte, seit sie weggegangen war. Sie suchte in jeder Ecke danach, ohne zu wissen, was es war. Die Schuhe ihres Mannes.

Die nicht mehr neben den ihren standen.

»Cesare, wie geht es dir?«, fragte sie mit sanfter Stimme. Wie lange war das nicht mehr vorgekommen!

Ihr waren die Ringe um seine Augen und seine schlechte Rasur aufgefallen, die Schnitte am Kinn, auf der Wange, am Kiefer und die zwei tiefen Falten um die Mundwinkel. Er war blass und schien sehr müde zu sein.

Da tat er etwas, was sie bei ihm noch nie gesehen hatte. Er nahm seinen Kopf zwischen beide Hände, bedeckte seine Augen und seufzte. Zwei kleine Tränenströme bildeten sich unter den Wimpern.

»Es geht mir schlecht«, antwortete er und verbarg sein Gesicht nun gänzlich in den Händen.

Da tat auch Claudia etwas Unerwartetes und Wunderbares. Sie legte eine Hand auf seinen Kopf, fuhr ihm durchs Haar und streichelte es.

»Ich hab dich gern«, flüsterte sie.

Cesare stand auf, stellte sich vor sie hin und sah stumm auf die kleine Querfalte auf der Stirn seiner Frau, an die er sich nicht erinnern konnte.

Wenn du mich gern hast, warum tust du mir so weh?, hätte er am liebsten gefragt. Aber er schwieg, aus Angst, etwas Falsches zu sagen.

Stattdessen sagte er, während er seine Wange an die ihre legte, wie er es schon lange nicht mehr getan hatte: »Es ist nicht das Schlechteste, deinetwegen zu leiden, es gibt mir das Gefühl, am Leben zu sein.«

Er hätte ihr gern einen leichten Kuss gegeben, sie zart mit den Lippen berührt, aber da sie sich nicht regte, traute er sich nicht. Er wandte sich um und trat ans Fenster. Immer noch rannen Tränen des Kummers aus seinen Augen.

»Liebe und Schmerz, so ist das Leben. Ich habe es jetzt begriffen, weißt du«, fügte er hinzu und öffnete die Fester ohne Rücksicht auf die Klimaanlage. »Alles andere ist nur …«

Die Augustwärme strömte herein. Die Straße war menschenleer und kein Auto war unterwegs. Draußen war es brütend heiß.

»… ist nur …«, wiederholte er und suchte nach Worten.

Ein Auto kam vorbei, in dessen Scheiben sich die blendenden Sonnenstrahlen spiegelten.

»… heiße Luft.«

23

Was ist geschehen?

Nach etwa neuntausendneunhundertneunundneunzig vergeblichen Versuchen am Tag zuvor hörte Ruggero endlich ihre Stimme am Telefon.

»Du Schurke!«, sagte sie als Erstes mit einer Stimme, die scharf wie ein Stilett war.

»Verbrecher!«, sagte sie als Zweites.

»Gauner!«, sagte sie als Drittes.

»Aber Bambolina …«, sagte Ruggero.

»Kein Aber! Lass dich nicht mehr blicken, du Dieb!«

Kein Aber?

Was war nur mit seiner Bambolina passiert? War sie verrückt geworden?

Ihre Beschimpfungen brannten wie Wunden.

Warum nur?

Wer konnte schon wissen, was diesen Frauen durch den Kopf ging? Sie waren alle gleich, entweder Huren oder Verrückte. Wer konnte das verstehen?

Wie sollte er nur seinen Eltern beibringen, dass sie ihm gesagt hatte, er solle verschwinden? Sie erwarteten sie am Sonntag zum Mittagessen!

Er schrak hoch.

Sonntag?

Verflucht noch mal!

Heute war Sonntag!

Er sah nach der Uhr. Es war kurz vor zwölf.

Und jetzt?

»Um wie viel Uhr kommt die Señorita?«, fragte Candela und sah auf die Uhr.

Die Eltern saßen gerade vor dem Haus auf der neuen Hollywoodschaukel und schöpften frische Luft. Im Esszimmer war schon der Tisch mit dem nur an Feiertagen benutzten Geschirr gedeckt.

»Wann kommt die *Señorita*?«, wiederholte die Peruanerin. »Ich habe für sie mitgekocht«, fügte sie noch in perfektem Italienisch hinzu (wenn sie wollte, konnte sie es). Die Worte »für sie« hob sie besonders hervor.

Wie oft hatte er ihr schon gesagt, sie sei nur die Haushaltshilfe für die Eltern, nicht die Bedienstete für alle. Das Problem war, dass Ruggero keine entsprechende Kraft fand. So musste er Candela stets ein Extrageld zustecken.

Er brauchte für dieses Haus unbedingt eine Frau, die alles erledigte, was früher seine Mutter getan hatte (allerdings ohne sich andauernd zu beklagen wie diese). Eine perfekte Hausfrau, die alles im Griff hatte. Jetzt hatte er schon geglaubt, er hätte sie gefunden, und siehe da, alles ging den Bach herunter, und das ohne jeden Grund. Das musste er verhindern, um jeden Preis.

»Mariolina …«, flüsterte er.

Er musste mit ihr reden, um zu begreifen, was geschehen war. Zuerst aber musste er eine Erklärung dafür finden, dass sie nicht zum Mittagessen kam, und zwar schnell.

Die Peruanerin hatte die fünfzig Euro bereits in ihre Schürzentasche gesteckt und wartete auf eine Antwort. Ruggero tat plötzlich der Kopf weh. Er hielt seine Hand an die Stirn.

»Geht's der *Señorita* Mariolina nicht gut?«

Die Frau war prima. Sie lieferte ihm die Ausrede auf einem Silbertablett.

»Nein, es geht ihr nicht gut«, sagte er. »Deshalb kann sie nicht kommen. Aber ich muss zu ihr … Sie braucht einen Arzt. Verstehst du?«

»Ja, kapiert, die *Señorita* Mariolina muss zum Arzt.«

»Serviere meinen Eltern das Essen und sag ihnen, ich sei zu Mariolina gefahren, weil sie nicht aus dem Haus gehen kann. Und weil sie einen Arzt braucht, alles klar?«

»Ja, alles klar, aber du bist kein Arzt.«

Ruggero konnte das Auto nehmen und heimlich verschwinden, denn seine Garage lag an der Rückseite des Hauses. Er hatte keine Lust, jetzt mit seinen Eltern zu sprechen, die sich schon den ganzen Tag auf Mariolina gefreut hatten. Nach seiner Rückkehr würde er alles erklären. Aber was? Dass Mariolina krank war, dass sie nichts mehr mit ihm zu tun haben wollte? Er vermutete, dass sie im zweiten Fall ihm allein die Schuld geben würden.

Und wenn sie eine Betrügerin war? Und ihr seltsames Verhalten nur ein Trick, um ihn in ihre Fänge zu bekommen und in eine böse Sache hineinzuziehen? War es richtig, zu ihr zu gehen?

Ja. Sein Herz sagte ja.

Auf der Fahrt wiederholte er ständig, was er ihr sagen wollte, in verschiedenen Versionen.

Demütig: Wenn ich etwas falsch gemacht habe, bitte ich dich nicht, mir zu verzeihen, wenn du es nicht kannst. Aber ich bitte dich, mir zu erklären, was ich dir angetan habe.

Stark: Ich bin keiner, den man mit Füßen tritt, was glaubst du, mit wem du es zu tun hast? Ich erwarte eine Erklärung.

Sanft: Du bist das Schönste, was mir je passiert ist. Ich will nicht, dass es vorbei ist. Unser Frühling hat doch gerade erst angefangen.

Erst als er auf dem Marktplatz von Borgo Propizio angekommen war, an der Stelle, wo er sie nach dem Tag am Strand abgesetzt hatte, wurde ihm klar, dass er Mariolinas Adresse gar nicht kannte.

24

Auf dem Rathausplatz

Osvaldos riesiger Schädel auf dem kräftigen buckligen Körper glänzte, als sei er gerade gewachst worden. Wegen seiner hellen Haut musste er hochprozentige Sonnencreme verwenden. Warum trug er keinen Hut? Weil seine Haut hochempfindlich war, vor allem jedoch war Osvaldo stolz auf seine Glatze, denn er glaubte fest daran, dass sie ein Zeichen für besonders ausgeprägte Sexualität war.

Einmal hatte er versucht, einen Panamahut zu tragen, ein Geschenk seiner Ehefrau, doch das Stroh hatte zu einem heftigen Juckreiz geführt. Seine bessere Hälfte hatte geschworen, ihn nicht auf dem Markt gekauft zu haben. Nie hätte sie sich erlaubt, seiner Neugeborenenhaut Schaden zuzufügen, das müsse er doch wissen, schon deshalb, um sein Gejammer nicht zu hören, das schlimmer sei als das eines Säuglings. Es sei wahrlich nicht leicht mit einem Mann wie ihm, der stets misstrauisch sei, und jetzt müsse endlich Schluss damit sein, dauernd ihre Worte in Zweifel zu ziehen.

Für Osvaldo gab es nichts Schlimmeres als die Lügen seiner launischen Frau, vor allem wenn es um das ging, was ihm im Leben am wichtigsten war: Zigaretten.

Er fand gerade wieder keine. Er war sich sicher, dass er den Wochenendvorrat noch nicht aufgeraucht hatte, und doch hatte dieser sich auf geheimnisvolle Weise in Luft aufgelöst. Geheimnisvoll? Eigentlich nicht. Es war diese verdammte Frau! Sie wusste genau, dass er ohne nicht auskam, gerade am Sonntagvormittag. Er holte tief Luft. Es war heiß, ihm fehlte der Sauerstoff, er erstickte beinahe. Sie wusste doch, dass es sinnlos war, seine Zigaretten wegzuwerfen, er würde sich sowieso neue kaufen. So war er also losgegangen, um einen Tabakladen zu finden. Irgendwo. Aber bei dieser Hitze lief er nicht gern so weit. Deshalb beschloss er, zuerst im Rathaus vorbeizuschauen, um zu sehen, ob er dort nicht noch einen Vorrat fände, mit dem er sich aus der Patsche helfen könnte.

In genau demselben Moment verließ auch Dora das Haus, ihren Hund an der Leine.

Es geschieht oft, dass sich Hund und Herrchen ähnlich sind, aber in Doras Fall war das Tier die reinste Projektion seiner Herrin. Oder umgekehrt. Eine flache Stirn und eine lange Schnauze, runde, kleine, dunkle Augen, langer Hals, vorstehende Kiefer, gut sichtbare Schneidezähne, das Fell glatt und schwarz bestätigten das Sprichwort »Wer sich ähnlich ist, versteht sich gut«. Dora war mit Arturo gescheitert, aber mit ihrer reizenden Princess hatte sie ins Schwarze getroffen.

Wenn man sie von vorn sah, hatte man den Eindruck, sie seien zwei Pferde. Doch hinter Doras Pferdegesicht verbarg sich eine empfindsame Seele (auch bei dem Hündchen, wie sie oft sagte), eine Sensibilität, fein wie ein Seidenfaden, der qualvolle Schmerzen hervorruft und sich über alles legt.

Jede Rose und Orchidee, jedes Schokolädchen, jedes Lächeln, jedes Ich liebe dich, jede Freundlichkeit, jedes Kompliment, jede Einladung, jede Höflichkeit, alles, was nach Romantik aussah und für sie lebensnotwendig war, hatte ihr Mann außer Acht gelassen oder willentlich ignoriert.

Heute Morgen hatte er zum fünfzehnten Mal hintereinander vergessen, dass sie sich an eben jenem Tag vor sechzehn Jahren verlobt hatten.

»Verlobt?«

Bei dieser Frage war Dora die Wände hochgegangen.

»Ja, da haben wir uns verlobt«, sagte sie rot vor Zorn. »Und dass du dich nicht daran erinnerst, ist Verrat«, fügte sie noch hinzu, während sie schon die Leine nahm, unsicher, ob sie sie als Peitsche gegen den treulosen Ehemann verwenden oder dem geliebten, treuesten aller Tiere um den Hals legen sollte.

Arturo kam der Ausdruck Verlobung für die paar Küsse, die sie sich an jenem weit zurückliegenden Tag gegeben hatten, maßlos übertrieben vor. Er erinnerte sich nicht daran und wusste auch das Datum nicht. Er hatte es damals nur wegen einer Wette mit Freunden getan (aber das hatte er Dora klugerweise nie gestanden), ohne zu wissen, dass weitere Küsse darauf folgen würden. Er hatte eigentlich gar nicht gewollt, dass es weiterging.

Aber dann war es so gekommen. Wie hätte es auch anders sein können? Dora hatte sich an ihn gehängt wie eine Muschel an den Felsen. Es war unmöglich, sie loszuwerden. Bei der Hochzeit, die wenig später gefeiert wurde, weil sie darauf gedrungen hatte, wurde sein bester Freund sein Trauzeuge.

»Der erste Mann, dem ich begegne«, sagte Dora zu ihrem Hündchen, während sie den einsamen Weg entlanggingen, »dem ersten, dem ich auf der Straße begegne, mache ich einen unanständigen Antrag. Ich will mich an diesem egoistischen Grobian rächen!« Princess bellte heftig, als sie einem Toy Terrier begegneten, und tat damit ihre Zustimmung kund.

Auf dem Marktplatz war Osvaldo der erste Mann, den Dora sah, von hinten, mit seinem riesigen kahlen Schädel mit den großen abstehenden Ohren. Ohne die Phantasie groß zu bemühen, wurde man bei seinem Anblick an eine Amphore erinnert.

»Oh nein, Princess!«, rief Dora schnell. »Der erste *anständige* Mann, dem ich auf der Straße begegne, meinte ich!«

Und auch ihn sah sie, gleich nachdem Osvaldo mit seinem krummen Rücken zur Seite getreten war.

Ein gutaussehender Mann, den sie hier noch nie bemerkt hatte, in einem hellen Leinenanzug, sportlich, aber elegant. Er hatte volle Lippen, leicht graue Schläfen und sah aus wie ein Mann aus einem amerikanischen Film. Doras Augen schossen sofort ein dreidimensionales Bild.

Sie ging schneller und näherte sich den beiden Männern, den Mund zusammengezogen wie einen Hühnerarsch, weil ihr das äußerst sexy erschien.

»Guten Tag, Osvaldo«, sagte sie. Dann wandte sie sich dem stattlichen Unbekannten zu. »Guten Tag, Signore«, sagte sie mit wohlklingender Stimme.

Osvaldo zog die Brauen zusammen oder zumindest die Stelle, an der sie hätten sein sollen. Um jegliches Missverständnis zu vermeiden, fühlte er sich verpflichtet zu sagen: »Der Signore sucht Mariolina«, während er tief in die Lunge Nikotin einatmete. Er hatte tatsächlich einen Vorrat an Zigaretten in dem kleinen Schrank versteckt, in dem die Putzfrauen, seine Komplizinnen, die Reinigungsmittel aufbewahrten.

Doras Lippen kehrten in ihre übliche Position zurück, melancholisch herabhängend, aber in ihrem Blick blitzte Neugierde auf.

»Ach, Sie sind der berühmte Verlobte? Ich bin eine enge Freundin von Mariolina. Alle hier im Dorf reden von Ihnen, Signor …«

»Ruggero«, sagte er, ein wenig geschmeichelt, aber auch erschrocken, dass er dermaßen im Zentrum des Dorfklatsches stand.

»Freut mich, Sie kennenzulernen. Ich bin Dora. Am besten, wir duzen uns gleich.«

Bevor Ruggero reagieren konnte, sagte Osvaldo zu ihm: »Ich bringe dich zu Mariolina.« Und gefolgt von Dora und dem Hündchen, stieg er in den Mercedes ein.

Ruggero hätte sich trotz seines wilden Verlangens, das Objekt seiner Sehnsucht wiederzusehen, am liebsten aus dem Staub gemacht. Aber es blieb ihm nichts anderes übrig, als ebenfalls einzusteigen, in der Hoffnung, dass das Tier keinen Schaden anrichtete und Osvaldo nicht das Leder seiner Sitze anbrannte, denn gerade zündete er sich an der Kippe seiner eben zu Ende gerauchten Zigarette eine neue an.

25

Der Liebhaber-Bandit

Manchmal gehen Dinge, die zu schnell entstanden sind, auch schnell wieder zu Ende. Wie ein schöner Traum, der nicht bis zum Morgen anhält, wie ein Schmetterling, der zu schön ist, um länger als einen Tag zu leben.

Mariolina war in Gedanken versunken und versuchte, sich zu trösten. Das Leben hatte ihr geschenkt, was es ihr schuldete, und ihr gleich danach die Rechnung präsentiert. Eine gesalzene Rechnung, denn ein Liebhaber, der ein Bandit ist, kommt einen teuer zu stehen. Die Liebe zu einem Verbrecher. Es hatte keinen Sinn, es zu leugnen, sie hatte sich in diesen Ganoven, Schurken, Missetäter verliebt. Und auch in seine Eltern, so liebe Menschen! Für die sie wegen ihrer unglücklichen, durch das Verschwinden ihres Vaters und die Krankheit der Mutter verdorbenen Kindheit mehr hätte sein können als eine Schwiegertochter. Und sie hatte sich auch in das Haus verliebt, das man mit schönen Möbeln hätte einrichten können und das die phantasievolle Hand einer jüngeren Frau gebraucht hätte.

Ruggero … wie viel Zärtlichkeit hatte sie für ihn und welche Wärme! Aber warum hatte das Schicksal ihn ihr geschenkt und gleich danach wieder genommen?

Vielleicht gab es ja einen Grund für alles, vielleicht konnte er sich rechtfertigen. Sie hatte ihm nicht die Zeit gelassen, zu reden, hatte ihn beleidigt und angegriffen. Sie hatte sich grob verhalten und schlecht benommen.

Er hingegen war so sanft gewesen. Sie hörte noch seine verblüffte Stimme …

»Aber Bambolina …«

Püppchen.

Wer würde sie je wieder so nennen?

Das war alles die Schuld von … nein, Marietta hatte damit nichts zu tun. Vielmehr musste sie dankbar sein, durch sie die Wahrheit erfahren zu haben.

Das Schicksal war schuld, das sich gegen sie verschworen hatte.

Dabei hätte es noch schlimmer kommen können. Wenn die Übeltat bemerkt worden wäre? Wenn der Priester während der Predigt ein Donnerwetter auf ihn hätte heruntergehen lassen, gerade deshalb, weil sie so gut wie nie in die Messe gingen? Wie hätte sich dieser Mann, der die frommen Frauen manipulierte, gefreut!

Er hätte sie eine Sünderin und Hehlerin genannt.

Arme Mama, so viel Unbehagen jetzt, wo sie schon im Himmel war.

Und sie selbst, Mariolina, was für Gefahren … Mein Gott, in welche Gefahr wäre sie um ein Haar gekommen. Ein Glück, dass sie mit diesem Kerl Schluss gemacht hatte. Der Dreckskerl, der Übeltäter, der Schweinehund … Nie würde sie ihn wiedersehen!

»Das schwöre ich dir«, sagte sie zu dem Bild ihrer Mutter, das sie seit Jahren mit demselben reglosen und müden Lächeln ansah. Schon immer. Seit sie sich erinnern konnte.

Aber was sollte sie jetzt mit dem Ring anstellen? Ihn behalten, zurückgeben, wegwerfen? Sie hatte ihn in der Nacht unter ihr Kopfkissen gesteckt und darauf geschlafen, aber auch das hatte ihr nicht geholfen. Sie war immer noch ratlos, und so kam sie auf die Idee, durch Kartenlesen eine Antwort zu finden.

Aber sollte sie deshalb zu Gemma gehen?

Nun, sie hatte nicht genug Zeit, eine andere Kartenleserin aufzusuchen. Marietta hatte gesagt, je mehr Tage vergingen, desto dringender würde die Sache, und man müsse sie schnell bereinigen.

Gemma, die eigentlich keine echte Wahrsagerin war, war jedenfalls gut im Erraten. Von ihrer Mutter hatte sie ein uraltes Kartenspiel geerbt, das seit ein paar Generationen an die Frauen der Familie weitergegeben wurde.

Aber war es wirklich richtig, zu ihr zu gehen? Mariolina war sich nicht sicher. Selbst wenn sie Gemma nichts erzählte, fürchtete sie, dass die Kollegin ihr alles vom Gesicht ablesen könnte.

Wenn es so wäre, dann müsste sie die Tatsachen eben verfälschen. Und Gemma, listig, aber sicher nicht sehr intelligent, würde schon alles schlucken.

Inzwischen war sie allerdings so teuer, dass man sich überlegen musste, ob es die Sache wert war. Hätte sie das alles früher gewusst, wäre sie Anfang Juli hingegangen, als Gemma günstige Preise hatte *(Nur zwanzig Euro und ich sage dir den ganzen Sommer voraus)*. Andere Kollegen waren zu ihr geeilt, aber Mariolina hatte nur mit den Achseln gezuckt. Sie hatte es satt, sich sagen zu lassen, dass ihre Sterne noch immer kein klares Bild abgaben.

Jetzt aber waren sie in Bewegung gekommen und ein vernichtender Meteoriten-Sturm war ausgebrochen.

Als Gemma in der Gegensprechanlage Mariolinas Stimme hörte, war sie hocherfreut.

Sie drückte ihre Zigarette aus, teilte die Karten in drei Stapel und empfahl ihr, nicht die Beine übereinanderzuschlagen. Dann sollte sie im Geist die Frage formulieren, auf die sie eine Antwort suchte.

Und diese erfolgte prompt.

»Ich sehe einen Juristen eines gewissen Alters, der dir Ratschläge gibt.«

Wie dumm ich doch bin, dachte Mariolina. Sich an einen Anwalt zu wenden, liegt doch auf der Hand.

»Und ich sehe ein junges Mädchen, das mit ihm sehr vertraut ist.«

Belinda!

»Du bist es nicht«, fuhr Gemma fort, »es ist eine Freundin, ein Mädchen, das dich gern hat. Aber sei vorsichtig, es gibt zahlreiche Gerüchte über dich, ganz viele! Und das hier bist du, sieh mal: Du bist melancholisch, hast Schwierigkeiten … du bist deprimiert, fühlst dich, als wärest du krank, du bist schwach; eine körperliche oder seelische Schwäche, oder beides, ich weiß es nicht.«

Gemma betrachtete ihre Kollegin mit gespieltem Desinteresse. Die hatte rote Augen, hatte offenbar geweint, aber körperlich schien sie aufgeblüht zu sein, es ging etwas von ihr aus, das sie nicht beschreiben konnte, es war etwas, das sie früher an ihr noch nie bemerkt hatte. Vielleicht irrte sie sich, aber sie hätte wetten können, dass es um Sinnlichkeit ging. Erfüllte Sinnlichkeit.

Verflixt! Hätten die Karten nur deutlich geredet! Stattdessen musste sie sich vorwärts tasten, deuten, spekulieren und phantasieren. Für fünfzig Euro (die Zeit der Sonderpreise war vorbei) und um etwas über andere zu erfahren, da ihre eigene Situation immer die gleiche blieb (ihr Freund konnte sich nicht entscheiden, seine Frau zu verlassen) und im Dorf nie etwas Neues passierte.

»Mach dir bloß keine Sorgen, Fröhlichkeit im Herzen steht dir bevor«, sagte sie voraus.

»Und was heißt das genau?«

»Das heißt, du wirst Freude erleben durch neue Menschen, es kann ein Fest sein, ein Essen, etwas, was dir gefällt.«

Mariolina sah sie an. Wegen ihrer vorstehenden Kiefer sah Gemma wie eine Katze, ein Affe, ein Marder oder irgendein anderes wildes Tier aus. Sie traute ihr nicht. Dennoch zeigte sich ein Lächeln auf ihren Lippen, und ein Hoffnungsschimmer leuchtete in ihren Augen auf.

Da begriff Gemma, dass sie auf dem richtigen Weg war.

»Hier sehe ich einen Wohnungswechsel. Ziehst du um?«

Mariolina sah sie erstaunt an und schüttelte den Kopf.

»Hör mal zu, ich lüge nicht«, sagte die andere eindringlich. »Ein neues großes Haus, siehst du es? Vorne eine Treppe, wunderbar! Und du genießt die Aussicht und blickst auf den Horizont. Siehst du dich? Das bedeutet, dass etwas passieren wird … etwas Wunderbares … Liebe!«

Auf der Karte war ein Engel zu sehen, mit einem Bogen in der Hand, im Begriff, einen Pfeil abzuschießen.

»Das ist Amor, das Gefühl. Hör mir gut zu. Dein Leben wird sich verändern«, erklärte Gemma feierlich.

Mariolina *war* schon ganz verändert, sie hätte darauf wetten können. Da brauchte Gemma die Karten ihrer Ahnfrau nicht, um das zu bemerken, aber ihr Gegenüber zeigte keine Regung, sondern sah sie nur stumm an.

»Da ist ein Mann …«

Sie musste Mariolina unbedingt dazu bringen, etwas zu sagen.

»… der dir treu ist.«

Jetzt stand ein dicker weißer Hund in der Mitte der soeben gezogenen Karte.

»Große Treue. Sieh mal, wie dick der Hund ist. Und diese andere, entschuldige, wenn ich nach intimen Details frage, siehst du diese Person? Diese beiden Hände … die Fingerspitzen, die sich über der Flamme berühren, siehst du sie?«

Mariolina sagte gehorsam ja, obwohl sie nur wenig sah. Die Karten waren so abgenutzt, dass die einzelnen Bilder sich kaum voneinander unterschieden.

»Das ist die Flamme der Sinne, sie deutet auf eine körperliche Verbindung hin. Es könnte auch eine Hochzeit sein, diese Karte heißt Hymenäus … aber das werden wir herausfinden, oder? Man heiratet ja nicht von heute auf morgen.«

»Na ja.«

»Ah!«, jubelte Gemma. »Sieh mal da, erkennst du ihn?«

»Wen?«

»Na ihn natürlich, deinen Mann. Er ist der Liebhaber. Und hier ist ein Geschenk, Schmuck. Aber, warte mal, da ist auch ein Dieb, siehst du ihn? Einer, der stiehlt und flieht.«

Der Liebhaber-Bandit, dachte Mariolina. Gemma hatte es so verstanden, dass da zwei Personen waren, aber es gab nur eine Person und die Karten sagten die Wahrheit.

»Konzentrieren wir uns auf ihn«, sagte Gemma, die ihr keine Pause gönnte und eine andere Karte nahm. Zuerst legte sie diese mit dem Gesicht auf den Liebhaber, dann drehte sie sie mit einer theatralischen Geste um.

»Er ist auch sehr eifersüchtig … diese Karte bedeutet: Starke Neigung zum Besitz.«

Sie ereiferte sich. Sie konnte wirklich Karten legen. Sie würde bald die Preise wieder erhöhen.

»Sag mir, wie er heißt.«

»Wer?«

»Dein Mann.«

»Mein …«

»Ja, der neulich gekommen ist und dich abgeholt hat. Wir haben ihn alle gesehen!«

Es war ihr herausgerutscht. Sie hätte sich auf die Zunge beißen können, aber jetzt war es passiert.

»Über mich wird also geredet. Bist du etwa die Quelle?«, fragte Mariolina.

»Alle haben dich gesehen«, sagte Gemma wie zur Entschuldigung.

»Und wir haben auch das Mädchen gesehen, das dich in deinem Büro besucht hat …«

»Und dann habt ihr an der Tür gelauscht.«

»Nein! Man konnte aus tausend Metern Entfernung sehen, dass dies kein dienstlicher Besuch war …«

»Da irrst du dich. Sie ist die Besitzerin des Ladens … wo das Gespenst umgeht.«

»Das Gespensterhaus? Das wusste ich nicht. Die hat aber Mut! Und was will sie verkaufen, weiße Tücher?«, fragte Gemma und grinste albern.

Am besten, sie sagte es ihr.

»Milch«, antwortete sie und hoffte, auf diese Weise das Interesse ihrer Kollegin von sich abzulenken.

»Ein Milchgeschäft?«

Mariolina schloss zustimmend die Augen.

»Da ist eine Sache, die du wissen musst«, fuhr Gemma halblaut fort, während sie sich eine Zigarette anzündete. »Ich habe bei euch angerufen. Unter einem Vorwand. Ich wollte unbedingt wissen, wer dieser schöne Mann war. Entschuldige, die Neugier war stärker als ich, du weißt, wie ich bin. Ich habe mit deiner Schwester gesprochen.«

Marietta hatte ihr nicht die Namen aller Leute genannt, mit denen sie geredet hatte, aber es war ihr auch nicht wichtig gewesen, sie zu erfahren.

»Und was hast du ihr gesagt?«

»Na ja … dass du den Schlüssel für die Kaffeemaschine verloren hast, und ob du ihn schon wiedergefunden hättest.«

»Ach, das hatte ich ganz vergessen! Frag mal die Karten, ob ich den Schlüssel wiederfinde.«

Gehorsam mischte Gemma die Karten, legte sie auf dem Tisch aus und bat Mariolina, drei der Karten aufzunehmen. Immer mit der linken Hand und ohne die Beine übereinanderzuschlagen.

»Ja, du findest ihn. Sieh mal, diese Karte bedeutet, dass dich sehr bald eine Nachricht oder ein Brief oder eine Mitteilung erreicht. Und dann gibt es ein Gespräch und zum Schluss … sieh mal hier, die Glückskarte!«

Mit einiger Mühe konnte man eine geflügelte Frau erkennen, die ein Füllhorn in der Hand hatte.

»Glück und Erfolg«, erklärte Gemma. »Das bedeutet, dass alles gut ausgeht.«

»Das hängt davon ab.«

»Wovon?«

Mariolinas Augen wurden zu bedrohlichen Schlitzen.

»Davon, wie es dir gelingt, deine eigenen Angelegenheiten zu regeln«, entgegnete sie.

Nachdem sie einen Fünfzig-Euro-Schein auf den Tisch geworfen und voll Abscheu auf den Aschenbecher voller Kippen geschaut hatte, sagte sie der merkwürdigen Kartenleserin auf Wiedersehen.

Es war keine gute Idee gewesen, zu Gemma zu gehen, dachte sie, das hatte nichts gebracht. Aber wenigstens wusste sie jetzt, was sie machen würde: gleich mit Belinda sprechen und sich zu deren Vater bringen lassen, dem einzigen Anwalt, dem sie sich anvertrauen konnte.

Sie stellte ihr Handy an, um ihre neue Freundin anzurufen, aber da war eine Nachricht von Marietta, die ihr sagte, sie solle schnell nach Hause kommen.

»Hier sind Dorothea, ihr Hund und dein Kollege Osvaldo mit einem … Geschenk für dich. Wirklich eine schöne Überraschung.«

Eine Überraschung namens Ruggero.

26

Verlobte und Ehemänner

Was Mariolina am meisten fürchtete, sich zugleich aber auch am meisten auf der Welt wünschte, wurde wahr.

Ihn wiederzusehen.

Ruggero hockte mit hochgezogenen Schultern auf dem Wohnzimmersofa und fühlte sich so wohl wie ein Verurteilter auf dem elektrischen Stuhl. Marietta saß ihm in ungnädigem Schweigen gegenüber, bewachte ihn und warf ihm verächtliche Blicke zu.

Als Mariolina ins Zimmer kam, bleich wie ein Handtuch, erschrak er bei ihrem Anblick. Sie sah aus wie eine Tote.

Er stand auf, um ihr entgegenzugehen. Er nahm ihre Hände und drückte sie fest.

»Ich liebe dich«, sagte er leise.

Und mit diesen Worten gab er sie dem Leben zurück.

Leichte Röte färbte Mariolinas Wangen und sie wollte ihm gerade schon die Arme um den Hals legen. Aber dann sah sie den vorwurfsvollen Blick der Schwester, und der magische Moment verflüchtigte sich.

Es war besser so. Besser misstrauisch sein, auch sich selbst gegenüber.

Das Herz ist trügerischer als alles andere, es ist unheilbar böse.

Mariolina erinnerte sich genau, wie oft ihre Mutter in ihrem unglückseligen Dasein ihnen diesen Vers aus dem Propheten Jeremia eingetrichtert hatte, besonders dann, wenn Momente völliger Apathie mit solchen wechselten, in denen sie fest an alles glaubte, was sie in der Bibel gelesen hatte.

»Da du nun mal hier bist, werden wir reden. Über sehr gravierende Dinge«, sagte sie zu Ruggero, bemüht, nicht loszuheulen. Sie bat die Schwester, sie allein zu lassen.

Marietta sah sie schief an und verließ den Raum. Sie ließ die Tür auf und ging zum Balkon vor der Küche, auf dem Osvaldo und Dora standen. Letztere beobachtete unablässig den Hund, den sie an einem Pfahl bei der Tür hatte festmachen müssen, während Osvaldo rauchte wie ein Schlot.

Marietta dachte: Gut, dass die Leute die beiden hier sehen. Vielleicht ist dann endlich Schluss mit dem Gerede. Dora ist eine Freundin, na ja, eher eine Bekannte, der Mann ein Kollege aus dem Rathaus und den Dritten im Bunde werden sie vielleicht gar nicht bemerken.

Damit die beiden nichts von der Geschichte mit dem Ring mitbekamen, ging sie noch einmal zurück, um die Wohnzimmertür zu schließen.

Mariolina hatte ihre Gedanken wohl geordnet und beschlossen, sofort zum Kern der Sache vorzudringen, auch wenn die Frage, die sie stellen musste, heikel war. Sie hatte Ruggero den Ring zurückgegeben und ihm erzählt, was im Juwelierladen passiert war. Dann sagte sie, sie wolle ihre Beziehung beenden, da sie zu nichts Gutem geführt habe.

Da wurde Ruggero kreidebleich und riss die Augen auf wie ein Fisch, der gerade an der Angel baumelt. Er kam sich vor wie im Film, einem Krimi, an dessen Ende der Schuldige festgenommen wird. Und der war kein anderer als er selbst.

Wenn er es richtig verstanden hatte, musste er sogar mit einer Gefängnisstrafe rechnen.

Ein berühmter Ring von unschätzbarem Wert.

Es hatte in allen Zeitungen gestanden, weltweit.

Verflucht der Moment, in dem er diesen Auftrag angenommen hatte. Verflucht der Augenblick, in dem er sich gegenüber diesem Anwalt in der Pflicht gefühlt hatte. Verflucht der Moment, in dem er sich in Mariolina verliebt hatte.

»Verdammter Mist!«, flüsterte er.

Im Grunde genommen war der Anwalt jetzt der Besitzer des Rings und er hatte ihn um den Ring geprellt, ihn, der ihm einst aus der Klemme geholfen hatte! Er hatte sich zweifach blamiert. Gegenüber dem Anwalt und gegenüber Mariolina, und nun saß er in der Patsche und war so erschrocken, dass sich ihm Magen und Hodensack gleichermaßen zusammenzogen.

»Geht es dir nicht gut«, fragte ihn besorgt die Frau, die er liebte und die, da war er sich sicher, ihn ebenfalls liebte.

»Nein … alles in Ordnung«, sagte Ruggero und versuchte zu lächeln, zuversichtlich, dass sich alles irgendwie zum Besten wenden würde. »Nein, es geht schon, Bambolina.«

»Osvaldo, ich habe deine Frau schon lange nicht mehr gesehen«, sagte Dora, und schob die Rauchspiralen beiseite, die sie immer mehr einhüllten. Sie wollte ein Gespräch anfangen, während sie ihrem Hündchen, das sie nicht ins Haus mitnehmen durfte, liebevoll zuwinkte. Wie konnte man sich so anstellen. Diese alten Jungfern waren doch alle gleich. Ein Glück, dass wenigstens Mariolina nun einen Mann gefunden hatte.

»Da hast du es gut«, entgegnete Osvaldo missmutig.

»Hör auf! Immer redet ihr Männer schlecht von euren Frauen! Was hast du denn zu jammern?«

»Nichts. Ich muss zugeben, ohne meine Frau wäre ich allein, aber besser allein, als …«

Dora argwöhnte, dass er sich über sie lustig machte.

»Sie war immer an meiner Seite, jederzeit. Das muss ich anerkennen. Sie war fünfundzwanzig Jahre Gefährtin meines Lebens, in guten und schlechten Zeiten. Vor allem in schlechten. Als ich operiert wurde, als ich den Autounfall hatte, als sie mir die Brieftasche gestohlen haben, als ich im Aufzug steckengeblieben bin … Weißt du was? Meine Frau ist immer da, wenn mir etwas passiert. Sie bringt mir Unglück, das ist es!«

»Was redest du da bloß? Ihr Männer! Als Ehemänner missachtet ihr uns, als Verlobte lauft ihr uns nach. Guck dir den neuen Mann von Mariolina an. Er ist von irgendwoher gekommen, um … Ach übrigens, woher kennst du ihn?«

»Ich kenne ihn nicht.«

»Und wie …«, fragte Dora, die vor Neugierde fast platzte.

»Ich kam aus dem Rathaus, ich habe dort nach Zigaretten gesucht, da hat er mich gesehen und gefragt, ob geöffnet sei, denn er suche die Signorina Mariolina vom Finanzamt … Das ist wirklich seltsam.«

»Was?«

»Dass er die Adresse nicht wusste.«

»Welche Adresse?«

»Na, die von Mariolina.«

»Was, die kannte er nicht?«

»Nein. Deshalb haben wir ihn doch hierher gebracht.«

»Ach, deshalb sind wir ins Auto gestiegen? Das wusste ich nicht.«

»Was wusstest du nicht, Dorothea?«, fragte Marietta, die auf dem Balkon erschien.

»Ich?«

»Ja, ihr zwei. Hört auf, euch in die Angelegenheiten meiner Schwester einzumischen, und macht euch aus dem Staub!«

»Da siehst du mal, Osvaldo«, sagte Dora, ging, ohne auf Marietta zu achten, auf den Eingang zu und riss wütend einen Lavendelzweig aus einem der Balkonkästen, »du beklagst dich über deine Frau, aber ist eine alte Jungfer wie die hier auch nur einen Deut besser? Komm, wir gehen und stören nicht länger. Wenn ich bedenke, dass Princess, mein armes Schätzchen, wegen dieser launischen Person allein draußen an einen Pfahl angebunden war …«

»*Ciao*, Marietta, grüß mir Mariolina«, sagte Osvaldo zum Abschied.

»Und sag ihr, sie soll Gott danken, dass sie einen Mann gefunden hat und nicht eine ewige Jungfer bleibt wie du«, sagte Dora vom Ausgang her.

Wirklich ein faszinierender Mann, dachte sie, die anderen haben immer verdammt Glück!

Ruggero indessen brachte das, was Dora faszinierend fand, voll zum Einsatz. Er gab sich äußerst eloquent und überzeugte zuerst Mariolina und später mit einiger Mühe auch Marietta, dass sich alles aufklären würde und wieder in Ordnung käme.

Er habe es sich überlegt, er werde sich bei dem Anwalt für sein Versäumnis entschuldigen. Er habe nicht unredlich gehandelt, sondern ihm alles erzählt, auch von dem Schuh mit der doppelten Sohle und der Schatzkarte, er habe ihm die Karte gegeben und sie ihm sogar aufdrängen müssen. Das mit dem Ring sei eben ein Versäumnis, aber nicht mehr. Er habe ihn später gefunden als die Karte und noch keine Gelegenheit gehabt, ihn dem Anwalt zu geben, wegen der verschwundenen Kacheln und dem Krankenhausaufenthalt … Aber jetzt gebe er ihm den Ring. Woher der stamme, wolle er gar nicht wissen. Der Anwalt und seine Familie sollten damit machen, was sie wollten. Mariolina solle sich keine

Sorgen machen, er werde ihr einen schöneren kaufen, in aller Liebe. Sie würden ihn gemeinsam aussuchen. Wenn nicht Sonntag wäre, hätten sie gleich losgehen können. Es sei dumm gewesen, ihr diesen Ring zu schenken, das begreife er jetzt, aber als er sie so unerwartet bei sich zu Haus gesehen habe, da sei ihm klargeworden, dass er sie liebe, und der Wunsch, ihr etwas zu schenken, sei stärker gewesen als alles andere. Und der gefundene Ring sei leider das einzige Schmuckstück gewesen, das er im Haus gehabt habe, denn den Familienschmuck bewahre seine Mutter in einem Banktresor auf, aus Angst vor Einbrechern. Aber Mariolina könne ganz beruhigt sein, er sei schließlich der einzige Sohn, und eines Tages würden alle der Frau gehören, die er liebe, nämlich ihr, Mariolina.

Diese schwieg, sie hatte seine endlose Rede nicht ganz verstanden.

»Weißt du, was wir machen, wenn diese Geschichte vorbei ist, Bambolina?«, fuhr Ruggero fort. »Eine schöne Reise, dann sehen wir uns die berühmten Bilder in den Museen an, wir fahren dahin, wo du willst. Paris, London, New York, du kannst es dir aussuchen. Dann lernen wir auch etwas über Kunst. Das wollte ich immer schon …«

Mariolina starrte ihn entsetzt an.

»… Zusammen mit dir. Ich müsste dich nur vorher kennenlernen.«

War er verrückt?

»Aber vorher heiraten wir natürlich.«

Ja, er war verrückt.
Nach ihr.

Und vielleicht war Marietta auch verrückt geworden, denn sie schlug vor, ins Restaurant zu gehen und zu feiern. Ruggeros Redefluss hatte ihre ganze Widerborstigkeit beiseitegefegt.

27

Via Lattea – Treffpunkt Milchstraße

Belinda stellte den Herd aus, füllte das Essen in die Schüsseln und servierte bei Tisch.

Sie wäre eine hervorragende Köchin gewesen, hätten ihre Gerichte nicht immer dieselbe Farbe gehabt, nämlich weiß. Und wenn sie nicht immer alles mit Milch zubereitet hätte.

So ungefähr dachte ihr Vater.

»Wenn du ein Restaurant aufmachen würdest, könntest du es ›Maccharoni mit Milch‹ nennen«, sagte er spöttisch.

»Nimm sie nicht auf die Schippe«, sagte Claudia. »Diese Tagliatelle schmecken wirklich wunderbar. Hast du das Rezept erfunden, Belinda?«

»Nein, ich gebe ihm nur meine persönliche Note.«

»Was ist drin?«

»Milch, Butter und Parmesan.«

»Und welches Gewürz? Ist das Muskat?«

»Ja, das ist das gewisse Etwas. Die Tagliatelle sind ganz einfach zu machen.«

»Hm, wirklich köstlich«, sagte Claudia wieder. »Und weißt du, dass mir die Piccata Milanese mit Milch statt mit Eiern auch sehr gut geschmeckt hat? So werde ich sie jetzt auch immer machen. Dadurch wird das Fleisch so wunderbar zart. Warum schreibst du kein Kochbuch? Du könntest es ›Rezepte mit dem weißen Gold‹ nennen.«

»Der Untertitel hieße dann ›Der unnachahmliche Geschmack übesrtrapazierter Milch‹«, fügte Cesare hinzu.

»Hahaha!« Belinda lachte gezwungen. »Papa, das findet niemand komisch außer dir. Aber wo ihr heute schon so kreativ seid, sagt mir lieber, wie ich meine Milchbar nennen soll. Ich habe noch keine Ahnung …«

»Ist dir noch nichts eingefallen?«, fragte die Mutter.

»Nichts, was mir gefällt.«

»Nenn sie doch ›Der Geschmack der Milch‹.«

»Nein, Mama, das ist keine gute Idee.«

»Dann vielleicht ›Milch aus dem Dorf‹.«

»Nein, Papa, du hast wirklich null Phantasie.«

»Was sagst du zu ›Guten Tag mit Milch und Süßem‹ oder ›Im Reich der milchigen Süßspeisen‹?«

Belinda zeigte mit dem Daumen nach unten.

»Ich hätte da einen schönen Namen«, sagte die Tante, die sich bisher zurückgehalten hatte.

»Welchen denn?«, fragte Belinda.

»Einen ganz besonderen. Aber Vorsicht, wenn du ihn nimmst, musst du ein großes Einweihungsfest geben. Mit vielen wichtigen Ehrengästen. Verstehst du?«

»Natürlich laden wir Leute ein, liebe Tante«, sagte Claudia, »nicht wahr, Belinda?«

»Aber klar.«

»Leute einladen? Ihr habt mich vielleicht nicht verstanden. Ich habe gesagt *wichtige Ehrengäste*.«

»Wovon redest du?«

»Von der Gelegenheit, auf die ich mein Leben lang warte. Könnt ihr es euch wirklich nicht vorstellen?«

»Nein, das können wir nicht, liebes Orakel. Wenn du es uns verraten würdest …«, sagte Cesare, der fürchtete, er habe richtig geraten, und dem schon ganz übel wurde.

»Ratet mal!«

»Bitte, liebe Tante«, bat Claudia.

»Na gut, dann sag ich es euch«, gab Letizia nach. »*Via Lattea* – die Milchstraße.«

Dann schwieg sie und wartete auf den in ihren Augen verdienten Beifall.

Der erfolgte bald.

»Das ist superstark, genial!«, rief Belinda aufgeregt.

»Tatsächlich? Bei aller Bescheidenheit, auch dein Name war eine geniale Erfindung.«

»Wir haben Belinda so genannt, weil sie uns allen so gut gefiel«, erklärte Claudia sanft, um die Empfindlichkeit der Tante und ihres Mannes nicht zu reizen.

Letizia hörte nicht hin, und nachdem sie sich wie immer in Lobgesängen über die außerordentliche Persönlichkeit von G.M. ergangen hatte, fuhr sie mit ihren Gedanken fort:

»Der Große Musiker wird geschmeichelt sein, da bin ich mir sicher. Wenn er davon erfährt, nimmt er sicher an der Einweihung teil. Das ist ja auch eine gute Werbung für ihn. Wo doch eins seiner bekanntesten Lieder so heißt. *Die Milchstraße soll unser Treffpunkt sein, dort trin-*

ken wir Milch, die besser schmeckt als Wein. Die Sterne sehen uns dabei zu, und dann küssen wir uns, ich und du«, summte sie vergnügt.

»Glaubst du, dieser Mann hat darauf gewartet, dass meine Tochter in einem gottverlassenen Dorf einen Laden namens *Via Lattea* eröffnet, um dort für sich zu werben?«, mischte sich Cesare ein.

»Vielleicht nicht, aber wir lieben ihn *alle*«, antwortete Letizia treuherzig, »und das ist ein guter Grund für ihn zu kommen.«

Vom Großen Musiker war ständig die Rede. Doch sie hatten ihn nie anderswo als in seinen Konzerten gesehen, allerdings hatten sie keines versäumt, und oft hatte Cesare das fanatische Trio begleiten müssen. Deshalb zuckte er jetzt mit den Schultern und hob die Hände mit den Handflächen nach außen, zum Zeichen seiner Kapitulation.

»Ich gebe auf«, seufzte er und verließ die Küche.

Es war besser, die Frauen bei ihrem Geschwätz nicht zu stören.

»Gut, dass er weg ist! Von diesen Dingen versteht er sowieso nichts«, meinte Tante Letizia, während Belinda die Spülmaschine einräumte. »Claudia, setz dich wieder, ich möchte ein bisschen mit dir plaudern.«

»Ja, das möchte ich auch. Du hast mir noch gar nicht erzählt, wie du hingefallen bist.«

»Aaaach … da gibt es nichts groß zu erzählen. Ein Sturz ist ein Sturz. Man geht und plötzlich fällt man hin.«

»Ja, aber wo und wann ist es passiert? Das hast du mir noch gar nicht gesagt.«

Belinda sah die Tante besorgt an, aber Letizia wusste, wie sie den zu erwartenden Fragen ausweichen konnte.

»Ach, lieber nicht, ich weiß es nicht auf die Minute genau. Ich war zu Hause und bin gestürzt. Auf den Boden. Wohin sonst? Ich will das alles lieber vergessen, denn wenn ich daran denke, wird mir ganz schlecht. Ich würde lieber etwas über deine Ferien wissen. Belinda hat mir erzählt, du hättest jemanden kennengelernt …«

Sie sprach den Satz nicht zu Ende, aber die Frage stand im Raum.

Claudia meinte, auch darüber gäbe es eigentlich nichts zu erzählen.

»Die Sache war zu Ende, ehe sie überhaupt angefangen hatte, liebe Tante. Es war also gar nichts und Schluss.«

»Umso besser. Wer weiß, in was für Nesseln du dich sonst gesetzt hättest, so allein und so durch den Wind wie du bist. Ich kenne dich sehr gut: Du brauchst deine Familie. Du kannst ohne deine Leute gar nicht leben. Du bist wie ich, die geborene Ehefrau.«

»Ich wusste nicht, dass wir so zur Welt gekommen sind …«, antwortete die Nichte in ironischem Tonfall. »Und ich wusste auch nicht, dass ich … durch den Wind bin.«

»Das ist nicht zum Spaßen, mein Mädchen. Die Familie ist alles, was wir haben. In der Familie liebt man sich und spürt, dass man zusammengehört. Hier kann man seine Gefühle in der richtigen Weise ausleben, so frei wie möglich. Das hat ein bedeutender indischer Guru gesagt. Wusstest du das?«

»Nein, das wusste ich nicht.«

»Und weißt du, was Gandhi gesagt hat? Dass Mann und Frau miteinander verschmelzen, dass sie eins in beiden oder beide in einem sind.«

»Nein, das wusste ich nicht. Prüfst du mich gerade in indischer Philosophie?«

»Ich stelle dir sokratische Fragen.«

»Was weißt du denn über die Fragen von Sokrates, liebe Tante?«

»Eine sokratische Frage«, so erklärte Letizia beleidigt, »ist eine Frage, die keine Antwort sucht, sondern zum Nachdenken anregt. Ich vergeude nicht meine Zeit. Ich gehe auf die Uni. Einer der Vorteile des Alters ist, dass man wieder anfangen kann zu studieren.«

Und da sie alt sei und sich müde fühle, werde sie sich jetzt ausruhen. Dann gab sie Belinda ein Zeichen, sie in ihr Zimmer zu fahren.

Als Cesare sie auf dem Flur sah, nutzte er die Gelegenheit, zu Claudia zu gehen. Er wollte mit seiner Frau allein sein.

»Letizia ist wirklich ein seltsames Geschöpf«, meinte er, um etwas zu sagen, aber auch, weil die Tante begann, ihm auf die Nerven zu gehen.

»Es gibt Schlimmeres.«

»Das ist bestimmt so, aber im Moment fällt mir niemand ein, der schlimmer ist.«

»Findest du es nicht rührend, dass sie den Milchladen nach einem Lied des Großen Musikers benennen will?«, fragte Claudia.

»Man muss erst einmal prüfen, ob das rechtlich möglich ist.«

»Typisch, dass du gleich an so was denkst. Du bist eben ein Anwalt mit Leib und Seele.«

»Da habe ich keine Zweifel«, sagte Cesare und sah ihr in die Augen. »Aber bei allem anderen schon«, fügte er hinzu.

»Welches andere?«

»Bei der Zeit, die uns noch bleibt. Ob es zu früh ist oder zu spät.«

Claudia sah, dass einer seiner Mundwinkel leicht zitterte und er nicht wagte, sie anzuschauen, während er fragte: »Glaubst du, es ist zu spät für uns?«

»Das kommt darauf an.«

»Worauf?«

»Auf das, was diese Monate der Trennung bedeutet haben und was wir gelernt haben.«

»Ich habe begriffen, dass ich zugrunde gehe, wenn du nicht da bist«, sagte Cesare, »und dass meine Seele nur in dir lebt.«

Er hatte das in ernstem Ton gesagt, ganz als leide er unter einer seltenen tödlichen Krankheit.

Claudia brach in Lachen aus und umarmte ihn.

»Bist du heute Morgen als Dichter aufgewacht?«

28

Wahrheit, halbe Wahrheit oder Lüge

Nachdem Ruggero die beiden Schwestern nach Hause gebracht hatte, rief er, satt, zuversichtlich und optimistisch, bei dem Anwalt an und sagte ihm, er hätte einen außerordentlichen Fund gemacht, den müsse er ihm bringen und sei schon unterwegs.

Darüber war Cesare ziemlich verärgert, denn er hatte sich gewünscht, an diesem Sonntagnachmittag wie früher die wohltuende hochgeschätzte Familienatmosphäre zu genießen, die ihm so lange gefehlt hatte. Nur er, Claudia und Belinda, als sei sie noch ein Kind, alle drei hier im Haus.

Unglücklicherweise war schon diese alte Spinnerin da, die er seit jeher nicht besonders gemocht hatte.

Das war nicht zu ändern.

Und jetzt tauchte auch noch dieser andere Störenfried auf.

Seine lange, wirre und blumige Rede fand er weder überzeugend, noch interessierte sie ihn. Als der Mann aber statt der Schachtel mit den Kacheln eine Tüte aus Zeitungspapier präsentierte, in der sich ein Ring befand, ging von Cesares Gehirn ein ungewohntes Signal aus, das er nicht zu deuten wusste.

Es war, als suche er nach einem Klangmotiv, das er schon einmal gehört hatte. Er hörte die Musik in seinen Ohren, und es war fast, als könne er sie wie mit einem modernen Computerprogramm bildlich darstellen, aber es gelang ihm nicht, die Melodie zu singen, weil sie ihm immer wieder entglitt. Er konnte sich noch so sehr bemühen – das Motiv und sein Echo blieben verborgen.

Belinda nahm das Schmuckstück, das der Vater ihr zeigte, und riss erstaunt die Augen auf. Sie erkannte es sofort.

Ruggero dachte, Cesares Tochter habe sich gleich in den Ring verliebt, und erklärte ihr freudestrahlend, er gehöre ihr, denn er habe den Ring am Morgen in ihrem Milchladen gefunden. (Gut, das war nicht ganz korrekt, aber dass er den Ring in dem alten Laden gefunden hatte, stimmte ja zumindest.) Bevor er mit Mariolina und ihrer Schwester ins Restaurant gefahren sei, habe er in dem Laden vorbeigeschaut, um noch mal nach dem Rechten zu sehen und in der Hoffnung, die verschwundenen Kacheln doch noch zu finden, fabulierte er also weiter – die Signorina wisse ja sicher, dass die Leute sich erzählten, dort gäbe es ein Gespenst – und er habe ein paar Dinge wegwerfen wollen, darunter den alten Schuh mit der doppelten Sohle, in dem diese Schatzkarte war, ihr Vater wisse schon, wovon er rede, und der Schuh sei ihm aus der Hand gerutscht und plötzlich, tack! habe sich der Absatz geöffnet, und da sei dieser Ring herausgefallen. Er habe keine Ahnung, ob er wertvoll sei oder nicht, und er wolle es auch nicht wissen. Der Ring habe aber bestimmt mit der Schatzkarte zu tun, die er dem Anwalt schon gegeben habe – und vermutlich auch mit dem geheimnisvollen Verschwinden der Kühe, also der Kacheln.

»Aber Ruggero! Das ist doch der Verlobungsring, den du vor ein paar Tagen Mariolina geschenkt hast! Warum erzählst du uns solche Lügen? Was ist mit Mariolina passiert, wie geht es ihr?«, sagte Belinda in vorwurfsvollem Ton.

»Ma… Ma…riolina? Der geht es gut«, stotterte Ruggero, der merkte, dass die Falle über ihm zuschnappte. »Signorina Belinda, glauben Sie mir, ich habe nicht gelogen, es ist … die halbe Wahrheit«, fügte er hinzu und sah verstohlen den Anwalt an. Der war zunehmend verärgert und fragte Ruggero nun, ob er es nicht für angebracht halte, auch die andere Hälfte der Wahrheit zu offenbaren.

»Herr Anwalt, bei meiner Ehre, das alles war ein Missverständnis. Ich habe mich in diese Frau verliebt, und sie hat nur das Beste verdient. Sie ist schön, sanft, einfühlsam, sie raubt mir die Sinne … ich wollte den Ring gewiss nicht stehlen! Ich habe ihn ihr geschenkt, weil ich sie liebe. Ich bin ihr erster Mann! Sicher wäre es besser gewesen, gleich zu Ihnen oder zur Signorina Belinda zu kommen, aber dann passierte das mit dem Gespenst, das die Kacheln gestohlen hat, und dann das mit dem Krankenhaus … und ich hatte mich nicht bei ihr bedankt, wie sie es verdiente … ich stehe immer mehr in Ihrer Schuld, Herr Anwalt …«

»Immer mehr in meiner Schuld? Du hast dir ein Schmuckstück angeeignet, und das hattest du in *meinem* Laden gefunden«, bemerkte Cesare streng.

Aber es war nur gespielte Strenge, denn eigentlich war ihm von Claudias Umarmung noch warm ums Herz. All dieses Geschwätz interessierte ihn nicht, er wollte nur, dass seine Frau ihre Sachen aus ihrer Mietwohnung holte und nach Hause brachte. Und zwar so schnell wie möglich, am besten gleich.

»Ich wollte Ihnen den Ring eigentlich zusammen mit der Karte geben, aber nicht mal die haben Sie ja haben wollen, erinnern Sie sich? Ich hatte vergessen, ihn mitzubringen, aber …«

»Und warum haben Sie dann gesagt, Sie hätten ihn heute Morgen gefunden?«, fragte Belinda und sah ihn dabei durchdringend an.

Ruggero wurde rot wie eine Wassermelone.

»Heute Morgen? Ja, heute Morgen … da hat mich ein Kerl mit kahlem Kopf zu Mariolina gebracht, weil sie mich nicht mehr wiedersehen wollte. Er kam gerade aus dem Rathaus, aber das Rathaus war geschlossen.«

»Was hat das damit zu tun? Was reden Sie für wirres Zeug?«

»Ich schwöre Ihnen, Signorina Belinda, das ist die Wahrheit. Sie hat mich Dieb, Gauner, Verbrecher genannt, aber das bin ich nicht, Ihr Vater weiß es. Er hat mir damals geholfen, als ich unter Verdacht stand, weil er mich kennt. Ich bin kein schlechter Kerl, und ich will nicht ins Gefängnis! Ich bitte Sie, Herr Anwalt, verzeihen Sie mir, ich habe Ihnen den Ring gebracht, was kann ich sonst noch tun? Ich habe einen Fehler gemacht, aber nicht aus böser Absicht, und ich werde mich in Stücke reißen, um auch diese Kacheln wiederzufinden, verdammt noch mal! Dass sie verschwunden sind, zeigt doch, dass das Gespenst wirklich existiert.«

Das war alles ziemlich wirres Zeug, aber auch wenn es ihm gleichgültig war, konnte der Anwalt nicht so tun, als sei nichts passiert.

»Du bist also kein Dieb«, sagte er mit souveräner Ruhe, »aber wer hat dich beschimpft und warum?«

»Mariolina. Und daran war der Juwelier schuld.«

»Wolltet ihr den Ring verkaufen?«

»Nein, um Gottes willen! Das schwöre ich, Herr Anwalt, bitte glauben Sie mir. Ich bin nicht dort gewesen, das ist die ganze Wahrheit. Ich wusste nicht mal was davon, sie hat es mir erst hinterher gesagt, als sie mir den Ring wiedergab, also heute Morgen, und dann habe ich ihn gleich hergebracht. Nicht sofort, denn ich dachte, Sie essen gerade zu Mittag, und ich wollte nicht stören, und so sind auch wir erst einmal essen gegangen. Meine Schwägerin wollte ins Restaurant gehen, ich weiß, ich hätte sofort kommen sollen, um Ihnen den Ring zu bringen, und ich hätte ihn auch nicht Mariolina schenken dürfen, weil er ja der Signorina Belinda gehört oder Ihnen, aber meine Mutter hat alle Wertsachen bei der

Bank deponiert, und das war das einzige Schmuckstück, das ich im Haus hatte. Mariolina hatte ein Geschenk verdient. Sie war noch Jungfrau, und ich bin doch so in sie verliebt! Aber jetzt kaufe ich ihr einen neuen Ring, mit einem Stein so groß wie eine Olive. Wenn nicht Sonntag wäre, dann hätten wir ihn schon heute gekauft. Einen ganz neuen, mit Garantie. Allerdings ganz bestimmt bei einem anderen Juwelier, denn der da hat meine Verlobte beschimpft. Er ist ein unverschämter Kerl, er hat gesagt, er könnte Mariolina anzeigen, er hat gesagt, darauf steht Gefängnis … Ich bitte Sie, verzeihen Sie mir, Herr Anwalt.«

Ruggero fiel auf die Knie und umfasste Cesares Knie, der sich befreite und ihm sagte, er solle um Himmels willen wieder aufstehen.

Doch Ruggero jammerte weiter.

»Ich will nicht ins Gefängnis, ich habe nichts getan, verzeihen Sie mir, Herr Anwalt, ich bin unschuldig, ich will doch bald heiraten, bitte …«

»Du kommst doch nicht hinter Gitter, ist ja schon gut«, sagte Cesare, damit sich dieser Verrückte endlich beruhigte und weil er sowieso nicht viel von all dem Gerede verstanden hatte.

Nach diesen Worten hörte Ruggero sofort mit dem Gejammer auf, machte einen Freudensprung und ergriff die Hand des Anwalts, um diese zu küssen. Doch der zog sie schnell zurück.

»Sie sind ein Herr. Ein großer Mann, ein Edelmann. Ich bitte Sie um die Ehre, mein Trauzeuge zu sein.«

»Ja, ist ja gut«, sagte Cesare entnervt und in der Hoffnung, dass dieser aufgeregte Mann endlich das Weite suchte.

»Endlich!«, rief er erschöpft, als der Bräutigam sich schließlich davongemacht hatte.

Dann konzentrierte sich sein Blick auf den roten Stein, der ihn an etwas erinnerte.

Aber woran?

29

Was man nicht sagen kann

»Ich habe so gut wie nichts verstanden«, sagte Belinda und ließ sich auf dem Sofa des Urgroßvaters nieder, das ihr Vater auf keinen Fall neu beziehen wollte. »Er scheint etwas verrückt zu sein. Aber eins ist sicher. Ich habe diesen Ring an Mariolinas Hand gesehen.«

Auch Cesare war sich sicher, den Ring schon gesehen zu haben. Aber nicht an der Hand von dieser Mariolina, die kein Mensch kannte. Aber wo dann?

»Was wollte dieser Mann?«, fragte Letizia, die in Claudias Begleitung ins Zimmer kam. »Wir wollten uns nicht einmischen, doch wir waren im Garten und haben alles gehört. Verstanden haben wir allerdings nichts.«

»War das nicht der Kerl von dem Mord? In der Bar? In dessen Wagen sie einen umgebracht haben?«, fragte Claudia, die Ruggero wiedererkannt hatte.

»Ja«, sagte Cesare.

»… den du aus dem Knast geholt hast.«

»Er war nie im Gefängnis«, widersprach der Anwalt.

»Wurde er mit deiner Hilfe freigesprochen?«

»Ist er vorbestraft?«, fragte die Tante schrill, denn sie hätte in dieser Zeit künstlicher Unbeweglichkeit nichts gegen eine kleine Sensation gehabt.

»Nein, er hat ja gar nichts getan«, erklärte Cesare wieder. »Man kann jemanden, der nichts getan hat, nicht vorbestraft nennen.«

»Eigentlich macht er einen gutmütigen Eindruck«, sagte Claudia. »Was ist denn passiert?«

»Das ist schwer zu begreifen, außer dass dieser Ring jetzt wohl uns gehört. Dahinter steckt irgendeine geheimnisvolle Geschichte, vielleicht etwas Verbotenes.«

»Wieso gehört er uns?«, fragte Claudia und nahm Cesare den Ring aus der Hand.

»Er hat ihn bei der Renovierung *meines* Milchladens gefunden«, sagte Belinda, deutlich darauf hinweisend, dass sie die Besitzerin war.

»Also ist das der Mann, der deine schönen Kacheln verloren hat«, bemerkte Claudia und goss damit ungewollt Öl ins Feuer.

»Genau, und wehe, er findet sie nicht wieder! Dann bringe ich ihn um! Weißt du, was er gemacht hat, Mama? Etwas, dass dir die Milch überkochen lässt!«

»Und so bleiben wir beim Thema.«

»Bei welchem Thema, Mama?«

»Bei der Milch.«

»Oh, mir war bisher entgangen, dass du Sinn für Ironie hast. Finde ich gut. Na, jedenfalls dieser Ruggero … Irgendwann hat er angefangen zu flennen. Männer, die heulen, sind einfach lächerlich!« Sie lachte abfällig.

»Da gibt es nichts zu lachen, Belinda, auch Männer weinen manchmal …«, sagte Claudia zu ihrer Tochter, während sie freundlich ihren Mann ansah. »Auch sie sind verletzliche Wesen.«

»Der hier ist jedenfalls ein Dummkopf! Bezahl ihn nicht, Papa! Worum hat er dich gebeten, du sollst Zeuge sein?«

»Was?«

Cesare war in Gedanken versunken, er hatte eine vage, unklare Idee, die mit dem Ring zu tun hatte, und eine andere, vollkommen präzise, die mit Claudia zu tun hatte, die er aber nicht aussprechen konnte.

Er reagierte deshalb sehr verzögert.

»Ach ja, Trauzeuge. Ich habe nur zugesagt, um ihn mir vom Hals zu schaffen.«

»Ist es Mariolina?«

»Wie?«

»Mariolina. Ob er sie heiratet? Hat er das gesagt?«

»Ja.«

Cesare war es egal. Das Einzige, was ihn interessierte, war Claudias Rückkehr.

»Am besten, ich rede mal mit Mariolina«, sagte Belinda, wohl wissend, dass sie ihr besser nicht alles erzählte, um sie zu schonen.

Gleich darauf war sie unterwegs zum Dorf.

Cesare hätte etwas Starkes gebraucht, um sich ein Herz zu fassen, einen Cognac, einen Whisky, aber das war bei der Hitze nicht das Richtige, und auch nicht passend, um Claudia zu überzeugen. Das fehlte noch, dass sie ihn für einen Alkoholiker hielt.

Besser, er trank einen Kaffee.

Ob die anderen auch einen wollten?

Da er weggegangen war, ohne auf eine Antwort zu warten, kam Claudia zu ihm in die Küche und sagte, die Tante nähme gern einen, mit Rohrzucker und einem Tropfen kalter Milch, sie aber hätte lieber einen kalten Tee, falls welcher im Kühlschrank sei.

»Ja, es gibt welchen.«

Die Espressomaschine fing an zu blubbern, und während Cesare das Gas ausdrehte, zitterte ihm die Hand.

»Was ist?«, fragte Claudia.

»Ich möchte, dass du hierbleibst und nie mehr fortgehst«, antwortete er prompt, während sich auf der weißen Arbeitsplatte Kaffeeflecken ausbreiteten. »Ich möchte, dass du deine Sachen holst und sie herbringst.« Dann fügte er hinzu: »Nach Hause«, während er mit ungeschickter Hand versuchte, die Flecken wegzuwischen. Er wagte nicht, sie anzusehen.

»Ich bin jetzt erst einmal wegen der Tante hier und bleibe ihretwegen da. Und das ist gut so. Mal sehen, wann sie ihr den Gips abnehmen. Übrigens, weißt du, dass sie mir nichts über den Unfall erzählen will? Ich finde es unglaublich, dass sie …«

Cesare drehte sich vorsichtshalber um, denn er fürchtete, dass er rot oder blass wurde. Für heute waren seine Gefühle schon genug strapaziert worden. Er war schließlich ein Mann.

»… dass sie mir verheimlicht, dass sie Depressionen hat«, fuhr Claudia fort. »In ihrem Alter ist das hochgefährlich. Es besteht die Gefahr, dass sie dement wird und ihr Körper es dann auch nicht mehr schafft. Möge Gott das verhüten!«

»Deine Phantasie geht mit dir durch!«, sagte Cesare, erleichtert, dass seine Frau einen falschen Schluss gezogen hatte, »sie ist einfach nur hingefallen, und dann haben sie das Bein eingegipst oder besser gesagt, das halbe Bein. In einem Monat geht es ihr besser als je zuvor.«

»Hoffen wir es. Wir müssen ihr ein bisschen Unterhaltung bieten, sie kann schließlich nicht vier Wochen lang immer nur im Haus bleiben.«

»Sie hält sich doch auch im Garten auf, reicht das nicht?«

»Sei nicht zynisch!«, mahnte Claudia. »Wir sollten irgendwo mit ihr hinfahren.«

Ja, in ein Heim, dachte Cesare.

Aber das konnte er natürlich nicht laut sagen.

30

Ich habe nicht von dir geträumt

Nach dem Restaurant hatte Mariolina Ruggero gebeten, sie zum Friedhof zu fahren, sie wolle am Grab der Mutter beten und dann die paar Schritte nach Hause zu Fuß gehen … er solle sich keine Gedanken machen, ein kleiner Verdauungsspaziergang. Sie hätte ja auch Urlaub und zwei Wochen Zeit, sich zu erholen. Marietta solle er gleich nach Hause bringen, da sie mit Ornella verabredet sei.

Alles kam ihr wie ein Traum vor: das Restaurant, der Verlobte, die Hochzeit. Aber wollte er sie wirklich heiraten?

Die Antwort fand sie, als sie nach Hause kam und einen riesigen Blumenstrauß vorfand. Ihre Augen leuchteten.

Entschuldige bitte, dass ich bisher nicht von dir geträumt habe. Dein Ruggero, stand auf der Briefkarte, die ihre Schwester selbstverständlich geöffnet hatte. Sie hatte einfach keine Ahnung, was Diskretion war.

»Er hat einen wirklich charmanten Stil!«, rief Ornella, die mit Belinda und Marietta im Eingang stand.

»Als sie vor einer Stunde kamen, sah es wie eine Filmszene aus«, sagte Marietta, die von ihrem Schwager zunehmend fasziniert war. »Weißt du, wer sie hergebracht hat? Der Blumenhändler vom Friedhof. Wer weiß, wie viel Trinkgeld er dem gegeben hat!«

»Blumen, um sich zu entschuldigen, dass er nicht von mir geträumt hat …«

Mariolinas Stimme war träumerisch und sanft, tiefe Zufriedenheit lag darin.

Ihr unberingter Finger erschien ihr hässlich, und die Blumen hatten nicht denselben Wert wie ein Verlobungsring, ganz gleich ob antik oder modern.

Belinda war genau im richtigen Moment gekommen. Sie musste ihr alles erzählen.

»Belinda, dieser Ring ist sehr alt, das musst du unbedingt wissen. Er hat einen unschätzbaren Wert, hat der Juwelier gesagt.«

»So unschätzbar, dass er es uns nicht sagen wollte, dieser Flegel«, unterbrach Marietta sie.

Der Kopf in dem Ring sei die Kopie eines berühmten Gemäldes, sagte Mariolina. So etwas in der Art habe der Juwelier gesagt, aber durch die Drohung mit einer Anzeige sei sie so aufgeregt gewesen, dass sie nicht mehr richtig zugehört hätte. Er war ganz sicher gestohlen, wann, das wusste man nicht. Ihre Schwester, die bei der Arbeit immer den Fernseher anhabe, habe nie etwas darüber gehört.

»Von gestohlenem Schmuck schon, aber nichts, was von einem Bild kopiert worden ist«, sagte Marietta.

»Und dann musstest du ihn Ruggero zurückgeben?«, fragte Ornella.

»Ja.«

»Und er gab ihn Belindas Vater, dem rechtmäßigen Besitzer.«

»Wahrscheinlich werden wir ihn bald an deinem Finger sehen, Belinda«, fügte sie traurig hinzu.

»Ich garantiere dir, wenn dieser Ring mir gehört und es keinen Streit gibt und es nicht gegen das Gesetz ist, dann gebe ich ihn dir zurück. Von ganzem Herzen.« Dann schwor ihr Belinda in aller Aufrichtigkeit: »Egal, wie viel er wert ist.«

»Nein, nein, der Ring gehört dir«, sagte Mariolina. »Mein Ruggero hat ihn in deiner Milchbar gefunden, und es ist nur recht und billig, dass du ihn jetzt hast. Ich könnte ihn niemals annehmen.«

»Ich schenke ihn dir nur zu gern.«

»Und ich gebe ihn dir todsicher zurück.«

»Und jetzt probieren wir die Badeanzüge, bevor ihr beide wegen des verfluchten Rings im Gefängnis landet«, sagte Marietta und ging mit Ornella ins andere Zimmer. »Er hat doch gesagt, er kauft dir einen neuen, und dass ihr zusammen geht und du ihn aussuchen kannst, so wie es dir gefällt und ohne Mann darauf!«, rief sie über die Schulter.

»Was bedeutet das?«, fragte Belinda, die ihr nachlief, gefolgt von Mariolina, die sich verpflichtet fühlte, alles zu erklären.

»In dem Stein ist ein winziges Porträt verborgen, ein Mann mit Bart und Turban. Wir haben es nur unter der Lupe gesehen. Ich habe meine Hand so gehalten, vor die Brust, und da sah er mich aus dem Rubin an. Er stammt aus einer Gegend mit kurvenreichen Straßen und Flammen, die nie erlöschen. Das hat der Juwelier gesagt, vielleicht machte er sich über uns lustig. Er hat auch gesagt, der Mann sähe mich mit Verlangen und Bewunderung an. Da habe ich gedacht, es sei das Porträt von meinem Ruggero oder von einem seiner Vorfahren, und dann habe ich nichts mehr gedacht, weil der Juwelier uns rausgeworfen hat und Marietta in Ohnmacht gefallen ist. Ich habe es kaum geschafft, sie wieder auf die Beine zu bekommen. Dieser Mann hat erbarmungslos die Tür hinter uns zugeknallt. Eigentlich müsste man ihn anzeigen!«

»Bitte, reden wir nicht mehr davon, Männer anzuzeigen«, fuhr Ornella dazwischen, die nicht zur Polizei gegangen war, weil sie glaubte, dass manche Verbrecher immer davonkommen. Höchstens ein paar Monate im Knast, und wenn sie rauskämen, wären sie gefährlicher als vorher. Und rächen würden sie sich auch noch. Was hätte sie auch anzeigen sollen? Körperlich hatte ihr Mann sie nur einmal misshandelt, und die Schläge … würde er am liebsten rückgängig machen. Ihr Mann habe versucht, ihre Seele zu zerstören, und es beinahe geschafft. Aber sie wisse, wie sie dafür sorgen könnte, dass er bei manchen Leuten unten durch wäre. Deshalb sei sie auch sicher, eine hohe Unterhaltszahlung zu bekommen. Aber auch die Arbeit würde ihr helfen, wieder nach oben zu kommen. Niemals habe sie gehofft, Model zu werden, auch wenn sie dafür wohl geschaffen sei.

Sie sei dünn wie ein Skelett und einen Meter achtzig groß mit einem hageren Gesicht und eleganten Bewegungen und einer guten Haltung (weil ihre Mutter sie als Kind stundenlang gezwungen habe, mit Büchern auf dem Kopf herumzugehen). Marietta fand sie perfekt.

»Aber ist dir klar, dass ich nicht mehr jung genug bin?«

»Dein Alter? Bei *Fili fatati 1888* brauchst du nicht über den Laufsteg zu gehen, du sollst den Kunden nur zeigen, wie gut meine Bikinis angezogen aussehen. Inzwischen lass mich mal sehen, wie …«

Marietta hatte die Musterkollektion der Bikinis der Marke »Primavera« schon fertig, sie wurden mit einem Blumenrock kombiniert; jetzt musste sie mit der Marke »Sirena« anfangen, bei der statt Blumen Muster aus Muscheln und Seepferdchen aufgenäht waren, dazu ein Strandkleid aus Netz.

»Ornella steht es ausgezeichnet, aber wenn ich das anziehen müsste«, sagte zweifelnd die füllige Belinda, der ihr Hinterteil zu mollig erschien.

»Ich häkle für dich ein größeres Modell.«

»Aber sicher zwei oder drei Größen mehr.«

»Wenn du willst, mach ich dir ein Stützkorsett.«

»Jetzt übertreib mal nicht!«

Belinda trug Größe 40, auch wenn sie manchmal beim Aufwachen gedacht hatte, sie sei dick wie eine Kuh. Aber das war nur ein böser Traum.

Ihr schönster Traum hingegen war ihr wunderbarer Milchladen. Sie hatte schon im Gymnasium davon geträumt und hatte jeden Juli zwei Wochen auf dem Land verbracht, im Stall bei ihren geliebten Kühen … Und da war der hübsche Sohn des Viehzüchters … wer weiß, was daraus geworden wäre … wer weiß, ob sie diesen Traum dann je gehabt hätte.

31

Singen

Als Cesare aufwachte, war ihm nach Singen zumute. Nicht das Lied von der Milch, oh nein. Zu seiner eigenen Überraschung sang er beim Rasieren ein Liebeslied: »Du hast mein Herz erobert … ich lebe nur durch dich … du und keine sonst … Bist du fort, vergeh ich vor Liebe …« Er fühlte sich wie ein Junge, der zum ersten Mal verliebt war.

Im Grunde war es auch so. Mit Claudia war es, als hätten sie sich gerade erst verliebt, es war wie beim ersten Mal. Dass sie wieder nach Hause zurückgekehrt war, machte ihn euphorisch. »Du bist wie die Sonne … bist du fort, vergeh ich vor Liebe …«

Das Badezimmerfenster ging auf den Garten hinaus, in dem Claudia las und die frische Morgenluft genoss. Sie hatte Pilates-Übungen gemacht und entspannte sich jetzt bei dem Buch über das Schicksal der Königin.

Cesare wusste nicht, dass sich seine Frau innerlich lächelnd wünschte, dass die Tante ihn nicht singen hörte: Sie hätte sich gnadenlos über ihn lustig gemacht. Er wusste nämlich nicht, dass dieses Lied nicht nur von den berühmten drei Tenören gesungen wurde, sondern dass es auch eine Version des Großen Musikers gab.

»Guten Morgen, gut geschlafen? Hast du schon gefrühstückt?«, fragte Cesare sie und schaute durch die verglaste Küchentür, die auf den Garten hinausging.

Er war erholt, frisch und sorgfältig rasiert und sah schon wesentlich besser aus.

»Guten Morgen! Ja, nein, wir warten noch auf die Tante.«

»Ach ja, die Tante … Gut, ich mache Kaffee. Kommst du?«

»Ich lese noch eben das Kapitel zu Ende und komme dann.«

Ich lese noch eben das Kapitel zu Ende.

Wie oft hatte Cesare diesen Satz nicht mehr gehört. Das Kapitel war oft eine Mauer gewesen, die Claudia errichtete, wenn sie nicht mit ihm schlafen wollte. Dann hatte er sich immer gefragt, wie lang das Kapitel wohl noch war, weil er immer einschlief, während sie noch las, und dann … nichts.

Diesmal dauerte es nicht lange.

Als Claudia zu ihm in die Küche kam, pfiff er wieder dasselbe Lied.

»Ich bin mit diesem Lied aufgewacht«, erklärte er, als wolle er sich rechtfertigen.

»Das kommt vor.«

»Passiert dir das auch?«

»Manchmal.«

»Wann?«

»Ich weiß nicht, manchmal eben.«

»Ja, zum Beispiel, wenn man in Ferien ist und sich entspannt, am Abend wird Musik gespielt, man macht angenehme Bekanntschaften … Es herrscht fröhliche Stimmung. Man hat Lust zu singen, aber auch zu tanzen.«

»Was?«

»Tu nicht so, als ob du mich nicht verstehst.«

»Ich tue nicht so.«

Ach, das tat gut. Es war viel besser, offen zu reden. Hatte sie nicht eine so nette Begegnung gehabt, dass sie sich in eine Shakespeare'sche Szene hineingesteigert hatte? Und sie war voller Hoffnung, allein auf der Bühne. Nicht in einem Bett oder auf einem weichen Strand. Dann verließ er sie. Der Epilog von Romeo war nicht einer der glücklichsten, daran wollte er sie nur noch mal erinnern. *Nomen est omen.*

»Aber Cäsar starb friedlich an Altersschwäche, was?«, sagte Claudia ironisch.

»Ich habe keinen Stiefsohn, der mich töten kann.«

»Und ich bin nicht Julia Capulet!«

Eifersucht, und nicht nur ein Funke, schloss Tante Letizia, die singend in die Küche hereingerollt kam: *»Ich bin ein bisschen eifersüchtig … fürchte ich … aber ich liebe dich aufrichtig, wirklich. Wer war da bei dir? Ich bin dein Liebster … du gehörst mir allein.«*

»Wenn ihr so weitermacht, melde ich euch beide bei *XFactor* an«, sagte Claudia.

»Wenn ich jung genug wäre, ginge ich sicher da hin. Ich bin zu Höherem geboren. Ich bin eigentlich dazu bestimmt, eine von denen zu sein«, seufzte Letizia und zeigte auf das Buch, das ihre Nichte auf den Tisch gelegt hatte.

Auf dem Schutzumschlag war eine adelige Dame des 16. Jahrhunderts im Halbprofil zu sehen: feine Gesichtszüge, eine strenge Erscheinung mit lebhaften dunklen Augen, die auf einen Punkt seitlich von ihr gerichtet war, unsichtbar für den Betrachter, sichtbar für den Maler. Auf dem Kopf trug sie eine drapierte Haube, die ihr Haar verbarg. In den kleinen, schmalen Händen, die auf der von einem schweren schwarzen Gewand bedeckten Brust lagen, hielt sie eine rote Rose.

»Wie viel Unglück wäre mir erspart geblieben! Sie hat diese schöne Rose in der Hand, ich aber habe nur die Dornen kennengelernt. Ich war noch ganz jung, als ich Witwe wurde, und konnte mir nicht vorstellen, was es bedeutet, ohne Mann zu leben. Die Hilflosigkeit einer Witwe wird oft ausgenutzt. Jeder denkt, er könne davon profitieren, sie über den Tisch ziehen.« Sie seufzte tief.

»In jedem Leben gibt es Dornen, liebe Tante«, sagte Claudia. »Und Anne Boleyn hätte gewiss auch von ihren Dornen zu erzählen, die viel schlimmer waren als Dornen von Rosen. Es heißt, dass sie immer noch mit ihrem blutigen Kopf unterm Arm durch den Tower von London zieht, als Gespenst natürlich.«

»Ist sie die Anne Boleyn, die enthauptet wurde?«

»Genau, auf Befehl ihres Mannes, nachdem er sie als Vorwand benutzt hatte, um sich von seiner ersten Frau scheiden zu lassen und Oberhaupt der anglikanischen Kirche zu werden.«

»Er scheint ein außergewöhnlicher Mensch gewesen zu sein«, sagte Cesare und nahm das Buch in die Hand, um es sich anzusehen.

»Findest du? Ich hoffe, dass Anne Boleyns Geist nicht zu dir zu Besuch kommt!«

Dies war nun Cesares geringste Sorge. Ihm reichten schon die Geister von Borgo Propizio. Was ihm immer noch durch den Kopf ging, war der Ring mit diesem winzigen Porträt. Und ihm schien, als wolle ihm die unglückliche Königin, die ihn von der Seite ansah, etwas offenbaren oder gebe ihm ein kaum wahrnehmbares Zeichen.

Mit den Händen, während sie die Rose hielt.

Rot wie das Blut, die Liebe, der Rubin.

32

Die Geschichte der Juwelen

Es war ein einzigartiger Fall in der Kunstgeschichte. Und hätte man das Diebesgut gefunden, wäre er in die Geschichte der Rechtsprechung eingegangen. Doch man hatte nie mehr davon gehört.

Auch von dem Porträtmodell wusste man nur wenig. Sie war sehr jung, hatte Mandelaugen und ein ungeschminktes rundliches, glattes Gesicht mit feinen Zügen. Ihr Aussehen hatte nichts gemein mit dem der Königin, die ein ovales Gesicht und einen goldroten Mund hatte. Vielleicht waren die Nasen ähnlich und auch die Hauben, doch das war es nicht.

Die Haltung. Es war eher die Haltung als die Hände. Wäre die Königin im Profil oder von vorne gemalt worden, hätte sie gelächelt und eine Krone auf ihrer für eine adelige Frau typischen Frisur getragen, und dann wäre wahrscheinlich das Tuch, das Cesares Gedächtnis verschleierte, nicht zur Seite gerutscht.

Er nahm seine Brille, putzte die Gläser an seinem Hemd und setzte sie sorgfältig auf. Schnell fand er den Artikel in der Zeitschrift, die er seit Jahren abonniert hatte, erschienen in einer Nummer, die sich mit Kunstraub beschäftigte.

Das Bild hieß *Porträt einer Frau*, stammte von einem flämischen Meister und war 1435 entstanden. Heute hing es in der National Gallery in London. Das Gesicht der jungen Frau bedeckte fast die gesamte Leinwand. Auf dem Kopf trug sie ein weißes Tuch, das mit gut sichtbaren Klammern zusammengesteckt war. Cesare sah sich diese Details an und fuhr dann in seiner Lektüre fort. Der Maler hieß Robert Campin, und die anonyme Frau war seine Geliebte. Ihr Name war nicht von Bedeutung. Sehr bedeutend hingegen war ein Detail, das kaum einen halben Zentimeter groß war, verborgen im Rubin ihres Ringes, den sie auf dem schmalen Ringfinger der linken Hand trug (aus Spaß oder Gewohnheit verstecke der Maler immer etwas Besonderes in einem Detail, schrieb der Journalist), und nur ein aufmerksamer Blick konnte durch die blitzenden Reflexe des Steines blicken: das Porträt eines Mannes, ein Selbstporträt, um genau zu sein. Das kleinste der Kunstgeschichte, es handelte sich nämlich um das Gesicht des Malers selbst, mit einem Bart und langem Haar. Nie wollte er seinen Augen das Vergnügen rauben, die von ihm geliebte Frau zu bewundern, auch wenn sie nicht seine legitime Gattin war.

Oder eben gerade deswegen.

Mehr als fünfhundert Jahre später wurde der flämische Meister entdeckt, und dies hatte Folgen. Ein kunstbegeisterter osmanischer Sultan war von dieser Idee fasziniert und gab für seine Lieblingsfrau, die wunderschön war und die er mit seiner Eifersucht verfolgte, einen Schmuck in Auftrag: eine Kette, Ohrringe, Armband und Ring, auf jeder der kostbaren Gemmen, die sie enthielten, erschien sein Bildnis, und so konnte er sie immer betrachten.

Diesen kostbaren Schmuck trug die zufriedene Sultanin bei jeder Gelegenheit, öffentlich oder privat, sie wusste, dass sie sonst verstoßen worden wäre. Sie hätte dies gern auch weiterhin getan, zum allgemeinen Verdruss der anderen Damen, die neidvoll auf das Geschmeide blickten, wenn sie nicht wenig später (ohne Schleier und nur mit dem Schmuck bekleidet) überrascht worden wäre. Die Wächter des Sultans erkannten die Sultanin sogleich an ihrem Schmuck, als sie sich außer Atem und mit animalischem Gestöhne in einer Umarmung mit einem Eunuchen wälzte, dem es, wie man später entdeckte, gelungen war, seine Kastration durch ein geschicktes Manöver zu verhindern.

Da er sich nach Salomos Vorbild richtete, verfuhr der Herrscher nach kanonischem Recht. Er beschloss, zur selben Zeit und am selben Ort die Treulose steinigen und den gottlosen Verräter des Reiches an einem Pfahl aufhängen zu lassen

Lebendig.

Mit abgeschnittenem Gemächt.

So dass es blutete.

In den folgenden Jahrhunderten gingen die Schmuckstücke, die der Herrscher nicht mehr behalten wollte, nicht mal in seiner dunkelsten Schatzkammer, mehrfach auf Reisen, bis sie in das größte Diamantenmuseum der Welt in die Niederlande gelangten. Hier wurden sie ausgestellt, zum großen Vergnügen Tausender Besucher, die jedes Jahr dort hinkamen.

Dann geschah etwas, womit niemand gerechnet hatte.

Ein denkwürdiger Raub.

Ein gelungener Coup.

Kein Maulwurf hätte es geschafft, so labyrinthartige Gänge zu bauen, und kein Gespenst hätte sich so unbemerkt entfernen und den wunderbaren Schmuck so spurlos verschwinden lassen können.

Wer steckte dahinter? Ein anonymer Sammler? Ein Verrückter, der sich in den Kopf gesetzt hatte, die Kunstwelt, die Geschichte, die Polizei und die Justiz herauszufordern?

Verrückt zu sein ist ebenso leicht wie weise zu sein: Cesare wusste, dass ein schmaler Grat zwischen beidem lag, auf dem er selbst das Gleichgewicht halten musste, und dass es manchmal nur eine Frage des Augenblicks ist, ob man verrückt wird. Er selbst hatte Angst um sich, wenn Claudia nicht für immer zurückkam.

Der Fall war jedenfalls nie gelöst worden, und seitdem waren an die sechzig Jahre vergangen.

Vor einiger Zeit jedoch waren die Juwelen erneut Gegenstand der Klatschpresse geworden, allerdings nicht allzu sehr, als eine platinblonde Schauspielerin bei einer Preisverleihung einen ähnlichen Schmuck getragen hatte. Er war erklärtermaßen nicht echt, hatte aber mehr Chic (Modeschmuck war für die VIPs ebenso wie imitiertes Leder das höchste der Gefühle).

Das Subjekt der Leidenschaft (»Ich bin nur das Objekt«, hatte die frühere Artistin gesagt und dabei unschuldig mit den Lidern geklappert) war nach ihren Worten der göttliche Regisseur, der sie in einem McDonald's in der amerikanischen Provinz entdeckt hatte, in das er rein zufällig geraten war (das Navi hatte verrückt gespielt, es regnete in Strömen, er hatte einen Bärenhunger). Die spätere Diva frittierte dort Pommes frites, unermüdlich im Dunst des heißen Bratfetts, um Geld zu verdienen, nicht viel, aber notwendig zur Unterstützung ihrer alten Eltern und ihrer neun Geschwister. Alle jünger als sie natürlich.

Nachdem der göttliche Regisseur sie von dieser unwürdigen Arbeit befreit hatte, unwürdig angesichts ihres unleugbaren Potentials, ihrer körperlichen Schönheit, ihrer seelischen Tiefe, nahm er sie mit. Er förderte das Talent, das die ehemalige Frittiererin im Blut hatte, und ließ sie in erotischen Filmen spielen. Eine Kunst, die mit ihr höchste Gipfel kinematografischer Qualität erreichte und ständig noch besser wurde. Wie neueste Bilder bewiesen, hatte dies auch mit den schier unerschöpflichen Möglichkeiten der Schönheitschirurgie zu tun, die den Silikonbusen, operativ veränderte Jochbeine und aufgeworfene Lippen, die immer zu einer Fellatio bereit schienen, ermöglichten. Nachdem der Regisseur sich als Pornoregisseur profiliert hatte, heiratete er seine Entdeckung und feierte eine Glamour-Party, deren Fotos für viel Geld an das größte Blatt der Regenbogenpresse verkauft wurden.

Mit durch Tropfen erzeugten glänzenden Augen (die vorher braun, aber jetzt auf magische Weise smaragdgrün geworden waren) überreichte Cinderella im Blitzlichtgewitter der Kameras ihrem Ehemann seinen Preis.

Um ihre Spalten und Seiten mit Geschichten zu füllen, die von etwas anderem handelten als von den üblichen Streitereien in der Politik, der negativen Entwicklung der Börse, der Verseuchung des Planeten, dem Virus der nächsten Grippewelle, von Globalisierung und neuen Technologien, begannen Zeitungen und Zeitschriften jeden Niveaus, sich damit zu beschäftigen, und gingen der abenteuerlichen Geschichte des Schmucks nach – vom Bild der Favoritin und dem Museum bis zu dem Raub.

Und jetzt war auch Cesare Teil dieser Geschichte.

33

Legen wir den Termin fest

Jahrelang war das Haus von Mariolina und Marietta nicht mehr renoviert worden. Es war fast in dem Zustand wie damals, als ihre Mutter es als junge hoffnungsvolle Ehefrau zum ersten Mal betreten hatte, weiß gekleidet am Arm des Mannes, der soeben vor Gott versprochen hatte, ihr immer treu zu sein, in guten wie in bösen Tagen, und sie ein Leben lang zu lieben und zu ehren.

Es war ein großes Haus mit einer wunderschönen Aussicht. Von den Gästezimmern aus konnte man das ganze Tal überblicken. Diese beiden Zimmer waren ursprünglich für die Großeltern gedacht, wenn sie an Feiertagen zu Besuch kamen (doch sie hatten schon nach den ersten Streitigkeiten das Weite gesucht: Man soll sich nicht in Ehesachen einmischen, hatten die beiden Marias immer gesagt). Das Wohnzimmer war altmodisch eingerichtet und repräsentativ, auch eine gedrechselte Holzvitrine stand darin. Der Raum ging auf die Straße hinaus wie die Küche, in der eine riesige antike Holzkredenz stand, auf die Holzwürmer kunstvolle Linien gezeichnet hatten. Dazu ein paar Zierteller mit religiösen Motiven, das Geschenk einer Cousine, die sie zu ihren Lebzeiten selbst bemalt und auf Wohltätigkeitsbasaren verkauft hatte.

Mariolina und Marietta wollten alles unverändert lassen.

Nur in ihren Schlafzimmern gestatteten sich die beiden Schwestern, die früher immer gemeinsam geschlafen hatten, ein paar Freiheiten. Marietta beschloss, sich ins Zimmer der Eltern zurückzuziehen, und ersetzte die alte Einrichtung durch perlmuttfarbene Schlafzimmermöbel, die jungfräulich wirkten. Einziges Dekor waren Bronzeputten auf dem sonst schmucklosen Bett. Mariolinas Geschmack war völlig anders, modern und sinnlich. Sie hatte das farblose Kinderzimmer aus Esche hinausgeworfen und sich einen großen Schrank mit verspiegelter Wand sowie ein rundes Bett aus schwarzem Leder ausgesucht, das sie jetzt mit ihrem Ruggero ausprobieren wollte.

Doch das war nicht so einfach, da ihnen dauernd die Schwester in die Quere kam, und nicht nur das.

In der ersten Nacht hatten dort Belinda und Ornella geschlafen. Sie hatten den ganzen Abend geschwätzt, Mixed Pickles gegessen und einen kräftigen Rotwein getrunken und fühlten sich zu beschwipst, um nach Hause zu fahren. Als sie Mariolinas Bett sahen, waren sie voll Begeisterung und staunten, dass man es sogar drehen konnte, mit Hilfe eines Motors.

Mariolina überließ es ihnen gerne. Für eine Nacht bei der Schwester zu schlafen kostete sie nicht zu viel Überwindung.

Die Temperaturen waren ein wenig gesunken. Durch die Balkontür drang eine angenehme, kühlere Luft ins Haus wie seit Wochen nicht mehr, und der Lavendel in den Balkonkästen duftete.

Die vier Freundinnen saßen um den marmornen Küchentisch und frühstückten.

Marietta erzählte gerade von den Lavendelbiskuits ihrer Mutter, deren Rezept diese selbst erfunden hatte, und wie gern sie die Blumen zum Kochen verwendete, da stellte Ornella plötzlich eine Frage und traf damit einen wunden Punkt.

»Was willst du mit dem großen Haus machen, wenn Mariolina verheiratet ist?«

»Das habe ich mir noch nicht überlegt«, murmelte die Befragte und sah ihre Schwester von der Seite an.

Sie wusste es wirklich nicht. Sie wollte es von ihrer Schwester wissen, traute sich aber nicht, diese zu fragen. Mariolina ihrerseits hoffte, dass sie sich nicht traute.

Ohne dass es ihr völlig bewusst war, tat ihr die Vorstellung weh, Marietta allein zu lassen. Im wechselnden Rhythmus von Liebe und Hass ihrer Schwester gegenüber war gerade eine Phase der Liebe dran.

Marietta beschloss, das Thema zu wechseln. »Und was hast du vor?«, fragte sie Ornella. »Glaubst du, dass es mit deinem Mann wirklich vorbei ist?«

»So wahr ich hier sitze«, entgegnete Ornella, und da war kein Raum für Zweifel oder neue Überlegungen, Klagen oder Bedauern. »Ich habe ganz rational entschieden, weil es notwenig ist, und es gibt keinen Weg zurück. Ich blicke jetzt nach vorn.«

Ornella hatte wieder ihre frühere Art, sie war fröhlich, praktisch, phantasievoll und optimistisch, so konnte sie alles Unangenehme vergessen und wie der Phönix aus der Asche aufsteigen.

Ohne den Druck der Mutter, die sie immer gedrängt hatte, einen Mann zu finden. Jetzt, wo sie ihn sowieso verloren hatte, konnte sie versuchen, eine normale Beziehung zu ihrer Mutter aufzubauen, ohne ihre Sklavin zu werden.

Die Idee, Mariettas Badekollektion vorzuführen, machte ihr Spaß und schmeichelte ihr auch ein wenig, aber ihr Kopf suchte schon nach einem Plan, wie sie ihren Lebensunterhalt verdienen könnte. Eine Arbeit, die sie zufriedenstellte, bei der sie Leute treffen und ihr Organisationstalent nutzen konnte.

»Ich kann sicher mit einem ordentlichen Unterhalt rechnen, Leute wie mein Ex-Mann würden ihre Seele verkaufen, um einen Skandal zu vermeiden, aber ich ruhe mich deshalb nicht aus. Vielleicht wird ja aus meiner Zusammenarbeit mit Marietta etwas Größeres.«

»Hast du an etwas Bestimmtes gedacht?«, fragte Belinda. »Du könntest doch etwas machen, was zusammen mit der Milchbar ein bisschen Leben ins Dorf bringt. Wir könnten vielleicht etwas Gemeinsames machen.«

»Warum nicht? Mir geht da so einiges im Kopf herum, warte, bis es Formen angenommen hat … Es wäre doch wunderbar, wenn wir unser Dorf wieder ein wenig in

Schwung bringen würden. Ich habe in einer Zeitschrift gelesen, dass der sizilianische Schriftsteller Sciascia vor etwa fünfzig Jahren ein Dorf, das völlig heruntergekommen war, beschrieb, er nannte es das ›Dorf der sieben Gesichter‹. Heute gibt es dort Straßen mit Kopfsteinpflaster aus Basalt, alle Häuser sind renoviert, haben Türen und Fenster, und dazwischen liegen Hügel, auf denen Kapern und Ginster wachsen, ein wahres Wunder! Ich garantiere dir, dass wir es mit etwas gutem Willen auch schaffen könnten. Das Problem ist, dass die Verwaltung hier … ein bisschen, wie soll ich sagen, wie eine …«

»… Schlaftablette ist.«

»Ja, genau. Wir bräuchten ein bisschen Engagement, von der Kommune, aber auch von den Menschen selbst. Die Leute auf dem Amt müssten Lebensqualität und Dienstleistungen verbessern, Tourismus und Handel fördern, und die Bürger müssten den Willen und den Mut haben, etwas Neues anzufangen.«

»Und du solltest in die Politik gehen«, sagte Belinda prompt.

»Ja, genau«, stimmten die beiden Schwestern zu.

»Mal sehen, wenn sich eine Gelegenheit bietet, warum nicht?«

»Brauchst du nicht für die Sache mit deinem Mann einen Anwalt?«, fragte Belinda.

»Nein danke. Ich glaube nicht. Wir lassen uns in gegenseitigem Einvernehmen scheiden, und ich bin mir sicher, dass er meine Bedingungen annimmt. Er hat zu große Angst vor einem Skandal … Das Krankenhaus und die Leute … Ich kenne den Gockel, der in ihm steckt, und auch das Schwein, und zwar seit langem. Ich habe nur deshalb gezögert, weil er früher nicht so ein mieses Niveau hatte. Aber vor allem wegen meiner Mutter. Sie hat immer in einer Welt der Liebesromane gelebt. Ich wollte ihr eine Trennung immer ersparen, das hätte sie als ihr persönliches Versagen angesehen. Zum Glück hat sie sich jetzt damit abgefunden. Allerdings ist es schwer, wieder zu Hause bei Mama zu wohnen. Sie hat ihre Launen, ihre Gewohnheiten … ein bisschen komisch, wie bei alten Leuten eben. Aber reden wir lieber über deine Milchbar. Wann ist sie fertig?«

Im Prinzip war die Bar schon fertig, und eigentlich wusste Belinda das auch, dennoch machte sie sich ein bisschen schwierig. Sie glaubte nämlich, sie könne die Milchbar nicht eröffnen, wenn die Kacheln mit den Kühen nicht vollzählig waren, so kindisch das auch schien. Schließlich waren die Kühe Teil ihrer Kindheit.

Sie wollte in Gegenwart von Mariolina nicht zeigen, was für eine Wut sie auf Ruggero hatte. Diese war über beide Ohren verliebt und hatte voller Stolz erzählt, wie ihr Verlobter trotz des Gespensts diese gottverlassene Bruchbude (aber wer glaubte schon an diese Räuberpistole, bei allem Respekt vor der Signora Elvira) in so einen zauberhaften Laden verwandelt hatte. Und dann der blaue Himmel und die weißen Wolken überall an der Decke. Ein Märchenland, das nach Milch und Honig zu schmecken schien, einfach wunderschön.

Genauso wunderbar wie die Inhaberin, fügte sie hinzu und meinte es aufrichtig.

»Wir müssen die Werbetrommel rühren, wir müssen alle Leute im Dorf dazu bringen, jeden Tag zu kommen, auch wenn wir Haus für Haus abklappern müssen. Und am besten nicht nur im Dorf, sondern in der ganzen Umgebung. Die Leute sollen das Gefühl haben, von gestern zu sein, etwas zu verpassen, wenn sie nicht in die Milchbar kommen. Es muss ein richtiger Szene-Treffpunkt werden. Verabredungen, Events, Kochkurse, Ernährungs- und Wellness-Seminare ... Auch Vereine sprechen wir an, Leute aus der Kultur, der Wirtschaft, in der Provinz und der gesamten Region. Alle Stellen, die man sich denken kann ...«

Ornella war vom heiligen Feuer der Kommunikation (die sie vor Jahren studiert und niemals praktiziert hatte) erfasst und konnte ihren Rede- und Ideenfluss nicht mehr stoppen.

Belinda unterbrach sie und sagte: »Ich habe von einer ruhigen Existenz auf einem Berggipfel geträumt.« Dann schob sie ihr ein Stückchen Croissant in den Mund.

»Das kannst du machen, wenn du alt bist! Außerdem ist das hier nicht mehr als ein Dorfhügel«, entgegnete Ornella mit vollem Mund. »Wann soll die Einweihungsfeier denn stattfinden?«

»Mitte September kommen die Möbel und die Ausstattung. Und dann muss ich alles noch einrichten ...«

»Vierzehn Tage lang?«

»Ich glaube schon.«

»Dann sollten wir das Datum für die Eröffnungsfeier festlegen und nicht alles zu weit hinausschieben.«

Marietta schwieg und sah in das entschlossene Gesicht der zierlichen Frau, die auf die ein oder andere Weise (wie, das würde sie noch festlegen) ihre Teilhaberin bei den Bademoden werden konnte. Sie war genau die Person, die sie brauchte, um einen großen Sprung nach vorn zu machen.

»Also gut«, sagte Belinda. »Nehmen wir den 16. Oktober, den Geburtstag meiner Mutter.«

»Wirklich? Wie lustig, das war auch der Geburtstag unserer Mutter. Das wird ja ein Supergeburtstag!«, rief Mariolina und klatschte in die Hände. »Belinda, du hast uns noch gar nicht verraten, wie du deine Milchbar nennen willst.«

Vor Belindas Augen tauchte das Gesicht von Tante Letizia mit ihrem maliziösen Lächeln auf. Ein Künstler mit schönen Liedern und ein so begeisterter Fan hatten öffentliche Anerkennung verdient.

»*Via Lattea*. Die Milchstraße soll unser Treffpunkt sein.«

»Wie?«, fragte Ornella, die es nicht begriffen hatte.

Die drei anderen sahen sich an und nach einem Moment einvernehmlichen Schweigens, in dem ihnen klar wurde, dass sie eine gemeinsame Leidenschaft hatten, sangen sie zusammen:

»Die Milchstraße soll unser Treffpunkt sein, dort trinken wir Milch, die besser schmeckt als Wein. Die Sterne sehen uns dabei zu, und dann küssen wir uns, ich und du …«

34

Trauma und Satisfaktion

Cesare mochte keine Bücher. Nur solche, die man unbedingt braucht, die für die Sommerferien oder, noch schlimmer, die für den Urlaub im Winter, denen man einfach nicht entgehen konnte. Wenn er etwas zu einem Buch sagen sollte, schaffte er das so gerade und zog sich aus der Affäre, indem er hier und da in den Seiten blätterte und den Klappentext las. Nur früher, wenn der Lehrer eine Inhaltsangabe verlangt hatte, konnte er diese ja nicht einfach erfinden und so musste er alles lesen. Damals gab es das Internet dummerweise noch nicht, wo man von jedem Buch eine Zusammenfassung fand.

Das Trauma, das bei ihm das Buch *Cuore* hervorrief – ein Weihnachtsgeschenk, das er vor vielen, vielen Jahren geschenkt bekommen hatte, befreite ihn von der Idee, dass es ein Verbrechen ist, keine Bücher zu lesen. Damals war er sieben oder acht, und wegen dieses Kinderbuchs kehrte Cesare dem angeblich so wohltuenden Hobby des Lesens für immer den Rücken.

Wegen der Nächte mit dem florentinischen Schreiber im Licht der Petroleumlampe; wegen der abenteuerlichen Reise von Genua nach Buenos Aires auf der Suche nach der ausgewanderten Mutter; wegen des Todes des kleinen Wachtpostens aus der Lombardei, eingewickelt in die Fahne des gerade erst geeinten Italiens; wegen der Eltern, die ihr Kind an den kleinen Zirkus des Patrioten aus Padua verkauft hatten, wegen der Beinamputation des tapferen sardischen Trommlers …

Wenn Bücher so waren wie dieses, dann wollte er keine mehr, weder als Geschenk noch als Lektüre. Die Schulbücher genügten ihm.

So hatte Cesare sich in seiner Kindheit und Jugend mit anderen Dingen die Zeit vertrieben. Er spielte mit Zinn-Soldaten wie viele Jungen seines Alters. Er sammelte Briefmarken, Steine, Geld, Korken und Postkarten. Später begeisterte er sich für Modellbau und baute Forts aus dem Wilden Westen und Nistkästen für Vögel. Einmal hatte er sogar mit einem Schiff aus Streichhölzern angefangen, das aber nie fertig wurde. Dann gab er solche Aktivitäten auf und widmete sich den Mädchen.

Doch auch diese Phase dauerte nicht allzu lange, denn nachdem er mit knapp achtzehn eine Weile den Planeten der Frauen erforscht hatte, begegnete er Claudia, und von da an brauchte er keine andere mehr.

Er dachte nur noch an sie.

Claudia aber dachte auch ans Lesen (sie las im Akkord, hätte sie damit Geld verdienen können, wäre das ihr Beruf geworden). Auf diese Weise machte sie wett, was ihm fehlte: Sie erzählte ihm gern die Handlung der schönsten Romane oder der Bücher, die auch für Männer interessant waren.

Deshalb sagte sie ihm jetzt, wenn er auch nur ein wenig von Stevenson gelernt hätte – um nur einen Autor erwähnen –, dann hätte er jetzt mit dieser Karte in seiner Hand, die eine Schatzkarte sein sollte, etwas anzufangen gewusst. Entweder er würde jetzt erkennen, was sie bedeute (vorausgesetzt, sie habe eine Bedeutung), wohin sie führe und ob sie tatsächlich einen Schatz verberge, oder er nähme Ring und Karte und ginge zur nächsten Polizeistation.

Es war wie immer.

Für Claudia gab es nur Schwarz oder Weiß. Wie in den Büchern. Weiße Seiten, schwarze Buchstaben. Nichts von der variablen Breite der Grautöne, in der man sich verlieren, sich hin- und herbewegen, ertrinken konnte. Doch diese Grautöne kannte außer Cesare auch Tante Letizia, die gerade eine neue Miss-Marple-Geschichte las.

»Wenn ich nicht so eine arme Frau in einem Rollstuhl wäre, würde ich die Schatzkarte nehmen und mich sofort an den Ort des Geschehens begeben.«

Erstens säße sie ja nur vorübergehend im Rollstuhl, stellte Cesare richtig, und mit ihrer Pension wäre sie ganz sicher nicht arm (sie solle ihm ja nicht unterstellen, dass er ihr nachrechnete, ihr Geld sei ihm völlig gleichgültig). Zweitens: Es gäbe keinen Tatort, sondern eine Stelle, an der angeblich Diebesgut versteckt sei. Und nur mal so, fügte er hinzu, sei jetzt August, und da habe auch er etwas Urlaub verdient und nicht die geringste Lust, Räuber und Gendarm zu spielen. Auch wolle er nicht die Polizei mit dem Fund gesuchter Juwelen erfreuen, vorausgesetzt, das Zeug würde überhaupt offiziell gesucht. Und überdies konnte man sich mit so etwas nur in die Nesseln setzen.

»Ein Defätist, wie immer!«, rief die Tante. »Und das bei allem, was ich euch beigebracht habe.«

»Was hast du uns denn beigebracht?«, fragte die Nichte erstaunt und stellte die Gasflamme unter der Espressomaschine ab.

»Den Tiger, den Adler …«

»Zoologie?«, unterbrach Cesare sie verärgert.

»Philosophie«, verbesserte Letizia ihn pikiert.

Sie sind beide verrückt, dachte Claudia. Und nachdem sie ihren Kaffee getrunken hatte, nahm sie die enthauptete Königin unter den Arm und suchte sich einen schattigen Platz im Garten, wo die Luft besser war und sie außer Gefahr, von dem im Haus herrschenden Wahnsinn angesteckt zu werden.

Der Platz war ruhig, aber so weit weg vom Haus, dass sie nicht hörte, wie ihr Mobiltelefon läutete, das auf der Kommode lag.

Aber Cesare hörte es, als er gerade weggehen wollte, um mal kurz (wirklich nur kurz!) im Büro vorbeizuschauen.

Aus purer Nettigkeit hatte er das Telefon genommen und brachte es ihr (vielleicht war es Belinda, die ihnen verriet, was sie jetzt alles vorhatte). Trotz der ungewöhnlichen Nummer auf dem Display folgte er einem Instinkt, in der Hoffnung, dies nicht zu bereuen.

Er antwortete.

Am anderen Ende war eine kräftige Männerstimme zu hören, freundlich und ein bisschen schmeichelnd, ohne Dialekt und in einem sehr vertraulichen Ton. Der Mann betonte den Namen Claudia in einer Weise, die Cesare gar nicht gefiel.

Diese nahm das Telefon von ihm entgegen und wurde unter ihrer gebräunten Haut feuerrot, als sie Romeos Stimme hörte. Sie wartete, bis ihr Mann weggegangen war, bevor sie selbst redete.

Ja, alles gut, und er? Ja, die Saison sei noch lang. Ja, ihr Flug sei pünktlich gewesen, zum Glück. Sie habe nicht lange auf ihr Gepäck warten müssen, höchstens zehn Minuten. Viele Leute, ja, Unmengen, aber das sei ja im August normal. Ja, es seien schöne Ferien gewesen. Wo sie jetzt sei? Zu Hause, sie sei im Garten und läse. Ja, sehr, sehr heiß. Nächstes Jahr? Sie führe eigentlich nie gern zweimal an denselben Ort, aber warum nicht? Der Mann am Handy? Kein Problem, das sei ihr Mann. Ja, sie sei verheiratet. Mit einer erwachsenen Tochter. Hatte sie ihm das nicht erzählt? Hm. Nachdenkliche Pause. Manchmal brauche man Zeit, um alles zu verstehen. Wie? Ob es ihr geholfen habe?

»Ich würde sagen, ja.«

Cesare interessierte sich plötzlich für getrocknete Blätter und blieb an einer versteckten Stelle im Garten stehen, von wo aus er das Gespräch belauschte.

Bei den letzten Worten seiner Frau entspannte er sich, streckte den rechten Arm aus und ballte die Faust, während er die linke Hand in den Ellbogenknick hieb und mit einer entschlossenen Bewegung den Unterarm nach oben schnellen ließ, um dem gescheiterten Rivalen die Worte zuzuraunen: »Da hast du's, du Nichtsnutz!«

Dann dachte er zufrieden und frohlockend an das berühmte Sprichwort (war es indisch? Er musste Letizia danach fragen), nach dem man sich an den Fluss setzen und warten sollte: Der Leichnam des Feindes würde dann schon irgendwann vorbeikommen.

Er bereute es kein bisschen, indiskret gewesen zu sein. Das konnte er sich leicht verzeihen.

Aber jetzt war es wohl besser, schnell das Haus zu verlassen.

Ohne dass Claudia ihn hörte.

35

Wiedergefundene Liebe

Letizia, die sich als Dame von Welt begriff, brauchte nicht zu lauschen, um zu erkennen, dass die Dinge sich in die richtige Richtung bewegten.

Wenn Claudia nicht so dickköpfig gewesen wäre und sich nicht darauf versteift hätte, Cesare zu heiraten, vielleicht hätte sie dann den Großen Musiker kennengelernt, der damals noch frei war. Zwischen zwei Konzerten, das hätte sich irgendwie arrangieren lassen.

Keine Zeitung hatte je über ihn etwas ausgeplaudert, weder von Flirts noch von Liebschaften berichtet. Nur einmal war von der Geschichte mit einer Schauspielerin die Rede, einer Frau mit einer prächtigen mütterlichen Brust, aber man wusste ja, dass die Männer immer ihre Mutter suchen. Es war schnell zu Ende gewesen. Sie passten so schlecht zusammen, dass man an einen Werbetrick glauben konnte. Zum Vorteil der Frau, natürlich, so sah es Tante Letizia jedenfalls.

Claudia aber war eine Blume, die jeden Tag schöner blühte, hätte der Große Musiker sie gekannt, er hätte sie sicher gepflückt zur Musik von *Ich bin deiner nicht würdig*.

Aber er kannte sie nicht, und das hatte Cesare ausgenutzt.

Nicht dass ihr Cesare missfiel. Aber er war so unmusikalisch, so wenig harmonisch, und er war ihr auch nicht richtig sympathisch. Doch die Tante wusste, dass er Claudia liebte, ebenso sehr wie ihr armer Ehemann sie geliebt hatte, leider nur zu kurz, aber mit einer Liebe wie ein Gedichtvers, den man nur einen Moment liest, der aber ein Leben lang aufgesagt werden kann.

Energisch schob sie ihre Erinnerungen und ihre Rührung beiseite. Jetzt war nicht der richtige Augenblick dafür. Sie musste sich um andere Dinge kümmern. Ihre Nichte hatte ihre Liebe wiedergefunden. Ihr zum Gefallen hatte sie weiterhin gute Miene zum bösen Spiel gemacht und stoisch das Jucken unter dem Gips ertragen. Als sie Cesare mit seinem Köfferchen durch die Tür gehen sah, die vom Garten ins Haus führte, hielt sie ihm die Hand mit erhobenem Daumen hin: Sie hatten es geschafft.

Cesare machte eine Kehrtwendung.

»Woher weißt du es?«

»Hat Gandhi nicht gesagt, dass Frauen im Vergleich zu Männern die bessere Intuition haben, außerdem eine bessere Leidensfähigkeit und größeren Mut?«

Letizia schickte ihren Fragen gern weitere Fragen hinterher, was Cesare gar nicht mochte.

»Deshalb könntest du mir jetzt mal diese Schatzkarte geben, damit ich sie studieren kann«, fuhr sie fort. »Oder hast du Angst, dass ich sie leichter entziffere als … ein Mann?«

Als du, sollte das heißen.

Doch nachdem sie ihren Pfeil abgeschossen hatte, saß sie schweigend da und bearbeitete ihre Nägel mit einer Feile.

Cesare holte die berüchtigte Karte aus seinem Arbeitszimmer und brachte sie ihr. Das alles würde zu nichts führen, da war er sicher.

Die Tante nahm die Karte und breitete sie vor sich auf dem Tisch aus.

Sie strich sie mit ihren arthritischen Händen so glatt wie möglich, stützte sich mit den Ellbogen auf und legte die Hände gegen die Schläfen, um sich besser zu konzentrieren. In dieser Stellung ließ Cesare sie zurück, bevor er zur Tür hinausging. Er vergaß glatt zu fragen, ob das Sprichwort mit dem Feind auf dem Fluss indisch oder anderer Herkunft war. Aber im Grunde war das auch egal.

Wichtig war nur, dass der Leichnam am Ende vorbeigeschwommen war.

»Alles in Ordnung?«, fragte Cesare seine Frau, als er später nach Hause kam, und sah auf ihre gebräunte Haut, die blendende Figur, das entspannte Gesicht, ihre schönen Augen und den grauen Schal, den sie trug und mit dem er sich vor ein paar Tagen auf so peinliche Weise gestreichelt hatte.

»Wollen wir wirklich darüber reden?«, war Claudias Antwort (und diesmal ärgerte sich Cesare nicht), während sie Rigatoni in den Kochtopf schüttete. Der rotbeschmierte Kochlöffel war ein Hinweis auf Pasta mit Tomatensauce.

Die Versuchung, die sommerliche Eroberung seiner Frau anzusprechen, war groß, aber sein Verstand sagte ihm, dass es besser war, darauf zu verzichten und den Parmesan aus dem Kühlschrank zu holen.

»Als du in mein Leben getreten bist, Cesare, war ich ein kleines Mädchen und durch dich und deine Liebe bin ich zu einer reifen Frau geworden. Ich war zufrieden und brauchte nichts sonst und auch keine anderen Leute. Wenn wir unter Menschen waren und uns ihr lautes Reden störte – das passierte, wie du sagtest, besonders dir –, dann genügte ein Blick, um uns zu sagen, dass und wie sehr wir uns liebten. Das war schön und magisch. Aber dieser Zauber hat nicht angehalten, leider. Ich weiß nicht, wann und wo er verloren ging. Dennoch habe ich die Liebe zu dir nicht verloren. Sie hat sich in mir gehalten, unversehrt.«

Sie nahm seine Hand und lächelte.

»Ich wollte, dass du das weißt«, fügte sie hinzu. Und dann schwieg sie erleichtert.

Auch Cesare schwieg, doch sein Herz schlug wie verrückt. Wie sie war er von seinen Gefühlen überwältigt.

Hand in Hand gingen sie durch den Garten, um ein paar Blätter Basilikum zu holen, und Claudia erzählte ihm die Geschichte von Gregor dem Großen, dessen Biografie sie gelesen hatte. Eine Romanbiografie, unglaublich und schrecklich zugleich.

Der Heilige war durch den Inzest von Zwillingsgeschwistern einer Adelsfamilie entstanden. Einer französischen Familie vermutlich, aber das wisse sie nicht mehr genau. Sie hatten das Neugeborene im Meer ausgesetzt, doch ein Fischer hatte Gregor gerettet. Ein Abt nahm ihn auf und unterrichtete ihn in Theologie und Jura. Als er erwachsen war, erfuhr er die Wahrheit über seine Herkunft und machte sich auf die Suche nach seinen Eltern. (Sein Vater und Onkel war nach Kroatien gegangen, nachdem er sich der Schwere seiner Schuld bewusst geworden war, und war dort getötet worden.) Doch Gregor gelangte in ein Land, das durch einen jahrelangen Liebeskrieg fast gänzlich zerstört war. Ausgelöst hatte ihn die Weigerung der wunderschönen, in Buße lebenden Herrscherin, den Herrscher des Nachbarlandes zu heiraten. Gregor trat als Ritter in ihren Dienst und besiegte den Feind. Und da gab ihm die adelige Dame ihre Hand, doch nach drei Jahren der Liebe, in denen eine Tochter geboren wurde und eine andere geboren werden sollte, entdeckten die beiden, dass sie Mutter und Sohn waren. So waren sie Mutter-Tante-Ehefrau und Sohn-Ehemann-Sohn. Um seine Schuld zu sühnen (im tiefsten Inneren hatte er die Wahrheit von Anfang an gewusst), floh Gregor auf einen Felsen, auf dem er siebzehn Jahre ausharrte. Er war nur noch ein Schatten seiner selbst, blieb aber durch den Willen Gottes am Leben und wurde von zwei römischen Prälaten gefunden, die ihn auf den Stuhl Petri brachten, so wie es ihnen der Heilige Geist angekündigt hatte.

»Interessiert dich das überhaupt, Cesare?«, fragte Claudia ihn am Ende der Geschichte.

»Ja, schon, ich glaube, jemand hat mir diese Geschichte schon einmal erzählt.«

»Ein Mandant?«

»Nein, ein Taxifahrer. Vielleicht, weil der Heilige Schutzpatron der Autofahrer ist.«

»Kaum zu verstehen, denn wenn ich an die Gregorianischen Gesänge denke, würde ich eher glauben, er sei der Patron der Musiker und Sänger.«

Cesare musste ein Lachen unterdrücken.

Nicht zu glauben!

Konnte es wirklich sein, dass alles immer bei der Musik endete?

36

Menu criollo

Mariolina trug ein eng anliegendes silbernes Kleid, das aussah wie auf ihren Körper gemalt, und wartete, dass ihr Verlobter sie abholte. Mit genau einer Woche Verspätung war der schicksalhafte Tag des Familienessens gekommen.

Ob sie den Hochzeitstermin festlegen würden?

Sie hoffte es sehr.

Sie zitterte vor Verlangen, ihr Elternhaus zu verlassen und sich für den Rest ihres Lebens mit Ruggero zu vereinen und dabei sowohl ihre körperliche Lust zu stillen als auch Gottes Wort zu befolgen. Sie zitterte wie eine Tigerin, und hätte jemand versucht, ihr den Weg zu versperren, hätte sie ihn zerfleischt. Zuallererst ihre Schwester, die etwas gegen ihr Kleid gesagt hatte, das, wie sie meinte, eher zu einer Silvesterparty passe. Oder zum Karneval. Ob sie sich vielleicht als Astronautin verkleidet hätte? Und ob Mariolina auch sicher sei, dass es sich nicht um einen Ladenhüter handele, den man ihr als Modell der neuesten Sommerkollektion angedreht hätte? Wie viel habe sie eigentlich dafür bezahlt? Und wo und wann habe sie es gekauft?

Mariolina hörte einfach nicht hin und ordnete die Rüsche, die von der einen Schulter bis zum Kleiderschlitz reichte (das Haute-Couture-Modell eines Stardesigners, aber sie war nicht bereit, Kommentare abzugeben). Sie hatte sich in eine Parfumwolke gehüllt und trug neue Sandalen mit hohen Absätzen. Das Haar hatte sie unter einem *cache-chignon* verborgen, wie das die französischen Ballerinen nannten, gehäkelt und von derselben Farbe wie das Kleid. (Marietta hatte einen missbilligenden Blick darauf geworfen.)

Mariolinas Gesicht strahlte vor Glück.

Sie hatte sich nur ganz dezent geschminkt, mit einem Hauch von Lippenstift und Puder, der ihrem Gesicht einen mondscheinartigen Schimmer gab und ihre Züge betonte, ohne ihre natürliche Feinheit zu zerstören.

»Zum Teufel mit der Bescheidenheit!«, hatte Mariolina gesagt, als sie vor dem Spiegel stand. »Dann erinnert es eben an den Weltraum.«

Genau, an *Krieg der Sterne*, dachte Marietta.

Auf der Konsole im Eingangsflur standen zwei Flaschen mit gutem Wein aus der Gegend und daneben lag ein Schal aus Mohairwolle, der für die zukünftige Schwiegermutter gedacht war und bei dessen Anblick man trotz des Lochmusters gleich ins Schwitzen kam.

»Nun ja, auch das Schlechte hat sein Gutes«, sagte Marietta, die die Gelegenheit genutzt hatte, sich von dem guten Stück zu trennen. Im Einvernehmen mit der Seele der verstorbenen Mutter konnte nun Mariolina davon profitieren, allein wegen des Preises der Wolle (natürlich Mohair) würde sie einen guten Eindruck machen. Und dazu noch die Karte von *Fili fatati 1888*, diesem feinen Laden, den Ruggeros Mutter sicher kannte, das würde sie noch mehr beeindrucken.

Das hier muss endlich ein Ende haben. Ich muss hier weg und mein eigenes Leben führen! Ich muss die Freiheit haben zu tun, was ich für richtig halte, und mir zu kaufen, was mir gefällt!, schwor sich Mariolina. Sie war nun keine Tigerin mehr, sondern spürte aus ihren Nüstern den wütenden Atem eines wilden Stiers dringen.

Unter den wechselnden Phasen von Liebe und Hass der Schwester gegenüber war diese hier eindeutig dem Hass zuzuordnen.

Doch dieses Gefühl wurde gleich wieder von einem Ausbruch der Liebe zu Ruggero überlagert, denn dieser erschien in diesem Augenblick, pünktlich wie die Feuerwehr.

Er hatte zwei Blumensträuße bei sich, einen aus roten Rosen für Mariolina und einen aus Sonnenblumen für Marietta, die er den beiden Schwestern mit einem galanten Handkuss überreichte.

Marietta reagierte feierlich und mit einer Menge Verbeugungen, die Mariolina unterbrach. Sie packte ihren Mann am Ärmel, weil sie eine Welle der Eifersucht spürte, aber auch, weil sie fürchtete, in diesem Haus zu ersticken.

»Ich muss dich etwas fragen, Ruggero«, sagte sie, als sie – endlich allein! – in seinem Mercedes saßen. »Sieh mir in die Augen und antworte mir: Hast du wirklich bisher nicht von mir geträumt?«

»Ich träume immer von dir, Bambolina, Tag und Nacht«, antwortete er.

Da er sie wegen des Sicherheitsgurtes nicht küssen konnte, nahm er ihre kleine Hand, die auf ihrem durch den Kleiderschlitz gut sichtbaren Oberschenkel lag, legte sie auf den Schaltknüppel und ließ sie während der gesamten siebenundzwanzig Kilometer zwischen Borgo Propizio und seinem Haus nicht mehr los.

Die Haushälterin war zum Eingang gelaufen, um Mariolina zu begrüßen, während Ruggero den Wagen in die Garage fuhr, und erkundigte sich mit ausgeprägt spanischem Akzent nach ihrer Gesundheit.

Mariolina antwortete mit der kleinen Lüge, dass sie letzte Woche Magenbeschwerden gehabt hätte und Candela nicht das Gefühl hätte geben wollen, sie möge ihr Essen nicht. Sie hätte dann ja denken können, sie sei schlecht erzogen.

Auf Spanisch fragte die Haushälterin, seit wann sie die »Beschwerden« denn habe. Mariolina aber glaubte, sie habe gefragt, wie lange sie krank gewesen sei.

Zwei Tage, zeigte sie mit dem Finger. Das war besser, denn sicher hatte die Frau für die Verlobte des *Señor* nach peruanischer Sitte ein besonderes Essen gekocht, und da war es besser, ein größeres Unwohlsein vorzutäuschen. Einmal hatte sie mit Kollegen Chinesisch gegessen und eine ganze Woche gebraucht, um alles richtig zu verdauen.

»Felicitaciones!«, sagte Candela zu ihrem Brotgeber, als er zu ihnen trat.

»Der *Señor* hat keine Zeit verloren. Alles sehr schnell gegangen!«

Die Schwiegereltern fanden keine Worte, um Mariolina für die Geschenke zu danken. Er habe noch nie so kostbaren Wein bekommen, sagte Ruggeros Vater und seine Mutter meinte, sie habe im Leben noch keinen solchen Schal besessen. Ruggero war glücklich. Endlich hatte er die richtige Frau gefunden, eine, die ideal war – für ihn und seine Eltern. Er hatte gleich gespürt, dass sie besser war als jede andere. Sie besaß Vornehmheit, Kultur, Eleganz und dazu in diesem Kleid: Kurven, Busen, Hüften, Schenkel …

Er musste so schnell wie möglich mit ihr schlafen, gleich nach dem Essen. Er hielt es kaum noch aus und wurde fast verrückt vor Begehren.

Er musste sie besitzen, ihren Reißverschluss öffnen, mit ihr verschmelzen, sich in ihr spüren.

Die beiden Flaschen, die Mariolina mitgebracht hatte, kamen wie gerufen. Er würde die Eltern und die Haushälterin betrunken machen, dann würden sie sicher schnell einschlafen. Und dann hatte er eine noch bessere Idee: Er entschuldigte sich bei dem Objekt seiner Begierde, verschwand im Badezimmer und suchte im Medizinschrank herum. Dann kam er mit einem Fläschchen Baldrian wieder an den Tisch zurück, das er versteckt hielt.

Candela servierte und sprach dabei Spanisch. »*Menu criollo para la señorita. Como entrada, papas a la huancayna.* Aus Huancayo, meiner Heimatstadt!«

»Verstehst du Spanisch?«, fragte Mariolina Ruggero, der mit einer vagen Geste antwortete. Es war besser, so zu tun, als verstünde er es und könne es auch sprechen. Und so sagte er unter den vorwurfsvollen Blicken von Candela auf Spanisch *»Bambolinita, io ti amo.«*

»Muñequita, yo te amo!« Die Peruanerin korrigierte seine Fehler und warf ihm vor, ständig neue spanische Wörter zu erfinden.

Drohend schüttelte Ruggero den Zeigefinger.

»Meine Eltern können sie nicht mehr in die Schranken weisen, sie sind zu alt dazu«, sagte er dann zu seiner Verlobten. »Sie mögen Candela und betrachten sie als Teil der Familie. Deshalb isst sie auch mit uns am Tisch. Und jetzt, Papa und Mama, sprechen wir von der Hochzeit. Wir wollen nämlich heiraten.«

Nach diesen Worten räusperte sich der Vater laut und kündigte einen Trinkspruch an.

Ruggero nutzte die Gelegenheit und meinte (um das Schlafmittel ungestört in die Getränke tropfen zu können), für einen so wichtigen Trinkspruch brauche man besondere Gläser. Er stand auf, öffnete die Kredenz, nahm fünf mit einem goldenen »N« wie Napoleon versehene Gläser und brachte sie in die Küche.

Für Mariolina sahen sie eher nach Cognac- als nach Weingläsern aus. Aber immerhin, der Trinkspruch war wichtig, also brauchten sie auch besondere Gläser.

Candela sah, wie Mariolina auf dem Teller das Essen hin- und herschob.

»Schmeckt es Ihnen nicht?«

»Doch, doch, es schmeckt sehr gut. Aber es ist einfach zu viel.«

»Nein, nein, das reicht kaum für zwei«, entgegnete die Haushälterin und zeigte mit zwei Fingern.

»Ja, genau, zwei. Zweimal ging es mir schlecht, und ich esse besser nicht zu viel«, sagte Mariolina, die kein Wort verstanden hatte.

Die Kartoffeln schmeckten zwar nicht schlecht, aber der Sahnegeruch war zu stark. Außerdem war sie scharfes Essen nicht gewöhnt. Was hatte diese Frau da bloß reingetan? Knoblauch? Eier? Peperoni? Oliven? Diese Ausländer taten die seltsamsten Dinge ins Essen.

Für eine Vorspeise war das Essen viel zu üppig, doch die Schwiegereltern aßen es so gierig auf wie hungrige Wölfe.

Sie würde Ruggero mit viel Diplomatie beibringen müssen, dass es besser für seine Eltern sei, leichtere Speisen zu essen. Sie wollte auf keinen Fall noch einmal Waisenkind werden, auch wenn es nur die zukünftigen Schwiegereltern waren. Es war wohl besser, die Dinge gleich in die Hand zu nehmen.

Aber jetzt nahm sie erst mal das bauchige Glas, das Ruggero ihr mit einem Lächeln reichte, und brachte den wichtigsten Trinkspruch ihres Lebens aus.

Mit dem Mann ihres Lebens

Dem Beinahe-Ehemann.

37

So ein Idiot!

Ruggero hatte es mächtig verpatzt.

Nie würde er sich verzeihen, dass er die Gläser verwechselt hatte.

Er war so ein Idiot!

Die Haushälterin und die Mutter hatten die Gläser bekommen, in denen nur Wein war, und zwar sehr guter! Und sie hatten ihn bestens vertragen. Die drei anderen Gläser aber hatten durch den Baldrian den Vater, Mariolina und ihn selbst bald ins Land der Träume geschickt.

Im vollen Besitz ihrer Kräfte (das Essen und der Wein hatten sie gestärkt) fühlte sich die frühere Hausherrin stark und mächtig. Sie befahl der Haushälterin, eine Telefonnummer für sie zu wählen, bevor sie das Geschirr spülte. Und sie sollte nur ja auf die guten Gläser mit der Goldverzierung aufpassen!

Ihr geliebter Sohn, der jetzt laut schnarchte, hatte ihr ein Telefon mit winzigen Nummern gekauft, die sie nicht erkennen konnte. Es war praktisch, weil es schnurlos war und man es mit sich herumtragen konnte, aber sie bewegte sich ja kaum, hatte den grauen Star in den Augen und war fast völlig abhängig von dem

Hausmädchen, das überall herumspionierte (das hatte sie gleich gemerkt, schließlich war sie nicht blöd). Aber jetzt wusch Candela das Geschirr ab und konnte nicht mithören.

Nachdem sie der einzigen verbliebenen Schwester ihr Los geklagt hatte, erzählte sie ihr die Neuigkeit, die ihr am Herzen lag: Ruggero hatte endlich das richtige Mädchen gefunden, ein Waisenkind mit einer traurigen Kindheit, die sich nun um sie kümmern würde. Sie würde diese Peruanerin wegschicken wie alle anderen Dienstmädchen davor, und dann müsse sie keine Ausländerinnen mehr ertragen. Manche waren ihr zu weiß, manche zu schwarz und manche zu mittelmäßig. Die Leute mochten sie Rassistin nennen. Na und? Sie wollte Leute aus ihrem Land, die aßen und redeten wie sie und mit Salz und Pfeffer kochten. Heute habe das jetzige Hausmädchen zufällig mal ganz anständig gekocht, aber sonst sei alles ungenießbar.

Vor allem aber wolle sie endlich die 1800 Euro im Monat sparen – abgesehen von allen weiteren Kosten, deren genaue Höhe keiner kenne. Ganz sicher aber wisse sie, dass es sinnlose Ausgaben seien. Der Sohn mache einen auf großzügig, aber er verschwende ihre Pensionen, um diese Leute zu bezahlen. Sollte er sie doch von seinem Geld bezahlen, die Haushälterin!

Immer wieder habe sie ihm erklärt, dass sie jemanden aus der Familie haben wolle, der sich um sie beide kümmere. Aber Ruggero habe immer nur diese Huren ins Haus gebracht. Sie, die Schwester, habe es da viel besser mit ihren drei Töchtern, die verpflichtet seien, sie zu pflegen, auch wenn sie die ganze Zeit miteinander oder mit der Mutter stritten.

Candela, die aufmerksam gelauscht hatte, löste das Problem nachts mit der Klingel im Schlafzimmer des Señor und tagsüber seit dem Streit um die Granitas mit dem vom Arzt verschriebenen Beruhigungsmittel (vielleicht tat sie zur Sicherheit noch ein paar Tropfen mehr hinein). Sie hatte die feste Absicht, in diesem Haus zu bleiben, wo es ihr gelungen war, allem, was sie nicht machen wollte, aus dem Weg zu gehen oder es nur gegen großzügiges Trinkgeld zu erledigen, das ihr sehr zupasskam, da sie ja Geld nach Huancayo schicken musste.

Allzu lange wollte sie nicht mehr bleiben, aber doch noch ein Jährchen. Bis die Tochter die Ausbildung als Kosmetikerin gemacht und ihr Sohn sein Diplom hatte.

Wenn sie jetzt entlassen würde, wäre das äußerst ärgerlich!

»Herzlichen Glückwunsch, *Señora*!«, rief sie und fing an, die Alte zu bearbeiten. Mit den Händen zeigte sie eine Wölbung über ihrem Bauch. »Das Fräulein ist in Verlegenheit, wussten Sie das?«

Ruggeros Mutter spitzte die Ohren.

»Sind Sie sicher?«

»Ja, zwei Monate«, sagte die Peruanerin und hielt Daumen und Mittelfinger in die Höhe. »Der *Señor* hat keine Zeit verloren, er hat sich ziemlich beeilt.«

Was für ein Idiot, dachte die Mutter. Deshalb also diese Eile und dieses Gerede von der Hochzeit.

Wir wollen heiraten. Sie hat keine Eltern mehr. Sie wird mehr für euch sein als eine Tochter, wir heiraten im Frühjahr.

Ruggero hatte wie ein Stein geschlafen und davon geträumt, was er mit seiner Bambolina gemacht hätte, wenn der Baldrian an die richtigen Adressaten gelangt wäre.

Wie hatte er die Gläser nur verwechseln können!

Er war wirklich ein Idiot!

»So ein Idiot«, sagte seine Mutter, die ihn mit einem lauten Furz empfing (wenn sie wütend wurde, verschlimmerte sich ihre Kolitis immer).

Was? Hatte sie etwa alles durchschaut? Unmöglich, die Tropfen hatte doch er bekommen.

»Du hast den Kuchen ja schnell in den Ofen geschoben!«

Welchen Kuchen? Er hatte doch Eistorte gekauft.

Der Arzt hatte ihm von der Krankheit erzählt, die alte Leute oft hatten. *Alzamer.* Aber seine Eltern hätten es nicht, hatte er gemeint. Aber vielleicht hatten sie es doch?

Am besten erfüllte er der Mutter ihre Wünsche.

»Möchtest du Kuchen? Ich gehe und hole welchen.«

»Du bist ja wirklich völlig bekloppt! Der Kuchen ist, was du deiner Verlobten reingeschoben hast, und das schon vor zwei Monaten!«

»Zwei Monate«, bestätigte die Haushälterin und zeigte noch mal mit den Händen eine Wölbung über ihrem Bauch.

Waaas?

Er hätte für sie Berge versetzt, und jetzt wollte sie ihm das Kind der Sünde unterschieben, das sie von einem anderen bekam?

Er rechnete schnell Tage und Monate aus und stürzte in sein Schlafzimmer, um sie mit Tritten in den Hintern hinauszuwerfen.

»Die Frauen sind doch alle gleich und die Männer alle Idioten«, rief er und riss die Tür auf. Doch er schwieg plötzlich, denn der Anblick des von Frauenhand sorgfältig gemachten Bettes (seit Jahren hatte er es allein gemacht, so gut er konnte), der vom Boden aufgesammelten und auf der Kommode aufgestapelten Zeitungen und der Ordnung, in die Mariolina all die Dinge gebracht hatte, die Ruggero immer aus seinen Taschen holte und auf das Nachtschränkchen legte, raubte ihm den Atem.

Dennoch: Sie hatte ihm übel mitgespielt. Das war unverzeihlich.

Allerdings … allerdings kam es oft vor, dass eine Frau verzweifelt war und für das Kind in ihrem Schoß alles tat. Vielleicht war sie vergewaltigt worden.

Ruggero wusste nicht, was er denken und wie er entscheiden sollte. Er beschloss, sie auf die Probe zu stellen. Wenn sie es ihm ehrlich sagte, aber wirklich in aller Ehrlichkeit, dann konnte man das Kind sogar vor Unehelichkeit bewahren. Es brauchte ja keiner davon zu wissen. Im Grunde hieß es doch immer: Der, mit dem man aufwächst, der ist der Vater.

So sagte man jedenfalls.

Ruggero wusste aus Erfahrung, dass man sich seine Worte stets genau überlegen muss. Als das mit dem Mord im Jeep passierte, hatte ihm der Anwalt dies eingeschärft. Alles, was du sagst, kann gegen dich verwendet werden. Weil man stets in Verdacht geraten kann.

Deshalb musste das, was gesagt worden war, genau geklärt werden.

Mariolina erwartete kein Kind und hatte auch keine Probleme mit dem Magen. Sie gestand ihre kleine Notlüge, die sie aus Verlegenheit gebraucht hatte, da sie das exotische Essen nicht vertrug. Im Übrigen müsse man künftig auch darauf achten, was die Eltern aßen. Wenn er einverstanden sei, könne sie sich darum kümmern. Sie habe allerdings Zweifel, ob sie ihm einen Sohn schenken könne, da sie schon auf die siebenundvierzig zuging. Und außerdem hoffe sie, nie so dick zu werden, dass man sie für schwanger halte.

Ruggero fand sie nicht dick, vielmehr hatte sie einen solch perfekten und sinnlichen Körper, dass er geglaubt hatte, sie seien gleich alt. Siebenunddreißig nämlich sei er. Zehn Jahre seien doch kein Problem, oder? Hauptsache man liebte sich, aber es sei vielleicht besser, das den Eltern nicht zu erzählen.

Und es wäre auch besser, alles schnell der Mutter zu erklären und dieser verflixten Peruanerin die Meinung zu sagen und den Vater zu wecken, bevor er ins Koma fiel.

38

Der Maresciallo

Dem Maresciallo juckte der Spitzbart, den er sich wegen einer durchs Rasieren entstandenen Hautentzündung hatte wachsen lassen.

Er war wütend.

Weil der Bart grau war und auf einer Seite immer schief.

Und weil er vierzig Euro für das Dienstbarett hatte ausgeben müssen, da die Armee sich nicht entscheiden konnte, ihm ein neues zur Verfügung zu stellen. Es war schon fast ein Jahr her, dass ein Gauner es ihm beim Schlichten eines Streits kaputtgemacht hatte.

Du kannst warten, bis du schwarz wirst, müsste das Motto dieser Verwaltung sein.

Bis sein Pferd das Zeitliche segnete und Beefsteaks daraus gemacht wurden.

Blutige Steaks.

Mit seinem Blut bezahlt – bei den Preisen.

Aber sie seien gut für die Kinder, die immer blutarm gewesen wären, sagte seine Frau, während er wegen Blutdruckproblemen nicht zu viel rotes Fleisch essen dürfe.

So stopfte sie ihn mit Tiefkühlkabeljau voll.

So viel Geld hatten die für die neue Kaserne ausgegeben, und dann sparten sie an den kleinen Dingen. Das waren Geizhälse, ja, das waren sie!

Sie leerten die Taschen ehrlicher Leute, die hart arbeiteten: Leute wie er, die jeden Tag ihr Leben riskierten, während die Gauner sich gut amüsierten.

Vierzig Euro waren nicht wenig bei vier Kindern (davon konnte er zumindest das Mobiltelefon aufladen, so hörten sie wenigstens ein paar Tage auf zu quengeln).

Mit dem Geschick eines Carabiniere hatte er zwei Zwillingspaare in die Welt gesetzt (es machte ihm nichts mehr aus, wenn die Leute sich über die Carabinieri lustig machten und den Witz von den Appuntato erzählten, die deswegen immer zu weit unterwegs wären, weil der eine lesen und der andere schreiben könnte.

Zwei Mädchen-Zwillingspaare, dazwischen drei Jahre Abstand. Dabei hatte er sich immer einen Sohn gewünscht, aber der war nicht gekommen.

Sein Zuhause war der reinste Hexenkessel. Seit die beiden Ältesten volljährig waren und er ihnen keinen Zeitplan oder anderes vorschreiben konnte (wann hatte er das je gekonnt?), war sein Haus zum Hotel geworden. Die beiden Jüngeren machten inzwischen schon denselben Unfug wie ihre älteren Schwestern und nahmen sich eine Menge heraus.

Eigentlich löste er immer nur die Probleme anderer Leute – worüber sich seine Frau ständig beklagte –, aber zu Hause gelang es ihm nicht, und nichts funktionierte. So herrschten dort Chaos und Anarchie.

Es hätte dem Maresciallo schon genügt, ein bisschen Abendstille zu genießen, wenn er müde und ruhebedürftig an den heimischen Herd zurückkehrte. Gern hätte er auch sein Telefon benutzt, das aber immer okkupiert war, und er wünschte sich vergeblich, dass nicht immer alle Lichter brannten.

Sie mussten noch zehn Jahre durchstehen, bis er das Pensionsalter erreichte. Bis dahin waren die Mädchen hoffentlich verheiratet (oder ihm sonst aus den Füßen), seine Frau mit irgendeinem Hobby oder einer ehrenamtlichen Tätigkeit beschäftigt und er selbst konnte sich dann endlich auf die faule Haut legen.

Oder ein Buch schreiben mit dem Titel: »Wie man eine falsche Rolex oder einen wahren Freund erkennt«.

Denn von den Zwillingen abgesehen war die Geschichte mit der Rolex der größte Reinfall seines Lebens gewesen.

Die Jahre vergehen – zehn, zwanzig, dreißig –, aber so manche schlimme Erinnerung wird man niemals los. Ihm jedenfalls war es so ergangen.

Er war ein Freund.

Ein enger Freund.

Was für ein Freund! Sogar noch mehr: Er war für ihn wie ein Bruder!

Ja, ein siamesischer Zwilling.

Wie siamesische Zwillinge waren sie zusammen aufgewachsen.

Seit dem Kinderheim hatten sie alle Schulen gemeinsam besucht, sie lasen und schrieben zusammen. Sie teilten alles: Bücher, Comics, Sport, Mopeds, Schlafsäcke, Mädchen, das erste Wichsen, die erste Zigarette.

Alles? Noch mehr. Der eine kannte die Seele des anderen von A bis Z.

Ein Lehrer hatte gesagt, das sei eine krankhafte Beziehung, sie seien wie Castor und Pollux, hatte ein anderer behauptet.

Sie seien Freunde, nichts als enge Freunde, hatten sie den Lehrern, Eltern und allen anderen versichert. Sie seien Freunde im besten und tiefsten Sinn des Wortes, und zwar für immer.

Was verstanden die Leute schon davon?

Noch heute, dreißig Jahre später, bekam der Maresciallo feuchte Augen, wenn er an diese Freundschaft dachte. Danach hatte er nie mehr Freunde gehabt. Er hatte einfach keine mehr haben wollen.

Und noch heute, dreißig Jahre später, konnte er nicht glauben, dass sein Freund, sein brüderlicher Freund, sein siamesischer Zwilling ihn so übel reingelegt und ihm einen Berg von Schulden und Problemen hinterlassen hatte.

Eine Rolex. Die Leute kauften so was manchmal nur als Investition, hatte er ihm versichert. Er sollte sie zum Pfand nehmen, er würde ihm das Geld bald zurückgeben (die Gründe, weswegen er es brauchte, erwiesen sich später als reine Lügen). Er hatte darauf bestanden, dass er die Uhr annahm, er habe Ehre im Leib und sei verantwortungsbewusst, und wenn ihm etwas zustoßen sollte, sollte sich sein Freund nicht im Stich gelassen fühlen. Nein, er solle sich nichts Schlimmes ausmalen. Er meine etwas wie … eine Grippe oder einen verrenkten Arm, vielleicht eine Meniskusoperation. Er beharrte darauf, dass er das Pfand annahm. Nur ein paar Wochen, und er würde ihm das Geld wieder zurückgeben im Tausch gegen die Rolex.

Der Maresciallo hatte ihm selbstverständlich vertraut.

Unter dem Vorwand, er brauche einen Vorschuss für ein Häuschen, hatte er sich das Geld von seinem Vater geliehen, der stolz war auf die Pläne seines Sohnes. Der Vater wiederum hatte sich das Geld vom Großvater geborgt, der ihm das Erbe vorzeitig auszahlte. Es war alles, was der alte Mann besaß.

Da er ein stolzer und verantwortungsbewusster junger Mann war, unterschrieb er seinem Vater einen Wechsel, und der nahm ihn an. Sein Sohn war jetzt ein Mann, und seine Haltung gefiel ihm. Eigentlich war das alles ja nur eine Formsache.

Die Summe war erheblich (aber durch den Wert der Uhr war sie ja voll abgedeckt, dies besagten auch die Listen, die der Freund ihm gezeigt hatte), und wenn er das Geld wiederbekam, wollte er sich tatsächlich eine kleine Zweizimmerwohnung kaufen oder eine etwas größere und sich den Rest des Geldes leihen.

Wie war es nur gekommen, dass er den Freund verlor (der über Nacht verschwand), das Geld (das sich mit ihm in Luft auflöste), die Uhr (ein Dieb stahl sie ihm, gleich nachdem sie ihm auf der Bank gesagt hatten, dass die Rolex eine Fälschung und nichts wert war), das Vertrauen seines Vaters (er drohte, den Wechsel einzulösen, wenn er ihm die fünfzehn Millionen nicht bis auf die letzte Lira zurückgäbe), und dass auch sein Großvater nicht mehr an ihn glaubte (er bekam einen Schlaganfall und war dann halbseitig gelähmt)? Was war nur passiert? Der Maresciallo konnte es sich bis heute, dreißig Jahre später, nicht erklären.

Und er konnte sich auch nicht damit abfinden.

Weil er dringend eine feste Arbeit brauchte (bis dahin hatte er nur halbtags als Barista gearbeitet) und großen Durst nach Gerechtigkeit verspürte, war er zu den Carabinieri gegangen. Vor allem aber, weil er tief im Herzen die Hoffnung hegte, dass das Schicksal ihn früher oder später mit dem Gauner und Verräter zusammenführen würde, der einst sein Freund gewesen war.

Er hatte irgendwo gelesen, dass man schlimme Erfahrungen niederschreiben sollte, um sie loszuwerden.

So war mit der Zeit die Idee in ihm gereift, ein Buch zu verfassen, und er hatte sich ein Notizheft gekauft, in dem er hin und wieder Erinnerungen festhielt. Dabei fielen ihm auch alle Einzelheiten wieder ein. Die Wunde war immer noch offen, nach all den Jahren …

»Nein, was für eine Überraschung!«, rief er aus, als die Tür aufging und der Appuntato Cesare hereinführte.

Er freute sich, Cesare wiederzusehen. Er mochte Anwälte nicht besonders, aber dieser hier war eine Ausnahme, ein feiner Mann.

Cesare begrüßte den Maresciallo und entschuldigte sich, dass er zu solch unpassender Uhrzeit vorbeikam.

Er hatte die Zeit genutzt, in der Frau und Tochter nach Borgo Propizio gefahren waren. Sie wollten bei Belindas neuen Freundinnen Mittag essen, hatte Claudia ihm am Telefon erklärt, und sie kämen erst später wieder. Der Laden sei ganz süß, er erinnere an Marzipan, das Häuschen sei ziemlich klein, aber groß genug für Belinda. Wegen der fehlenden Kühe auf den Kacheln solle er sich keine Gedanken machen. Es sei auch so ganz wunderbar, sie hätte Belinda davon überzeugt.

»Unpassende Uhrzeit? Warum, wie spät ist es denn?«, fragte der Carabiniere. »Ich trage nie eine Uhr …«, fügte er hinzu.

»Viertel vor eins. Ich hoffe, Sie wollten nicht gerade essen gehen?«

»Nein, nein, machen Sie sich keine Gedanken. Wie kann ich Ihnen denn behilflich sein?«

»Ich habe ein Problem oder besser gesagt, ich hoffe, es wird keins. Aber zuerst würde ich Sie gern um einen persönlichen Rat bitten.«

Was der Maresciallo bei seiner Arbeit am liebsten mochte, war der Umgang mit Menschen. Er hatte die Wertschätzung und das Vertrauen der Leute gewonnen, die sich auch wegen kleinerer Probleme an ihn wandten, und so fungierte er manchmal als Familienvater, Friedensrichter oder Psychologe. Das befriedigte ihn immer sehr, und es war besser, als an die Lohntüte zu denken und die vier Blutsauger, die sie verschlangen …

Er stand auf, ging um den Schreibtisch herum und zog seinen Stuhl neben den des Anwalts, bereit, ihm vertraulich zuzuhören.

»Sie können mir alles sagen.«

Cesare war ihm sehr dankbar.

Aber konnte er wirklich alles sagen? Er hatte Angst, sich lächerlich zu machen, und in gewisser Weise fühlte er sich auch schuldig. Vielleicht kam er deshalb auf die Idee, die ganze Sache indirekt anzusprechen.

»Wenn ich Ihnen nun sagte, dass ich einen wertvollen Gegenstand gefunden hätte.«

»Wertvoll?«

»Ja, und zwar sehr.«

»Wie wertvoll?«

»Von unschätzbarem Wert, auch wegen der Geschichte, die dahinter steckt.«

Der Carabiniere horchte auf.

»Eine Geschichte?«

»Ja, eine alte Geschichte, aber vor ein paar Jahren war noch einmal in einem anderen Zusammenhang davon die Rede.«

Wie war das möglich? Nach all den Jahren. Der Carabiniere sah den Anwalt erstaunt an.

»Ich denke, Sie haben schon einmal davon gehört ...«

Gewiss kannte er die Geschichte, und zwar genau. Aber woher hatte der Anwalt davon erfahren?

Die Augen des Maresciallo verengten sich zu Schlitzen, weil er sich dermaßen konzentrierte, und verliehen seinem gutmütigen Gesicht fast etwas Bedrohliches.

»Nun … Wenn etwas Wertvolles verloren geht, besteht natürlich immer die Hoffnung, es wiederzufinden«, sagte er vorsichtig.

Er hatte das Gefühl, Katz und Maus zu spielen, und obwohl er nicht wusste, welche Rolle ihm bei diesem Spiel zufiel, sagte er sich: Wer mitspielt, hat auch die Chance zu gewinnen, und wer es nicht tut, hat schon verloren.

Deshalb beschloss er mitzuspielen.

Und vorsichtig zu sein.

39

Eine ehrenwerte, aber magere Belohnung

Cesare beschrieb also in allen Einzelheiten, was vorgefallen war. Er erzählte von dem Erwerb des Ladens, in dem es angeblich spukte, von der Idee der Tochter, dort eine Milchbar zu eröffnen, von den Umbauarbeiten, wie er Ruggero kennengelernt und dieser schließlich die Schatzkarte in dem alten Gemäuer gefunden hatte. Dann erzählte er von dem Ring und allem, was er durch die Kunstzeitschrift darüber wusste. Von der amerikanischen Schauspielerin und dem kostbaren Rubinring, der für kurze Zeit das Verlobungsgeschenk der ehrenwerten Mariolina gewesen war und der sich jetzt in seinen Händen befand.

»Oder besser gesagt in Ihren«, fügte er hinzu und überreichte, vor Erleichterung fast seufzend, dem Carabiniere den kostbaren Ring zusammen mit der vergilbten und rissigen Karte, auf der nach Ruggeros Aussage der Ort des sagenhaften Schatzes des noch sagenhafteren Gespenstes von Borgo Propizio verzeichnet war, das ein paar Kacheln mit Kühen darauf hatte verschwinden lassen …

Auch das Unglaubliche ist Teil der Wirklichkeit, wer hätte das besser gewusst als der Maresciallo. Und es war gerade die Absurdität dieser Geschichte, die ihn überzeugte. Eine so paradoxe Geschichte musste einfach wahr sein.

In der Tat.

Das bewies ihm nicht zuletzt der traditionelle Karteikasten, der im Archiv stand, das heißt in dem großen Raum am Ende des Flurs mit der abgestandenen Luft. Hier war die Kartei, die er suchte – von einer dicken Staubschicht bedeckt.

Er musste auf die Karteikarte zurückgreifen, da er sein kompliziertes Passwort für den Computerzugang vergessen hatte, als er neulich unerwartet auf die Lösung eines aufsehenerregenden Falls gestoßen war. Es ging dabei um ein Silbertablett. Das Passwort war eine Mischung aus Daten und Initialen der Zwillinge, von ihnen so teuflisch kombiniert, dass er es oft vergaß. Zugleich wusste er nicht so recht, wie man diese Art Fernseher benutzte, den man ihm auf den wackligen Schreibtisch gestellt hatte, unter dessen Füße er immer ein Stück Pappe stopfen musste, damit er ruhig dastand.

»Die Methoden von früher sind doch immer noch die besten«, sagte er Cesare zur Rechtfertigung. »Auf die moderne Technologie ist kein Verlass. Hier, der Computer – schon wieder abgestürzt«, fügte er hinzu, um zu verschleiern, was seine Untergebenen als »den Computeranalphabetismus des Maresciallo« bezeichneten.

Er öffnete den Metalldeckel des treuen Karteikartenarchivs und durchsuchte die Fotos von gestohlenen

Wertobjekten aus der Kunstwelt. Der Vergleich der Bilder mit dem Ring erbrachte den Beweis.

Dies war der gesuchte Schmuck.

Das heißt, es war ein kleiner Teil der Juwelen, die die Polizei auf zwei Kontinenten jahrzehntelang vergeblich gesucht hatte: das vor sechzig Jahren auf geheimnisvolle Weise im Diamantenmuseum von Amsterdam geraubte Diebesgut.

Die Täter agierten im Stil von Bonnie und Clyde und hatten sich nach einigen erfolgreichen Schmuckdiebstählen in den USA mit diesem Juwelenraub wohl selbst übertreffen wollen.

Offenbar zogen sie die Diebstähle allein durch, auch wenn es während der Ermittlungen die Vermutung gab, dass Verbindungen zur amerikanischen Mafia oder einflussreichen holländischen Politikern oder vielleicht sogar zu einem Auftraggeber bestanden hatten, der der Königsfamilie nahestand und dieser wiederum einem Nachkommen der osmanischen Herrscher. Also nicht bloß ein normaler Diebstahl, sondern eine größere Sache, die – wäre sie wahr gewesen – sicher einen weltweiten Skandal erzeugt hätte. Doch seltsamerweise wurde die ganze Sache schnell unter den Teppich gekehrt, und so blieb der Fall ungelöst, und die Journalisten standen mit leeren Händen da. Kein einziges Wort drang aus den Akten nach außen, und auch jetzt zog der Maresciallo den Anwalt nicht ins Vertrauen.

Die mutmaßlichen Diebe waren zwar geschnappt worden, doch aus Mangel an Beweisen konnten die

Richter die neue Bonnie nicht anklagen, die einige Zeit später durch eine plötzliche Krankheit im Gefängnis starb, wo sie wegen einer ganzen Reihe anderer Straftaten saß. Man fand im Nachhinein heraus, dass sie ihre Flucht geplant hatte, um die kostbare Beute zu suchen, die sie im Laden ihres früheren Komplizen und Liebhabers nicht mehr hatte finden können.

Ein Teil dieser Beute war jetzt, durch eine Laune des Schicksals, in einer kleinen, baufälligen Carabinieri-Station aufgetaucht. Hier lag sie nun auf dem klapprigen Schreibtisch eines unbekannten Maresciallo aus der tiefsten Provinz, der seit Jahren auf eine bessere Ausstattung seines Büros hoffte.

Unglaublich! Es war die Lösung eines historischen Falles: Jeder hätte sich etwas darauf eingebildet, aber nicht der Maresciallo, ein Mann vom alten Schlag, der treu seine Pflicht tat und für Gerechtigkeit und Ordnung eintrat (wenn irgend möglich auch in der eigenen Familie).

Er dankte Cesare mit professioneller Herzlichkeit und bat ihn, sich zur Verfügung zu halten. »Es könnten weitere Unterredungen notwendig sein.«

Nie hätte der Maresciallo gedacht, dass er zum zweiten Mal in seinem Leben mit einer Geschichte zu tun haben würde, die an einen Roman erinnerte. Vielleicht sollte er über ein zweites Buch nachdenken.

Ein Buch?

Diesen Unsinn sollte er lieber sein lassen (der Carabiniere war sich selbst gegenüber sehr streng), stattdessen sollte er schleunigst den Bericht schreiben und an seinen Vorgesetzten schicken.

Er hätte das auch gleich getan.

Wenn sein Passwort akzeptiert worden wäre.

Wenn der Computer bereit gewesen wäre, anzuspringen.

Und wenn die Bande vom Supermarkt kurze Zeit später nicht zum x-ten Mal zugeschlagen hätte, so dass er zum Ort des Geschehens eilen musste. Es waren zwei Großkampftage, nach denen er zufrieden heimkehren konnte, in der idealen Verfassung, um den wichtigsten Bericht seiner Karriere zu schreiben.

Aber das wollte er erst am nächsten Tag machen, nach einem erholsamen Schlaf.

Er war gerade friedlich eingeschlafen, als er einen dumpfen Schlag hörte. Als guter Carabiniere war er immer wachsam und sprang auf die Füße, nahm die Pistole in die Hand und schaute aus dem Fenster. Ein schmaler Schatten verließ den Garten des Zweifamilienhauses, in dessen Parterre er mit Frau und Kindern wohnte, im ersten Stock lebten die Schwiegereltern. Er stürzte zur Tür, die ordnungsgemäß geschlossen und an der kein Hinweis auf einen Einbruch festzustellen war. Er hielt die Nase hoch und schnupperte in die Luft, in der es nicht nach Betäubungsspray roch. Also alles normal …

Nein!

Das konnte einfach nicht wahr sein!

Für den Bruchteil einer Sekunde sah er vor seinem geistigen Auge den erschrockenen Ausdruck Dutzender Eltern, die ihm am Schreibtisch gegenübersaßen und erklärten, sie könnten nicht glauben, dass ihr Sohn in der Schule mit Marihuana dealte und ihre Tochter gegen Aufladen ihres Telefons Nacktfotos von sich freigab.

Diesen ungläubigen Gesichtsausdruck hatte er bestimmt gerade selbst, während ihm klar wurde, dass eine der Zwillinge aus dem Fenster gesprungen war und sich heimlich davonschlich.

Wohin führte diese Katastrophe?

Der Motor eines anspringenden Autos drang durch die nächtliche Stille. Schleunigst nahm er den Schlüssel des vom Schwiegervater geliehenen Autos (seines war mal wieder in der Werkstatt) und machte sich an die Verfolgung.

Er folgte in gebührendem Abstand, um nicht entdeckt zu werden, und so wurde der Maresciallo Zeuge der Knutscherei zwischen seiner Tochter mit dem Kerl am Steuer, die erst aufhörte, als das Auto in die steile kurvenreiche Straße nach Borgo Propizio einbog.

Der Maresciallo hatte das Gefühl, in einem Film zu sein (es war Vollmond), diese Verfolgungsjagd war wohl die tragikomischste Szene seiner bisherigen Existenz.

Auf wessen Schulter hatte seine Tochter da ihren Kopf gelegt? Wo fuhren die beiden hin? Und warum zwang er sie nicht, anzuhalten? Warum brachte er seine minderjährige Tochter nicht nach Hause und zeigte diesen Lackaffen an?

Er erklärte es sich mit der Berufskrankheit, auch im Privatleben den Dingen auf den Grund gehen zu wollen.

Bei den Weinbergen hielt das Auto an, die beiden stiegen aus, umarmten sich und gingen auf einen Geräteschuppen zu.

Zum Teufel! Seine Tochter war erst fünfzehn!

»Stehen bleiben, Carabinieri«, rief er laut, mit dem einzigen Ergebnis, dass die beiden anfingen, in atemberaubendem Tempo den Berg hinaufzurennen.

Bis zu der Burg, bis an die Stelle, wo die Außenmauer im Felsen verschwand, so weit, dass der Maresciallo, der ziemlich außer Atem geriet, fast ins Stolpern kam.

Bis er die verzweifelte Stimme seiner Tochter hörte: »Hilfe, Papa! Hilfe!« und sie in einem letzten Spurt erreichte, bereit, sie den Händen dieses brutalen Kerls zu entreißen, dem er die Augen ausstechen wollte.

Mindestens.

Kurz bevor das Gelände wieder steil nach unten führte, war eine Senke, und darin lag der Junge, der über einen Stein gestolpert war. Er schrie wie ein Kalb, das geschlachtet wird, und hielt sein schmerzendes Fußgelenk umklammert (in der Notaufnahme stellten sie später fest, dass es ein doppelter Bruch war), und seine Tränen mischten sich mit dem Blut der Verletzungen, die die spitzen Felsen seinem Gesicht zugefügt hatten, als er stürzte.

»Papa, wird er es überleben?«, heulte seine Tochter in Sorge um das Schicksal dieses Burschen, dem sie mit dem Zipfel ihrer Bluse die Wangen abwischte.

»Er schon, aber du nicht«, antwortete der Maresciallo drohend und holte wütend mit dem Fuß aus. Am liebsten hätte er diesem Mistkerl einen Tritt in den Hintern verpasst, dass der Sterne sah. Das hätte er wahrlich verdient.

Dann aber sah er selbst Sterne (und erst in diesem Augenblick wurde ihm klar, dass er noch die Pantoffeln anhatte, und schlimmer noch, seinen Schlafanzug), er war gegen einen Stein gestoßen, denselben, über den der Junge gestolpert war.

Der Vollmond beleuchtete die ganze Szenerie und in dem hellen Licht war unschwer zu erkennen, dass sich unter dem Stein, der zur Seite gerollt war, ein kleines Loch befand. Die Tochter beugte sich neugierig darüber, doch der stets wachsame Maresciallo schöpfte sogleich Verdacht, und trotz der heftigen Schmerzen an seinen Zehen bückte er sich und fuhr mit der Hand hinein. In dem Loch befand sich ein Päckchen.

Was für eine Überraschung!

Und als er das Päckchen aufriss, fand er, in einen brüchigen Stoff eingewickelt, eine Kette, ein Paar Ohrringe und ein Armband mit dem gleichen roten Stein, wie der Ring des Anwalts ihn hatte, und auch mit dem Porträt des Sultans darin, wie er später zu Hause feststellte, im Licht der Halogenlampe und mit Hilfe einer Lupe.

»Hervorragende Arbeit.«

Er glaubte dies schon den Capitano sagen zu hören, bei seiner Beförderung.

Und tatsächlich wurde er befördert.

Maresciallo Capo Bartolomeo Saltalamacchia.

Das hörte sich gut an. Ein weiterer Spiegel am Kragen, er war höchst zufrieden. Weniger zufrieden war er mit der Gehaltserhöhung, die den Namen nicht einmal verdiente.

Sie war, in der Tat, so gering, dass er trotz der hinzukommenden Abwrackprämie seinen alten Multipla (der zwar gut gepflegt war, doch jeden Tag mehr verrostete) nicht gegen einen neuen Wagen eintauschen konnte.

So gering, dass er seine große Familie nicht in ein gutes Restaurant ausführen konnte: Eltern und Schwiegereltern, die drei Brüder mit ihren Familien, die Schwägerin und ihren Mann, eine Cousine, die für ihn wie eine Schwester war, seine Frau und die Zwillinge, den Freund der Älteren und auch den mit dem Gips, den Sohn des wichtigsten Weinbauern im Dorf.

Eine Pizza.

Mehr konnte er ihnen nicht bieten. Mit ein paar Antipasti vorher und einem Nachtisch immerhin. Und dazu Wein, Bier und Spumante. Für die Kinder Coca-Cola.

Dennoch wurde es ein schöner Abend, an dem alle ihren Carabiniere herzlich feierten.

Alles andere war nichts als Ehre, nicht mehr als eine kleine persönliche Genugtuung. Sein Name stand in der Zeitung, das örtliche Fernsehen interviewte ihn, die Behörden dankten ihm ebenso wie die Bewohner von Borgo Propizio, weil der Geist des umherspukenden Schusters nun endlich seinen Frieden gefunden hatte.

Wie man hörte, begleitete der Maresciallo Capo die wiedergefundenen Juwelen auf ihrem Weg in die Niederlande. Der Direktor des Museums nahm den Schmuck persönlich entgegen. Wie es hieß, freute er sich, den heldenhaften Carabiniere persönlich kennenzulernen.

Doch die Wahrheit war, dass der Museumsdirektor dem italienischen Carabiniere niemals die Hand schüttelte.

Dem Maresciallo lag nämlich nichts daran, diese Reise zu machen. Rein gar nichts.

Und so kam es nicht dazu. Abgesehen davon, dass die Behörde die Reisekosten auch gar nicht hätte aufbringen können.

40

Vorbereitungen

Belinda hätte glücklicher nicht sein können. Die letzten Vorbereitungen brachten Tante Letizia so richtig in Schwung.

Kaum waren die Möbel da und von der Nichte sorgfältig aufgestellt, kaum war die Tante wieder von ihrem Gips befreit und auch von ihrer Lüge (sie hatte Claudia die ganze Wahrheit schließlich gestanden), da schoss sie in der Milchbar eine Fotoserie, lud sie auf ihren PC und wählte die schönsten Bilder aus, um sie »an eine bestimmte Person« zu verschicken.

Die neuen Geräte seien wirklich toll, meinte die von moderner Technik faszinierte Tante: diese Digitalkameras, bei denen man die nicht gelungenen Fotos erst gar nicht ausdrucken musste, bis hin zur elektronischen Post, die bis unter das Unterhemd derer gelangte, an die sie adressiert war. Sie war sich nicht sicher, dass ihr Empfänger ein Unterhemd trug, aber sie wusste, wie sie ihn ausfindig machen konnte.

Um jeden Preis würde sie einen Weg finden.

Mit Geduld, Liebe und eisernem Willen gewappnet unternahm die Tante eine gründliche Recherche im Internet, und bei dieser Gelegenheit beschloss sie, dass es an der Zeit war, ihren drei Idolen – Kolumbus, Gutenberg und Meucci – den Erfinder des Internet hinzuzufügen, den sie Mister Netz nannte, bis sie später seinen richtigen Namen vom Leiter des Computer-Kurses an der Senioren-Universität erfahren sollte.

Sie beschloss, zunächst keinem etwas von ihren Internetrecherchen zu erzählen, bis sie eine konkrete Antwort erhalten hatte, und entwarf schon einmal eine Einladungskarte für den Großen Musiker.

Sie hatte große Zweifel, was die Form ihres Briefes anging. Sollte sie förmlich oder vertraulich schreiben, ernsthaft oder geistreich, direkt oder ein bisschen verschleiert? Sollte sie ihn duzen oder siezen, sollte sie sich direkt an ihn wenden oder an seinen Agenten?

Der erste Entwurf lautete:

»Anlässlich der Eröffnung der ersten Milchbar von Borgo Propizio, die Ihnen zu Ehren *Via Lattea* heißen wird, sind Sie, verehrter Herr herzlich eingeladen …«

Sie löschte den Entwurf gleich wieder.

Der zweite lautete so:

»Wir laden Sie als Ehrengast zur Einweihung der neuen Milchbar von Borgo Propizio ein, die in Verehrung für Sie nach Ihrem Lied benannt wurde …« Auch diesen Entwurf löschte sie.

Der nächste lautete:

»Ich bin mir ganz sicher, dass Du die Einladung zur Einweihung der Milchbar von Borgo Propizio, die den Namen *Via Lattea* tragen wird, nicht versäumen wirst …«

Unsinn!

Sie machte weiter:

»Wir laden Dich herzlich zur Einweihung der Milchbar *Via Lattea* ein, die sicherlich niemand so schätzen wird wie du. Komm so schnell du kannst: Du bist unser *Ehrengast* …«

Nein!

»*Via Lattea – Treffpunkt Milchstraße* – zur Einweihung unserer Milchbar in Borgo Propizio, wo du begeisterten Fans begegnen wirst, laden wir herzlich ein.«

Nein!!!

Nichts davon gefiel ihr.

Nachdem sie alle Entwürfe wieder gelöscht hatte, bedauerte sie es sehr, seine Telefonnummer nicht zu kennen. Mündlich wäre es viel einfacher gewesen, sie hätte ihn aus Höflichkeit zuerst gesiezt und wäre dann zum Du übergegangen (sie waren ja schließlich gleich alt). Sie hätte ihm gesagt, zu welchen Konzerten sie gegangen sei, um ihn zu hören und zu sehen (das hätte ihm geschmeichelt), wie sie an ihre Nichten die Begeisterung für seine Musik (und natürlich auch für ihn) weitergegeben hätte, und dass da eine Nichte wäre, mit der, wären die Dinge etwas anders gelaufen … nein! Das sagte sie lieber nicht; wohl aber: wie sie entdeckt hätte, dass es in Borgo Propizio noch andere Fans gäbe, die bereit wären, den roten Teppich auszurollen, wenn er zur Einweihung käme; dass sie in einer Erleuchtung ähnlich der von Paulus in Damaskus darauf gekommen sei, die Milchbar nach seinem schönsten Lied zu nennen.

Am Ende beschloss sie, eine mehr oder weniger förmliche Einladung zu verfassen und ihm all dies in einem einfachen – natürlich elektronischen – Brief mitzuteilen, den sie an den *webmaster* der offiziellen Seite, aber auch an die Fanclubs, das Plattenlabel und an das Ministerium für das Chanson oder wen auch immer schicken wollte, mit der Bitte, sie an den Großen Musiker weiterzuleiten. Irgendetwas würde sich schon ergeben, wenn man so viele Hebel in Bewegung setzte.

Belinda war wild darauf, die Lieferanten kennenzulernen und mit ihnen zu verhandeln. Sie hatte entdeckt, dass sie eine gute Einkäuferin war und dass ihre Ideen schier unerschöpflich waren, wenn es um ihre Milchbar ging. So hatte sie beispielsweise das Buongiorno alla spina (mit frischer Milch, direkt aus dem Stall, zum Mitnehmen oder im Laden mit einer Brioche zu genießen) erfunden, oder die L'ora delle bianche chiacchiere (eine Zeit gesunder Erholung, in der man in einem Stündchen und bei einem Frühstück in der Bar allen Stress vergessen konnte, bei einfachen Gesprächen und beim Genuss von diversen Köstlichkeiten aus Milch). Das waren ihre ersten Angebote.

Ornella hatte eine Freundin, die Malerin war, gebeten, die Flyer zu entwerfen. Sie malte auch das Schild, auf dem die Kühe der Kacheln zu sehen waren, die sich in Luft aufgelöst hatten.

Wer weiß, vielleicht würden sie eines Tages wieder ans Licht kommen. Die Carabinieri hatten sie nicht bei den Juwelen gefunden, also hatte das Gespenst wohl nichts damit zu tun. Im Gegensatz zu dem, was Ruggero behauptet hatte.

Dieser war jetzt mit den Hochzeitsvorbereitungen beschäftigt, die auf Hochtouren liefen, und dachte an nichts anderes mehr.

Ornella hatte sich ihr langes Haar abschneiden lassen und trug jetzt einen Bubikopf. Sie hatte ihn blond gefärbt, weil ihr die alten Strähnen schon eine Weile nicht mehr gefielen. Sie war vorübergehend in die Rolle der PR-Managerin der Milchbar geschlüpft. Belinda war begeistert von ihren zündenden Ideen und hatte ihr angeboten, Teilhaberin zu werden, doch Ornella sagte ihr, sie suche noch nach etwas Größerem.

»Wie du siehst, habe ich schon entschieden, dass ich mein Haar anders trage, denn wenn man ein neues Leben beginnt, verändert man als Erstes die Frisur.«

Die Nachricht hatte sich schnell verbreitet. Ornella hatte alle Vereine angeschrieben, die sie kannte, und auch die, die sie nicht kannte, sie schrieb auch allen örtlichen Stellen, die allerdings im Moment nicht mehr tun konnten, als ihnen gute Wünsche zu übermitteln: Leider lasse ihr Budget nicht mehr zu, etc., wegen der Auswirkungen der Krise etc., aber in der Hoffnung, dass es bald wieder aufwärts ginge etc.

Vielen Dank, sollten sie sich zum Teufel scheren.

Sie würden schon sehen, was hier im Dorf entstand. Eine Milchbar, wie sie schöner nicht sein konnte. Und das war erst der Anfang.

Vielleicht war es wirklich das Beste, wenn Ornella in die Politik ging und sich für das Dorf einsetzte, das sie immer geliebt hatte. Vielleicht konnte es bald dem Verbund der schönsten Dörfer Italiens beitreten. Dazu war allerdings ein gründliches *restyling* notwendig.

Außen und innen, und in den Köpfen der Leute.

Borgo Propizio musste wieder neu erstehen.

Wie der Phönix aus der Asche.

Nur noch ein paar Tage, und dann würde die Milchbar eingeweiht – mit gesunder Ernährung, köstlichen Delikatessen aus Milch und einer ganz besonderen Einrichtung.

Und natürlich mit einem ganz bestimmten Lied aus der Jukebox.

Diese war ein Geschenk von Belindas Tante, einer wirklich patenten Frau. Und die Farbe der Jukebox ließ einen an Sahne denken. Natürlich.

41

Wir sagen besser nichts

Ruggero musste dringend etwas erledigen, das er immer wieder vergaß. Höchste Zeit, die Kraftfahrzeugplakette für den Kangoo zu bezahlen.

Der Monat der Zahlungsfrist war verstrichen, und nach allem, was passiert war, hatte er es schlicht und ergreifend vergessen. Es ärgerte ihn, dass er sich wegen einer solchen Kleinigkeit schuldig fühlte, und das bei all den Steuern, die er dem Staat zahlte. Der bat einen ja wirklich für alles zur Kasse.

Oder für fast alles.

Die Hochzeitsvorbereitungen nahmen ihn dermaßen in Anspruch, dass er seine Tagesplanung aufgegeben hatte, seine zwei Listen, eine für den Vormittag, die andere für den Nachmittag.

Die Listen machte er deshalb, weil ihm die Dinge sonst zu leicht entglitten. Wenn er aber verheiratet wäre, würde Mariolina seine Sekretärin; das hatte sie ihm versprochen.

Er hatte wieder einmal fest vor, die Plakette für sein Auto am nächsten Morgen zu bezahlen. Einen Tag früher oder später, Verzugszinsen waren sowieso fällig. Heute jedenfalls war es unmöglich, denn er wollte mit seiner Bambolina in den Süßwarenladen gehen und die Bonbonniere für die Feier bestellen, sonst bestand die Gefahr, dass sie nicht rechtzeitig fertig wurde.

Vorher musste er noch die Besitzer einer Wohnung treffen, die er gestrichen hatte. Die Rechnung war fällig, zweitausend Euro, eine einfache Arbeit, wenn auch öde, drei riesige Räume, ganz weiß, geschmacklos und steril. Zwei junge Eheleute und keinerlei Dekor, jammerschade!

Er musste arbeiten, um zu leben, er sägte den Ast, auf dem er saß, nicht ab. Doch hatte er sich geschworen, nach der Hochzeit nur noch Aufträge anzunehmen, die seiner würdig waren, Schluss mit unbedeutenden Maler- und Maurerarbeiten. Sein Talent musste zur Entfaltung kommen, das hatte auch Mariolina gesagt und geschworen, dass sie ihm dabei helfen würde.

Was für eine Frau! Wie sie ihn unterstützte!

Sie hatte alles im Handumdrehen organisiert: den Termin beim Standesamt (im Frühjahr würden sie dann auch in der Kirche heiraten; der Herr im Himmel würde verstehen, dass sie sich erst vor dem Staat das Ja-Wort gaben, da sie es eilig hatten). Den Empfang (eine einfache Sache, in der Milchbar ihrer Freundin, so konnten sie Geld sparen), dann die Kleidung für die Eltern und für ihn (hochelegant, englischer Stoff, das könne sich nicht jeder leisten und man brauche dafür eine Figur wie seine, hatte der Verkäufer gesagt), die Bonbonniere (mit Herzchen und Pfeil und Bogen aus feinem Porzellan, die Liebe und Frieden bedeuteten, hatte die

Verkäuferin gesagt, auch sie selbst würde sich genau die aussuchen, wenn sie schon einen Verlobten hätte), die Schlafzimmermöbel (höchst raffiniert, in venezianischem Stil, nur Kenner wählten so etwas aus, hatte der Inhaber des Möbelgeschäfts gesagt) und dann den Termin beim Hautarzt wegen Entfernung des Adlers, den er sich vor Jahren auf den Arm hatte tätowieren lassen wegen einer dummen Göre … als er es noch mit dummen Gören zu tun hatte …

Mariolina gefiel der Adler nicht, sie fand ihn vulgär; eigentlich mochte er ihn auch nicht mehr, er war nicht fein genug, und jetzt, wo er bald Familienvater wurde …

Ruggero hatte immer gewusst, dass an seiner Seite nur Platz für eine ganz besondere Frau war. Zum Glück hatte er es geschafft zu warten. Wie sehr er sie doch liebte!

Sie war so intelligent!

Sie hatte ihm sogar erklärt, dass ihm das Geld der Versicherungsmarke für den verrosteten Fiorino zurückerstattet werden könnte, es wäre doch schade drum: Er hatte sie nämlich erst einen Monat, bevor der Wagen zusammenbrach, bezahlt. Er bräuchte nur einen Antrag zu stellen und eine Bescheinigung für die Verschrottung vorzulegen … die er bisher noch nicht erhalten hatte!

Er musste dringend dort anrufen.

Die Telefonistin der Zentrale sagte: »Einen Moment bitte«, und er wartete endlos lange, während eine Stimme ihn aufforderte zu warten, dann wurde er mit dem zuständigen Bearbeiter verbunden, der ihm, froh darüber, ihn zu quälen, die Situation erklärte. Wegen der Urlaubszeit sei das zu verschrottende Auto noch da, es sei also noch nichts passiert, das tue ihm leid, aber bei all den Sachen, die noch anstanden … Die Bescheinigung würde gleich danach verschickt. Nach der Verschrottung. Wann? Das wisse er nicht, da müsse er mit dem Kollegen sprechen. Leider könnten sie sie nicht einfach so schicken, das sei nicht üblich, er müsse sie schon selbst abholen. Warum könne er nicht kommen, um dann auch den Karton abzuholen? Wenn er ein oder zwei Wochen wartete, könne er alles gleich mitnehmen. Was, welcher Karton? Hatte der Kollege vom Magazin nicht angerufen? Er habe *nicht* angerufen? Vielleicht habe er es vergessen, es tue ihm leid, aber wegen der Ferien und bei allen Sachen, die noch anstanden … Gewiss, alle hätten zu tun. Er solle nicht wütend werden, der Kunde habe immer recht. Jetzt würde er ihm mal den Kollegen geben, der ihm alles erklären könne. Leider wisse er selber über den Karton gar nichts, dafür sei er nicht zuständig, für die Verschrottung übrigens auch nicht, er habe ihm nur aus Freundlichkeit ein paar Informationen gegeben, er sei eigentlich im Verkauf tätig. Seine Arbeit bestehe also darin zu verkaufen, er müsse Zahlen schreiben, sonst drohe ihm die Entlassung.

Einen Moment bitte, jetzt gäbe er ihm das Magazin, dort solle er die Verschrottungsabteilung verlangen. Und danke, dass er sich für sie entschieden hätte.

42

Was für ein Tag!

Zuerst hatten die Leute, die Ruggero noch das Geld für den Anstrich schuldeten, den Termin wegen eines plötzlichen Trauerfalls in der Familie verschoben; dann gab es für die Bonboniere nicht mehr genug Herzchen, der Artikel war vergriffen, und so mussten sie auf Füllhörner umsteigen, ob es ihnen nun passte oder nicht. Und in dem Karton, von dem der Autohändler gesprochen hatte (Mariolina meinte, den sollten sie besser sofort abholen), befanden sich – es war nicht zu glauben! – die verschwundenen Kacheln mit den Kühen.

Ruggero sah, dass dieser Karton ein ganz anderer war als der, auf den er das Wort »Rand« geschrieben hatte. Der Lagerverwalter, der ihm die Kacheln übergab, entschuldigte sich. Er habe vergessen, ihn darauf hinzuweisen, aber wegen des Urlaubs und all der anderen Sachen … Er erklärte, er habe die Verpackung ausgetauscht, weil der Originalkarton beschädigt gewesen sei. Er habe wenig Platz und müsse eine Unmenge Waren umtauschen. Als er gesehen habe, dass da Kacheln für ein Kinderzimmer drin waren, habe er sie in eine weiße Schachtel getan, die er extra von zu Hause mitgebracht habe. Er habe nämlich gerade Silberhochzeit gefeiert.

Ruggero solle mal nachsehen, ob auch alle Kacheln da seien und dass dort nicht etwa Gläser oder Teller drin seien. Wenn aber doch welche drin seien, solle er sie ruhig behalten, denn er habe dieselben Geschenke bekommen wie vor fünfundzwanzig Jahren. Es fehle nicht viel, und er könne einen Stand auf dem Markt eröffnen.

Möglich? War es wirklich möglich, dass er sie in seinem Fiorino herumgefahren hatte, diese verfluchten Kuh-Kacheln, ohne es zu merken? So war es, das konnte er nicht leugnen, und das Gespenst hatte nichts damit zu tun. Wie aber sollte er das dem Anwalt erklären?

Er hatte Stein und Bein geschworen, dass er nichts mit dem Verschwinden der Kacheln zu tun hatte. Doch das stimmte nicht, auch wenn er nicht gelogen hatte. Er hatte behauptet, es sei die Schuld des Gespensts, das sie habe verschwinden lassen, weil es keine Milchbar in seinem Laden haben wollte: Das hatte ihm das Gespenst im Traum gesagt. Oder jedenfalls hatte er das geglaubt.

Aber das Gespenst hatte nichts damit zu tun, und so galt diese Ausrede nicht mehr. Der Anwalt würde ihn für einen Lügner halten, und er schätzte den Anwalt doch so sehr. In ein paar Tagen sollte er sein Trauzeuge werden und dadurch wären sie so gut wie verwandt. So ein Mist!

Mariolina hatte angeboten, Belinda alles zu erklären, aber Ruggero antwortete, er sei kein Feigling, sondern jemand, der sich nicht vor seinen Pflichten drücke.

Er beschloss, die Sache mit einem Anruf hinter sich zu bringen. Er wählte Cesares Nummer, als dieser sich gerade an den Tisch gesetzt hatte und über ein paar Probleme nachdachte, während Claudia sich um den Braten kümmerte.

Das erste Problem war, wie er seiner Frau gerecht werden konnte. Das zweite, wie er jemanden wenigstens in Teilzeit für seine Kanzlei finden sollte, der ihn bei der Arbeit vertreten konnte, sich gut mit den Kollegen vertrug, nicht überheblich war und im Lauf der Zeit nicht seine Autorität in Frage stellte. Dies alles bedeutete, er musste lernen zu delegieren.

In diesen schwerwiegenden Überlegungen befand sich Cesare, als Ruggero ihn mit seinem Anruf störte, und so sagte er unwillig, er solle diese verflixten Kacheln behalten, in der Anwaltskanzlei vorbeibringen oder sie verschwinden lassen, aber diesmal richtig, und es wäre besser, seiner Tochter nichts davon zu erzählen.

Er könne das alles gut verstehen, ihm selbst sei auch mal beim Tausch eines Autos etwas passiert, was genau, wisse er nicht mehr. Ruggero solle sich lieber um seine Hochzeit kümmern, als sich um diese blöden Kacheln zu sorgen. Ja, Cesare habe sich auch das Datum gut gemerkt, Montag der zweite Oktober, und ja, natürlich wisse er auch noch den Grund, warum es ein Montag sein sollte (der verliebte Ruggero hatte es ihm schließlich oft genug gesagt): Montag, um die Woche gut zu beginnen, alle Wochen des gemeinsamen Lebens, das er mit Mariolina führen wollte. Und jetzt müsse er ihn entschuldigen, es gäbe gleich Abendessen.

Während er sich von dem Spinat nahm, erzählte Cesare Claudia die Neuigkeit. Diese war zwar immer darauf bedacht, dass es ihrer Tochter an nichts fehlte, doch was die Kuhkacheln anging, musste sie ihm Recht geben.

Der Laden war jetzt fertig eingerichtet, sogar die Jukebox von Letizia war da (Cesare fragte sich, was die in einem Milchladen zu suchen hatte), die Flyer waren schon verteilt und alles nahm seinen Lauf. Belinda probierte den Herd aus (nur beste Ergebnisse, zur großen Freude ihrer Freundinnen), und ihr Vater hatte die Steuern für Erweiterung und Anbau gezahlt.

Beide kannten ihre liebe Tochter nur zu gut. Sie hatten sie schließlich gezeugt. Die eigensinnige Belinda war in der Lage, aus dieser Sache eine Riesenaffäre zu machen, sich querzustellen und womöglich alles abzublasen, wegen ein paar Kacheln.

Nein, besser, sie sagten ihr nichts.

43

Nichts als hohle Phrasen

Letizia war deprimiert, daran bestand kein Zweifel.

Der sechzehnte Oktober näherte sich unaufhaltsam, aber sie hatte keine nennenswerte Reaktion bekommen. Zum Glück hatten Belinda und Claudia, die beide mit ihren eigenen Dingen beschäftigt waren, sie noch nicht nach dem Großen Musiker gefragt. Was hätte sie auch antworten sollen?

Auf ihre ganzen E-Mails waren nichts als hohle Phrasen gekommen.

Sie hatte sich die Ankunft des Ehrengastes mit großem Pomp vorgestellt: das Dorf festlich geschmückt, Beteiligung der örtlichen Prominenz, eine Kapelle, die das Lied von der Milch spielte. G.M. würde ihr die Hand küssen und ihr sein unvergleichliches Lächeln, dieses Lächeln eines ewig Junggebliebenen schenken und das Schild des Ladens enthüllen. Ströme weißer Milch mit Vanilleschoten, Honig, Obst, Kaffee oder Schokolade würden an die Anwesenden ausgeschenkt, die sie mit Genuss tranken, während aus der Jukebox die größten Erfolge des Großen Musikers drangen. Er würde ihr gratulieren (und Fotoreporter wären da, die ihre Umarmung festhielten), er würde auch Autogramme verteilen (sie erhielte eine besonders herzliche Widmung), und er würde versprechen, bald wieder nach Borgo Propizio zu kommen (hier könne er sich besser als irgendwo sonst erholen und für seine nächste CD inspirieren lassen), und schließlich würde er noch live ein Lied singen und dabei nur Letizia anschauen. Nach so vielen Jahren treuer Anhängerschaft konnte sie sich endlich im Smaragd- oder Flaschen- oder Grasgrün (oder was immer es war, sie hatte ihn ja nie ganz aus der Nähe gesehen) seiner Augen verlieren.

Was für ein schöner Traum, er schien zum Greifen nah!

Doch leider verlieren solche Träume schnell ihren Glanz, das wusste Letizia, und ihre Hoffnung schmolz dahin, als sie nichts als hohle Phrasen zur Antwort erhielt.

Worte und noch mal Worte.

Der Agent hatte ihr umgehend eine sehr höfliche E-Mail geschickt, (sie kam viel zu schnell), in der es hieß:

»Wir danken Ihnen, dass Sie mit uns Verbindung aufgenommen haben, und werden uns so bald wie möglich melden«, dann hatte sie die Zeilen unter der Unterschrift gelesen und festgestellt, das dies eine Pauschalantwort war, und auf die war nichts als Schweigen gefolgt, das bis jetzt anhielt.

Die Sekretärin des Direktors der Plattenfirma durfte keine privaten Nummern herausgeben, das Datenschutzgesetz sprach da eine klare Sprache, doch sie hatte ihr versprochen, die Nachricht an die richtige Person weiterzuleiten. Ihre Daten würden entsprechend dem Gesetz vertraulich behandelt.

Die Leute vom Fan-Club hatten versprochen, das Event im Internet anzukündigen, und vorgeschlagen, dort Banner zu schalten (Letizia wollte ihren PC-Lehrer an der Senioren-Universität fragen, was das war). Vielleicht konnte auch ein Vertreter des Fan-Clubs dem Ereignis beiwohnen, falls man die Reisekosten übernähme. Das würde den »Großen Musiker« sicherlich freuen. Ein wunderbarer Spitzname übrigens, den sie da gefunden hatte. Gratulation!

Very cool!

Nichts als hohle Phrasen.

Auch das Horoskop gab nur schwammiges Zeug von sich. Es behauptete, sie befände sich in einer Krise.

Merkur riet ihr, die für ihre Aktivitäten wichtigen Kontakte besser zu pflegen, Mars unterstütze sie mit positiver Energie. Sie müsse vermeiden, Geld und Zeit zu verschwenden, sagte das Horoskop und warnte sie vor Venus, die in Opposition zu Mars stehe.

Geben Sie nicht auf, sondern versuchen Sie wieder einen Dialog aufzunehmen, in manchen Fällen sogar eine Liebe anzufangen.

Was hatten diese sibyllinischen Worte zu bedeuten? Dass sie G.M., den Großen Musiker, aufgeben und öfter zu ihrem verstorbenen Mann beten sollte, den sie in letzter Zeit wegen Belindas Milchladen und der Versöhnung von Claudia und Cesare etwas vernachlässigt hatte? Er war ihre einzige große Liebe, die einzige konkrete, gegenwärtige, reale jedenfalls, der Mann, mit dem sie ihren Alltag geteilt hatte und der später mehr als einmal bewiesen hatte, dass er ihr zuhörte und sich ihr in verschiedenen Formen offenbart hatte, in denen sie ihn sogleich erkannte.

Zum Beispiel, als er sie wenige Monate nach seinem Weggang (Letizia hasste das Wort Tod) am Morgen ihres Hochzeitstags eine Blume hatte finden lassen, auf dem Weg zum …

Die Türglocke unterbrach ihre wehmütigen Erinnerungen. Es war Claudia. Sie hatte einen weißen Karton in der Hand und stellte ihn auf den Tisch.

»Hier ist das Geschenk für das Brautpaar. Ich habe Papier und Bändchen, so können wir es selbst verpacken«, sagte sie, bevor sie hinausging. Letizia hätte gerne nachgeschaut, was drin war, doch die Schachtel war mit Klebeband verschlossen.

»Na, hast du die Schachtel schon aufgemacht? Ich kenne dich doch«, sagte Claudia, die jetzt mit einem zweiten Karton hereinkam, der genauso aussah wie der erste.

»Ja, ich kenne mich auch. Aber wenn ich den Tesafilm abziehe, mache ich die Schachtel kaputt. Wenn sie den Karton dann aufmachen, denken sie, es sei ein Recycle-Geschenk.«

»Recycelt? Bei dem Preis?«

»Sag mir einfach, was es ist, du brauchst es nicht aufzumachen.«

»Da sie sich ein venezianisches Schlafzimmer gekauft haben, haben wir zwei Lampenschirme aus Murano-Glas gekauft. Eine Dame und einen Kavalier. Sie sind zauberhaft. Ich hoffe, ich habe ihren Geschmack getroffen.«

»Belinda sagte, sie machen den Hochzeitsempfang in der Milchbar, und ich habe versprochen, ihr zu helfen. Wir machen eine Art Generalprobe für die Einweihung. Ich sehe die Lampen ja, wenn das Brautpaar die Geschenke auspackt. Meinst du, ich muss ihnen auch etwas schenken?«

»Das musst du, ich habe eine Einladung für dich in der Handtasche. Verzeih, ich habe vergessen, sie dir zu geben«, sagte Claudia und reichte ihrer erfreuten Tante einen cremefarbenen Umschlag. Sie wäre nämlich schon etwas beleidigt gewesen, hätte man sie nicht eingeladen.

»Eine schöne, schlichte und elegante Einladung«, sagte Claudia. »Wie ich sehe, legt Ruggero großen Wert auf Stil. Vielleicht ist er doch gar kein richtiger Maurer. Er hat etwas ganz Rührendes zu Cesare gesagt. Dass die beiden sich den Montag ausgewählt hätten, um die Woche gut anzufangen und alle Wochen ihres gemeinsamen Lebens. Sie sind nicht mehr ganz jung, aber sie sind wie zwei verliebte Teenager. Und ist es nicht wunderbar, dass die Liebe in jedem Alter genau gleich ist?«

»Ja. Und das mit dem Montag trifft im Übrigen auch auf Belinda zu. Der sechzehnte Oktober ist auch ein

Montag«, bemerkte die Tante. »Hoffen wir mal, dass ihr bei all diesen Veränderungen auch die Liebe begegnet.«

»Die Sache mit dem Kerl aus ihrer Firma war heftig, zum Glück aber hat unser Mädchen Charakter.«

»Alles hat seine Zeit, der richtige Mann wird schon noch auftauchen. Wie geht es dir eigentlich mit Cesare?«

»Gut, sehr gut, danke. Manchmal danke ich dem Himmel, dass ich ihn nicht verloren habe. Er ist der Richtige, und unsere Suppe brauchte nicht aufgewärmt zu werden, sie war noch warm und schmeckte noch.«

»Deine Worte machen mich so glücklich, Cesare ist ein braver Kerl«, rief Letizia einfühlsam und vergaß ganz, wie oft sie dem angeheirateten Neffen aus dem Weg gegangen war.

»Liebe Tante, weißt du noch, wie man diesen Hochzeitskuchen macht?«

»Du meinst den Kuchen, den ich dir …«

»Ja, genau, den, den du mir zur Hochzeit geschenkt hast.«

»Natürlich weiß ich das, sogar auswendig!«, antwortete die Tante. »Ich habe ihn immer zusammen mit meinem lieben Mann gemacht«, sagte sie und sagte das Rezept mit singender Stimme auf, als sei es ein Kinderreim.

»Und ich hatte das Rezept jahrelang ganz hinten in einer Schublade«, sagte Claudia, »aber jetzt will ich es über dem Ofen festmachen und nie mehr vergessen.«

»Das ist gut, meine liebe Nichte, denn manche Rezepte darf man sein Leben lang nicht vom Feuer nehmen.«

44

Ein Ungetüm mit Blumenmuster

Die Sonne hatte sich hinter den Wolken verzogen, doch Mariolina hatte es gar nicht gemerkt, als sie, schon als Braut geschminkt und schön frisiert, zum Grab der Mutter gegangen war, um ihr Dahlien und Veilchen zu bringen und ein letztes Gebet als Junggesellin zu sprechen.

Ihre Mutter ruhte unter einem Marmorstein, auf dem stand: »Und er wird seinen Engeln sagen, dich auf Schritt und Tritt zu behüten.«

Vielleicht war auch ihre Mutter inzwischen ein Engel geworden und behütete sie und Marietta. Vielleicht hatte sie inzwischen eingesehen, dass nicht alle Männer so waren wie ihr Vater (wer weiß, was für ein Ende er genommen hatte!), und hatte ihr diesen wunderbaren Menschen namens Ruggero geschickt. Wunderbar und telepathisch, wie sie mit Freuden feststellte.

Denn kaum eine Minute, nachdem sie wieder nach Hause gekommen war, rief er sie an und sagte ihr, er liebe sie, er habe noch nie ein solches Glück empfunden und er käme jetzt, um sie abzuholen.

»*Sposa bagnata, sposa fortunata* – gebadete Braut, glückliche Braut«, fügte er hinzu.

Dann begann es in Strömen zu regnen.

Marietta hatte glänzende Augen, hielt aber ihre Tränen zurück und beobachtete wie benommen ihre Schwester, die den Hörer aufgelegt hatte, sich vor den Spiegel stellte und mit langsamen und anmutigen Bewegungen ihre kostbare weiße Unterwäsche anzog. Seidenstrümpfe, einen Strumpfhalter mit Swarowski-Steinen, einen passenden BH und einen Slip aus Spitze, der die Haut durchblitzen ließ.

Wie allein, verlassen und elend sie sich fühlte … und wie neidisch sie war!

Die Tränen wurden drängender, die Dämme brachen, und nun liefen sie ihr wie ein Fluss bei Hochwasser die Wangen herunter und ruinierten die Schminke, die Mariolina ihr gegen ihren Protest aufgezwungen hatte, weil die Kosmetikerin, spezialisiert auf Bräute, wie es auf ihrer Visitenkarte stand, es ohnehin getan hätte.

Marietta hatte sich noch nie in ihrem ganzen Leben geschminkt.

Und jetzt? Mit der sich auflösenden Farbe war ihr Gesicht grotesk verzerrt. Wenn sie jetzt in Ohnmacht fiele, könnte die Schwester ihr keine Vorwürfe machen. So hielt sie sich an der Klinke fest, um sich nicht wehzutun, gab sich einen Ruck und sank zu Boden.

Vergeblich.

Denn Mariolina hatte gerade bemerkt, dass der letzte Knopf der langen Reihe an der Seite ihres Kleides ein wenig baumelte (sie hatte Zyklam gewählt, aus französischem Atlas, mit einem Ausschnitt an der Brust, eng tailliert und an den Hüften weiter, glockenförmig und bis zum Knie reichend, darunter einen Unterrock aus Tüll, der nur wenig hervorschaute).

Wenn sie den Knopf verlöre, wie würde das aussehen!

Der verzweifelte Aufschrei der Braut riss Marietta brutal aus ihrer Ohnmacht. Sie reinigte ihre verschmierten Augen so gut wie möglich mit Zeigefinger und ein wenig Spucke, und dann stürzte sie mit der schon eingefädelten Nadel in das Schlafzimmer, dem Mariolina jetzt Lebewohl sagen würde.

Diese fuhr ihre Schwester an: »Der Faden passt nicht, der ist doch pastellrosa, siehst du das denn nicht?«

»Nein, das sehe ich nicht«, antwortete Marietta gekränkt. »Du weißt doch, dass meine Augen schlechter geworden sind. Und wenn du mich fragst, ich finde es nicht ganz normal, dass eine Braut ein violettes Kleid trägt.«

»Das ist nicht Violett, bist du farbenblind? Es ist Zyklam! Du musst endlich aufhören, immer an meiner Kleidung herumzumeckern!«

»Und wo wir schon mal dabei sind, ich finde auch die Schuhe unpassend. Ich wette, du kannst auf diesen Stelzen überhaupt nicht gehen. Haben die wenigstens einen Aufzug, damit du nach oben kommst?«

»Soll ich dir die Stelzen an den Kopf werfen?«

»Ja, versuch es mal.«

Schließlich lagen sie sich weinend in den Armen, beide voller Angst vor der bevorstehenden Trennung und der ungewissen Zukunft.

»Wenn irgendwas passiert, lass ihn sausen und komm sofort nach Hause zurück. Auch mitten in der Nacht und bei Schneesturm«, sagte Marietta. »Mach es nicht wie Mama.«

»Was soll passieren, was sollte er mir denn antun?«, fragte Mariolina.

»Dich quälen.«

Umbringen, hätte sie gern gesagt, aber sie konnte nicht weitersprechen. Wieder quollen ihr die Tränen aus den Augen, und sie gab sich alle Mühe, nicht zu schluchzen.

Ihre Schwester hätte nur aus einem einzigen Grund sterben können – vor Glück.

In diesem Augenblick klingelte es und ein Riesenblumenstrauß, der den nicht sonderlich schmächtigen Jungen aus dem Blumenladen fast gänzlich verbarg, tauchte vor den Augen von Marietta auf, welche die Tür geöffnet hatte.

»Was für ein wunderbarer Strauß!«, rief sie, während der Blumenjunge, nachdem er das blumige Ungetüm, das er zwischen den schmerzenden Armen hielt, auf dem Boden abgelegt hatte, in hoffnungsvoller Erwartung auf ein Trinkgeld stehen blieb – unbemerkt von den beiden Schwestern, die nur Augen für den Strauß hatten und erstaunte Rufe der Bewunderung von sich gaben.

Endlich kam Ornella hinzu und drückte dem verlegenen Jungen ein bisschen Kleingeld in die Hand, bevor sie Mariettas Make-up erneuerte.

Wunder über Wunder – die Blumen waren anonym geschickt worden, und als Mariolina Ruggero dafür dankte, fiel dieser aus allen Wolken.

Die Zeit drängte, und so konnten sie jetzt nicht weiter darüber diskutieren (auch für eine Eifersuchtsszene war keine Zeit, aber Ruggero nahm sie sich für die Rückkehr von der Hochzeitsreise vor), wenn sie nicht zu spät zum Rathaus kommen wollten.

Der Bräutigam war auf die Minute pünktlich, wie immer, als er die Braut abholte, die keinen anderen Ersatz für den fehlenden Vater hatte haben wollte.

Es gab eben nur einen Mann in ihrem Leben, ihren Ruggero und keinen sonst.

Nachdem sie die Schwiegereltern begrüßt hatte, die mit Candela auf der Rückbank saßen, setzte sich Mariolina in den Mercedes – mit feuerroten Wangen und ihrem noch röteren Kleid, zu dem sie einen Kopfputz im Ton des Orangenblütensträußchens trug, das ihr Ruggero soeben überreicht hatte.

Sobald der Bräutigam mit einer galanten Bewegung hinter der Braut die Wagentür geschlossen hatte, gab es einen heftigen Wolkenbruch.

Wenn Sprichwörter wahr wären, müsste Mariolina sehr glücklich werden, überglücklich sogar.

Mit monotoner Stimme verlas der Angestellte im Standesamt, der den zurückgetretenen Bürgermeister vertrat, alle Artikel des Ehekodex, während sein voluminöser Bauch von der Weste und der Banderole mit der Trikolore arg bedrängt wurde.

Ihre Schwester würde sicher treu sein, dachte Marietta, aber auch Ruggero, wenn alles gutging. Er würde sicher versuchen, Mariolinas Bedürfnisse zu befriedigen und ihre Wünsche zu erfüllen, aber hatte sie auch daran gedacht, dass er sie ausnutzen könnte? Ihr erstes Zuhause war und blieb in Borgo Propizio, und sie konnte jederzeit zurückkehren (auch mitten in der Nacht und im Schneesturm oder bei einem Regen wie heute … gerade dann … Hoffentlich hörte der Regen nach der Trauung auf). Das mit den Kindern konnten sie gleich überspringen. Mariolina war ja fast siebenundvierzig.

Aber der Mann vom Standesamt ließ sich diese Passage nicht nehmen.

»Die Ehe verlangt von beiden Eheleuten, dass sie ihre Nachkommen entsprechend ihren Fähigkeiten erziehen und bilden …«

Fähigkeiten. Schönes Wort.

Sie und ihre Schwester hatten die Fähigkeit entwickeln müssen, ihre Mutter zu pflegen, die leidend in ihrem Bett lag.

Und jetzt …

Ornella hatte sich ganz bestimmt geirrt.

Der Junge vom Blumenladen war noch einmal eilig wiedergekommen und hatte Marietta das fehlende Kärtchen gegeben (sie hatten vergessen, es an den Strauß zu heften, aber der war ja auch so riesig …).

Es war das Wort »Glückwünsche« daraufgedruckt, und darunter eine Unterschrift, ganz kurz, kaum vier Buchstaben einer unbekannten, schwer lesbaren Schrift.

Ein F, daneben ein A oder vielleicht ein E, danach wieder ein F, dahinter ein anderes A oder ein anderes E, danach ein kleiner Strich, der auch ein Akzent sein konnte.

Fafa? Fefà? Fefe? Fefè?

Also wirklich!

Was zum Teufel war dieses Fafa oder Fafè, Fefe oder Fefè? Fabrizio oder vielleicht Fabiano? Federico? Ferdinando? Felice? Warum nicht?

Wer konnte das schon sagen, Kurznamen waren oft so seltsam. Wie viele Luigis hießen Gigi, was hatte das mit dem Lu vom Anfang zu tun?

Marietta hatte ihre Schwester keinen einzigen dieser Namen je sagen hören.

Aber abgesehen davon, wie er hieß, wer war er? Ein früherer Verehrer, der eifersüchtig Rache forderte? Vielleicht war das übertrieben große Blumengeschenk ein Ablenkungsmanöver, hinter dem sich ein böser Plan verbarg.

Oh Gott, was verbarg Mariolina vor ihr? Warum hatte sie ihr nichts gesagt? Wovor musste sie, mussten sie beide Angst haben? Welche Gefahr drohte ihnen? Welches neue Unglück suchte die gepeinigte Familie heim? Möge der Herr Mitleid mit ihnen haben, mit den beiden Waisenkindern, die ohne Vorbilder aufgewachsen waren, betete Marietta stumm.

Immerhin, ganz gleich was ihre Schwester getan hatte, jetzt kam Ordnung in ihr Leben, das mussten auch die im Himmel sehen.

»Da steht Papa«, sagte Ornella sofort und ohne den geringsten Zweifel, während Mariettas Herz einen Augenblick stehenblieb.

Was?

Das war nicht möglich!

Das seien doch zwei F und nicht zwei P.

»Nein, das ist ganz ausgeschlossen. Die Sache ist sehr einfach«, erklärte sie der Freundin und noch mehr sich selbst. »Das ist ein Irrtum, oder ein Scherz.«

»Ich glaube nicht, dass sich jemand einen Scherz so viel kosten lässt.«

»Dann eben ein Irrtum. Und wenn da Papa steht, ist es der Vater einer anderen.«

Was immer es war, ein Irrtum oder ein Scherz, es war besser, der Braut nichts zu sagen.

Ihre Schwester, die sie noch nie so glücklich gesehen hatte, sollte sich über alles freuen am schönsten Tag ihres Lebens. Und auch an denen danach. Und es sah ganz so aus, als habe sie ein glückliches Leben vor sich.

Ein sehr glückliches.

Hoffentlich ohne Regen.

Der jetzt sofort aufhören sollte.

Damit sie nicht völlig aufgeweicht in die Milchbar kämen, wo sie ein Empfang mit köstlichen Erfrischungen erwartete.

Am nächsten Morgen, sobald Mariolina nach Paris auf Hochzeitsreise gefahren war, würde sie gleich bei dem Blumenhändler nachfragen, der aus einem Nachbardorf kam, das einige Kilometer entfernt war. Ornella würde sie mit dem Wagen dorthin fahren. Wenn notwendig, also unbedingt, wollte sie ihm die Blumen zurückbringen. Sie hätte ja nicht mal gewusst, wo sie es hintun sollte, dieses Ungetüm mit Blumenmuster, das nicht für ihre Schwester bestimmt war. Sie könnten den Jungen schicken, um es abzuholen, aber …

Der Blumenhändler müsste den Irrtum der richtigen Braut oder wer immer es war, erklären, die die rätselhafte Unterschrift sicherlich gleich erkennen würde.

Genau, die Unterschrift. Sie sollte jetzt als Trauzeugin unterschreiben, sagten sie zu ihr.

Marietta nahm den Stift, den ihr jemand reichte, und dann schrieb sie mit zitternder Hand ihren Nachnamen und die beiden Vornamen in ein dickes Buch. Währenddessen legte Ruggero den Arm um die Hüfte seiner Frau und küsste sie leidenschaftlich.

Der Regen hatte nachgelassen.

45

Kein Irrtum

»Ein Scherz? Nein, keineswegs!«

Der Blumenhändler schloss die Möglichkeit eines Irrtums aus, und es stand zu befürchten, dass er gleich ernsthaft böse werden würde.

Erstens, weil schon sein Vater und Großvater Blumenhändler waren und er langjährige Erfahrung hatte.

Zweitens, weil sie im Moment so wenig Arbeit hatten, dass sie unmöglich etwas verwechseln konnten.

Drittens, weil er in letzter Zeit nur Grabkränze hergestellt hatte, und in diesem Hochzeitsstrauß stecke all die Fröhlichkeit, die er bei den Trauerfällen unterdrücken musste, wenn es auch nicht seine waren. Wie hätte er diesen Strauß, bei dem aus jedem Blütenblatt Lebensfreude sprieße, in ein Trauerhaus schicken können?

»Jedenfalls gab es gestern keine Beerdigung, der Wille des Herrn geschehe.«

An diesem Tag gab es drei größere Aufträge, die anderen waren mickrige Sträußchen, die nicht mal fünfundzwanzig Euro kosteten. Leider waren es magere Zeiten.

So müsste doch auch die Signora einsehen, dass es da kaum etwas zu verwechseln gebe.

Der Kunde hatte sich klar ausgedrückt: ein riesiger, auffälliger Strauß, der zu einer ganz bestimmten Zeit ankommen sollte. Der Blumenhändler hatte ihn nach allen Regeln der Kunst angefertigt. Florist und Artist, das reimte sich.

Aber vielleicht war der Junge zu spät gekommen? Oder hatten der Signora die Mischung und die Farbkombination nicht gefallen? Oder hatte sich der Junge schlecht benommen und unverschämt nach Trinkgeld gefragt?

»Nein, nein. Alles in Ordnung«, beruhigte Marietta ihn und fragte dann, ob er den Mann beschreiben könne, der die Blumen bestellt hatte.

»Ja, ich glaube schon«, sagte der Florist. »Ich kann mir nicht gut Gesichter merken, kann aber sagen, es war ein Mann um die siebzig, höchstens fünfundsiebzig. Weiße Haare wie alle Alten … normal groß, normaler Körperbau … ein normaler Herr eines gewissen Alters würde ich sagen … Auf der Nase hatte er ein auffälliges Muttermal.«

Marietta wurde blass. Sie kannte dieses Muttermal, ihr Vater hatte es auf dem linken Nasenflügel, und wenn die beiden Schwestern mit ihrem Vater »Nasenwetzen« gespielt hatten, suchte sich Mariolina immer die Seite mit dem Schokolädchen aus, wie sie es nannten.

»Geht es Ihnen nicht gut, Signora? Wollen Sie ein Glas Wasser?«

»Nein, danke, es geht schon. Die Blumen sind wunderschön. Entschuldigen Sie bitte die Störung«, sagte

Marietta kreidebleich, verließ langsamen Schrittes den Laden und stieg wie betäubt in Ornellas Auto, das mit aufheulendem Motor wieder in Richtung Borgo Propizio fuhr. Die beiden Frauen brauchten dringend eine beruhigende Vanillemilch.

»Findet ihr es richtig, dass er jetzt auftaucht, um das Glück meiner Schwester und meine Ruhe zu stören? Ich will nichts von ihm hören.«

Marietta war furchtbar aufgeregt, sie zitterte wie Espenlaub und versuchte, den Kloß im Hals loszuwerden.

»Ich meine … So kann man das doch nicht machen. Er haut ab, lässt seine Kinder allein mit einer Mutter, die deshalb krank wird … er weiß doch bestimmt, dass meine Mutter aus Gram gestorben ist, weil er sie verlassen hat! Ganz sicher hat er das gewusst, schließlich hat er auch fünfunddreißig Jahre, nachdem er weggegangen ist, gewusst, wann meine Schwester heiratet!«

»Vielleicht hatte er nicht den Mut zurückzukommen und hat euch heimlich beobachtet …«, mutmaßte Belinda.

Marietta schüttelte heftig den Kopf und durchbohrte die anderen um sie herum mit vorwurfsvollen Blicken.

»Heimlich? Dass ich nicht lache! Das Gespenst von der Burg ist ja realer als mein Vater! Und ich sollte ihn gar nicht so nennen.«

»Das Gespenst ist ein abgeschlossenes Kapitel. Aber dein Vater, oder wie immer du ihn nennen willst, nicht.

Was würdest du tun, wenn er plötzlich vor deiner Tür stünde?«

»Wann?«

»Einfach so, spontan. Wie er es mit den Blumen gemacht hat.«

»Ich möchte über so eine Vorstellung nicht einmal nachdenken.«

»Meiner Meinung nach ist das alles sehr plausibel«, sagte Ornella jetzt.

»Was soll das heißen?«, fragte Marietta, die nicht so genau wusste, was plausibel ist.

»Ich meine nur – es könnte passieren. Ich glaube nicht, dass die Blumen reiner Selbstzweck waren.«

»Soll er nur auftauchen, da wird er aber was zu hören kriegen!«

»Du musst bedenken, dass er jetzt alt ist. Ein armer, einsamer, alter Mann. Tut er dir nicht ein bisschen leid? Vielleicht sieht Mariolina das anders als du.«

»Meine Schwester«, erwiderte Marietta bestimmt, »ist gerade auf Hochzeitsreise, und die wird ihr nichts und niemand verderben.«

Als habe sie es gehört, schickte Mariolina in diesem Augenblick eine SMS. So ein Pech, wir haben eine Panne und sitzen auf der Autobahn fest, schrieb sie.

»Das Leben ist wirklich hart«, rief Belinda und servierte die Vanillemilch.

»Allerdings. Trösten wir uns damit«, sagte Ornella und nahm den ersten Schluck. »Ich muss dir wirklich dankbar sein, Belinda. Durch dich weiß ich jetzt, wie gut Milch schmeckt. Ich habe sie immer gehasst. Vielleicht weil ich sie immer in aller Eile getrunken habe, gemischt mit Kaffeeersatz, den wir immer zu Hause hatten, weil er angeblich so gesund war. Wie hast du das bloß angestellt?«

Belinda schnitt eine weitere Vanilleschote auf und ließ sie in der Milch kochen, dann ließ sie sie zehn Minuten ziehen. Dabei kam eine köstliche Milch heraus, die wie beseelt war von der Vanille. Das Ergebnis war eine wahre Wohltat für Leib und Seele.

Signora Elvira, so erzählte Ornella, bringe einige der schönsten Momente ihrer Kindheit mit einem Milchgeschäft in Verbindung, und noch heute denke sie oft an diesen Laden mit den weißen Kacheln an der Wand, in dem sie die Milch in Flaschen mit silbernem Deckel verkauften.

»Der war aus Aluminium, aber er kam ihr damals sehr kostbar vor. Seither sind sechzig Jahre, nein, was sage ich, fast siebzig Jahre vergangen, stellt euch das vor. Meine Mutter ging noch nicht zur Schule, und sie hat es immer noch vor Augen, das Bild, wie sie als Kind mit langen Zöpfen jeden Morgen mit meiner Oma die Milch holte, und wie ihr die Milchfrau immer eine kleine Süßigkeit schenkte.«

»Hoffen wir, dass die beiden ihr Auto bald wieder in Schwung kriegen!«, rief Marietta, die sich jetzt auch noch Sorgen um ihre Schwester machte.

»Aber klar. Die beiden werden eine tolle Zeit verbringen. Denken wir lieber an den wunderschönen Tag gestern. Ein Glück, dass der Regen aufgehört hat, als wir aus dem Rathaus kamen. Es war ein prachtvolles Fest, die Erfrischungen waren köstlich, dem Brautpaar ging es bestens, und alle haben sich gut amüsiert. Dein Vater hat ja wirklich ein sonniges Gemüt, Belinda. Das Brautpaar konnte ja gar nicht mehr aufhören zu lachen, als sie die Schachtel mit den Kuh-Kacheln öffneten«, sagte Ornella und stellte ihr leeres Glas auf den Tisch.

Da musste auch Belinda lachen und erklärte den Irrtum.

Tante Letizia hatte es nicht geschafft, die Geschenke schön einzupacken, sie fand, sie könne es nicht gut genug und sei zu ungeschickt. Daraufhin holte Cesare, der beweisen wollte, dass er jetzt aktiv am Familienleben teilnahm, die Geschenke wieder ab und brachte sie in den Laden, damit sie nach allen Regeln der Kunst eingepackt würden. Er hatte aber auch den Karton mit den Kacheln, der sich inzwischen in seinem Kofferraum befand, weil Ruggero ihn damals in die Kanzlei gebracht hatte, dort abgestellt, und die Verkäuferin hatte sich nicht getraut zu sagen, dass da ein Karton zu viel sei. Sie versah alles mit riesigen Schleifen und schickte dann alle drei Schachteln direkt an das Brautpaar, und dies packte die Kacheln mit den Kühen vor aller Augen beim Empfang aus.

Claudia war höchst verlegen.

»Das muss ein Irrtum sein«, stotterte sie, aber Belinda unterbrach sie.

»Alles in Ordnung, Mama.«

Die Kacheln mit den Kühen waren eben sozusagen ein zusätzliches Geschenk.

Das letzte Geschenk des Burggespenstes, wenn man so will.

46

Wie es mit allen weiterging

Das Klingeln war ohrenbetäubend.

Belinda streckte den Arm nach dem bösen Gerät aus, um es auszustellen. Sie fand den Knopf und drückte darauf. Es war noch nicht einmal fünf Uhr morgens! Aber es war sinnlos, denn der Lärm ging weiter.

Sie brauchte ein paar Minuten, bis sie begriff, dass nicht der Wecker klingelte, sondern das Telefon. Sie stand auf und suchte im Dunkeln danach.

Auch in einer Wohnung, die eng ist wie ein Schlauch, reicht es manchmal nicht, den Arm auszustrecken, um an seine Sachen heranzukommen. Vor allem, wenn nach einem Umzug noch nicht alles fertig eingerichtet ist und man plötzlich aus dem Schlaf gerissen wird.

Hoffentlich war nichts Schlimmes passiert, heute, am Tag der Eröffnung!

»Belinda, hast du noch geschlafen?«

»Geschlafen? Wie kommst du denn darauf? Stell dir vor, ich schlafe um fünf Uhr morgens nie.«

Tante Letizia überhörte die Ironie in der Stimme ihrer Großnichte.

»Umso besser, ich hatte schon Angst, dich zu wecken. Ich komme gleich zu dir, ich halte es einfach nicht mehr aus.«

»Zieh dir aber etwas über.«

»Natürlich, denkst du, ich komme im Nachthemd?«

»Also gut, dann ziehe ich mich auch an«, murmelte Belinda, und dann gähnte sie mindestens ein dutzend Mal.

Belinda war nicht eitel und legte wenig Wert auf schöne Kleider. Sie mochte ihre Jeans und bequeme Blusen, aus Baumwolle oder Flanell, je nach Jahreszeit. Bei heißem Wetter trug sie ein ärmelloses Kleid und Sandalen. Doch für den großen Traum, der heute wahr wurde, hatte sie sich für eine cremefarbene Seidentunika entschieden, die am Halsausschnitt und an den Ärmeln eine kleine Borte mit Blumenmuster hatte. Die Tunika war sündhaft teuer gewesen. Hier wird jetzt nicht gespart!, hatte sie sich gesagt. Dazu trug sie Leggins in einem etwas dunkleren Ton und hellbraune Stiefeletten.

Ihre wilden Locken hatte sie hochgesteckt und wirkte damit ein wenig altmodisch.

»Wie schön du aussiehst«, sagte Letizia, als sie ihr die Tür aufmachte. »Signor Verga würde sagen, eine von denen, die man am liebsten allein trifft.«

»Signor Verga? Wer ist denn das?«

»Weißt du nicht, wer Giovanni Verga ist? Schon mal was von einer literarischen Richtung gehört, die man Verismus nennt?«

»Ja, ich glaube schon. Aber liebe Tante, ich komme nicht frisch von der Uni wie du.«

»Dann musst du wohl mal wieder deine Bildung auffrischen.«

»Ich glaube, du brauchst jetzt erst mal eine Tasse Milchkaffee. Zur Stärkung, auch wenn du mir für diese frühe Stunde schon ziemlich munter vorkommst. Wir müssen uns dann auch um die Torten kümmern. Gut, dass du so früh aufgewacht bist.«

»Früh aufgewacht? Ich habe die ganze Nacht kein Auge zugetan!«

»Jetzt sei mal nicht so aufgeregt, nicht einmal ich habe …«

»Ich bin nicht aufgeregt, ich bin nur angeregt!«, unterbrach Letizia und wühlte in ihrer Handtasche. »Das kam gestern Abend, aber dein Telefon war die ganze Zeit ausgeschaltet und erzählte mir dauernd, du seiest nicht erreichbar.«

Dann gab sie Belinda einen Umschlag.

Ein Telegramm.

Belinda traute ihren Augen nicht, als sie es las. Sie musste mehrmals auf den Absender schauen, um sicher zu sein, dass es sich nicht um einen Scherz handelte.

POSTE ITALIANE S.P.A.

ZCZC

Dann eine Reihe mit Buchstaben vermischter, unleserlicher Zahlen

40100 Bologna Centro

Wieder eine Nummer, Letizias Adresse und …

WICHTIGE AUFGABEN HALTEN MICH LEIDER DAVON AB, PERSÖNLICH AN DER EINWEIHUNG DER MILCHBAR TEILZUNEHMEN: ABER IN GEDANKEN WERDE ICH DABEI SEIN.

WENN ICH ZURÜCK BIN, KOMME ICH GERN ZUR MILCHSTRASSE, UM BEI EUCH EINE MILCH ZU TRINKEN.

BESTE GRÜSSE UND UMARMUNGEN

Darunter Name und Vorname des verehrten Helden.

»Du kannst ja zaubern, du alte Hexe!«, rief Belinda zärtlich und fiel der lieben Tante um den Hals, die wirklich in diesem Moment etwas Hexenhaftes an sich hatte, woraus sie auch keinen Hehl machte.

Mit einer solchen Botschaft musste der Tag ein großer Erfolg werden. Eine Flut von Menschen besuchte bei der Eröffnung die Milchbar, und viele von ihnen wurden Stammkunden, so sehr gefielen ihnen die herzliche Atmosphäre und die köstlichen Dinge, die sie dort probieren konnten. Größter Triumph an diesem Tag war zweifellos die Begrüßungstorte, die Tante Letizia aus Biskuitteig mit Milchcremefüllung hergestellt hatte. Sie war das Allerbeste.

Für das Dorf bedeutete die Eröffnung der Milchbar einen Neuanfang, und langsam erwachte es zu neuem Leben. Auch wegen des Engagements des neugewählten Bürgermeisters. Er war energisch und handfest und begeisterte sich für alte Geschichte. Der Gemeinderat war aufgeschlossen und unterstützte ihn. Schon bei der ersten Ratssitzung setzte der Bürgermeister die Frage der Zukunft der Burg auf die Tagesordnung und schlug vor, dort ein Mittelaltermuseum einzurichten.

Borgo Propizio war eine Metapher geworden für Liebe, Ängste, Gespenster, verborgene und nicht verborgene Schätze, die allen gehörten, eine Metapher für das Leben selbst, und so erzählte es die Geschichte von allen weiter.

Belinda fand in Borgo Propizio genau das Leben, das ihr immer vorgeschwebt hatte, und das *Via Lattea* wurde ein beliebter Treffpunkt des schönen Geschlechts, allen voran Dora, die durch diese schöne Abwechslung in ihrem Leben freundlicher geworden war, sogar ihre Beziehung zu Arturo verbesserte sich. Vielleicht, weil sie sich weniger auf die Fehler ihres Mannes konzentrierte als auf seine guten Seiten.

Zu dieser Frauenrunde gesellte sich hin und wieder auch mal das ein oder andere männliche Wesen. Besonders ein Gast war dabei, der immer öfter kam und die Augen nicht von der hübschen Milchverkäuferin lassen konnte, wie Tante Letizia sehr schnell feststellte.

Aber auch die hübsche Milchverkäuferin mit den unbändigen Locken sah ihn ständig an, was die Tante ebenfalls bemerkte, und ihre Nichte gab dies gerne zu.

Denn jedes Mal, wenn ihr Blick sich mit seinem kreuzte, wurde Belinda über eine sanfte Milchstraße in ein Paralleluniversum geführt, in dem sie sich sehr, sehr wohlfühlte.

Marietta verlor, nachdem Mariolina fort war, nicht den Mut und richtete in dem großen Elternhaus ein Bed-and-Breakfast mit dem Namen *Die beiden Schwestern* ein. Hierfür engagierte sie eine Haushälterin. Denn sie selbst war immer mehr für *Fili fatati 1888* aktiv. Sie hatte 50 Prozent der Firma übernommen, nachdem die letzte Bade-Kollektion *Malibu* für eine rege Kundschaft gesorgt hatte.

Sie machte den Führerschein und kaufte sich einen Kleinwagen, um von niemandem mehr abhängig zu sein, wenn sie irgendwohin wollte. Zu ihren Fahrten gehörten auch jene zum sonntäglichen Mittagessen bei ihrer Schwester, die jetzt eine richtige Hausherrin geworden war. Sie hatte ein Hausmädchen, einen Ring mit drei Diamanten am Finger und sogar eine Bewässerungsanlage für den Garten.

Mariolina begriff, dass die Liebe einer saftigen Kaktusfeige gleicht und dass es keine Liebe ohne Dornen gibt, und wenn man noch so viel dafür geben würde.

Die drei Brillanten, die neben ihrem Ehering an der linken Hand funkelten, konnten nicht verhindern, dass es in ihrem Eheleben Höhen und Tiefen gab, und nur das Bedürfnis, eine Familie zu haben, hielt sie immer wieder davon ab, alle zum Teufel zu schicken, Candela eingeschlossen, die ihr bei jetzt höherem Gehalt im Haushalt half. Doch in der Küche herrschte sie selbst und hatte sogar gelernt, mit der Imperia-Pasta-Maschine der Schwiegermutter die Nudeln selbst zu machen.

Obwohl ihr die Rolle als Hausherrin und Ehefrau des Baumeisters gefiel, erwischte Mariolina sich manchmal dabei, die Arbeit bei der Kommune zu vermissen, zum Beispiel als Osvaldo und Gemma eine Bombe platzen ließen. Die gemeinsame Liebe zum Rauchen hatte die beiden vereint und sie verschwanden bei Nacht und Nebel, um der Rache von Osvaldos Ehefrau zu entkommen, die durch den Betrug verrückt geworden war.

Mariolina machte Ruggero oft zum Vorwurf, dass sie durch ihn ihre Unabhängigkeit verloren hatte. Mitunter reagierte er darauf (manchmal sinngemäß und manchmal kaum), hin und wieder verzog er nur die Mundwinkel und grinste. Die beiden hatten sich daran gewöhnt, sich am Tag zu streiten und sich in der Nacht zu versöhnen.

»Das ist doch gar nicht so schlecht«, sagte Mariolinas Vater dann, mit dem sie im Gegensatz zu ihrer Schwester wieder Kontakt aufgenommen hatte.

Ruggero fühlte sich als neuer Mann, oder besser gesagt als ganzer Mann. Nie hätte er gedacht, dass eine Frau an seiner Seite ihm so viel geben würde. Alles war schöner, roch besser, war aufgeräumter (Schubladen, Schränke, Schuhschrank) und sah feiner aus. Die Gesellschaft *EdilBorgo*, die er in Borgo Propizio gegründet hatte und deren einziger Geschäftsführer er war, segelte mit vollem Wind: Bioarchitektur, ökologische Häuser, ökonomische Nachhaltigkeit. Man musste in die Zukunft denken. Er hatte einen Wettbewerb für die Errichtung neuer Gebäude im Tal gewonnen. Dass sie gebraucht wurden, davon hatte Mariolina den neuen Bürgermeister überzeugt. Gewiss gab es hier und da Streit, was in einer Ehe ganz normal ist, aber er hatte instinktiv die richtige Methode, damit umzugehen: Schweigen und Abwarten, bis sich seine Frau wieder beruhigt hatte. Und es war ganz gut, wenn sie hin und wieder glaubte, dass sie die Hosen anhatte.

Dann aber, bei Mondschein …

Cesare und Claudia begannen eine zweite Jugend in dem Lebensalter, in dem man noch nicht zu alt ist, neu anzufangen.

Zuerst leisteten sie sich Ferien auf einer tropischen Insel, wo sie den ganzen Tag den Blick auf das kristallklare Meer und die weißen Strände genossen, und in den Nächten leuchteten die Sterne, wenn sie sich liebten.

Sie hatten einander wiedergefunden und schenkten sich in neuer Reife und Harmonie eine Liebe, die sie sich vorher nicht hatten geben können. Währenddessen warteten sie auf Belindas Hochzeit (da war dieser nette Mann, der mittlerweile fast jeden Tag in die Milchbar kam ...).

Sie hatten gelernt, dass man Dinge nachholen und auch verzeihen kann.

Nicht immer und nicht bei allem vielleicht.

Aber immer dann, wenn es möglich ist.

Ornella hatte die Idee aufgegeben, Model zu werden, und da sie einen angemessenen Unterhalt von ihrem Ex-Mann erhielt, beschloss sie, ihre kommunikativen Fähigkeiten zu nutzen. Mit Signora Elvira, die sich so gern überall einmischte (wer also war dafür besser geeignet?), beriet sie andere in ihrem Liebesleben und half, Beziehungen zu knüpfen.

Sie organisierte jedoch keine Treffen zwischen Männern und Frauen, die auf der Jagd nach Partnern waren. Sie brachte vielmehr Leuten, die sich an sie wandten, bei, das Beste von sich zu geben, wenn sie jemanden kennengelernt hatten und hofften, dass es der Richtige war.

Das war ein Beruf, der im Aufschwung sei, sagte sie immer, und ihre Mutter wirkte dabei nur zu gerne mit. (Diesmal war die Tochter einverstanden).

So originell allerdings war die Idee nicht. In den USA gab es jede Menge *love life managers, match makers, dating coaches und dating experts,* wie man hörte. Und wie man hörte, funktionierte das bestens.

Warum sollte es also in Borgo Propizio nicht ebenso gut laufen?

Letizia war ein wichtiger Teil der Milchbar geworden. Sie kam täglich vorbei und war eine gefragte Tortenspezialistin, sie half an der Kasse, hinter dem Tresen und bei der Beratung der Kunden, die noch unschlüssig vor all den Köstlichkeiten standen, die man mit Milch zubereiten konnte, und sich nicht entscheiden konnten. Außerdem bediente sie die Jukebox und ließ oft (sehr oft!) ihr Lieblingslied von der »Via Lattae« laufen, das so perfekt zu Belindas kleinem charmantem Laden passte. Sie sah es als ihre Pflicht an, Belinda zu helfen, nach wie vor aber besuchte sie auch ihre Kurse an der Senioren-Universität. Von dort kam sie immer mit neuem Wissen zurück und gab es ungefragt weiter.

Ihre neueste Idee war nach der Lektüre von Proust (in Originalsprache) entstanden (sie hatte einen Fortgeschrittenenkurs in Französisch besucht), angeregt vom

Probieren *jener dicklichen ovalen Sandtörtchen, die man Petites Madeleines nennt und die aussehen, als habe man dafür die gefächerte Schale einer Jakobsmuschel benutzt* … Sie hatte einen Kurs für kreatives gastronomisches Schreiben gegründet, den sie jeden Samstagnachmittag um halb fünf abhielt.

»Pünktlich«, sagte sie zu den Teilnehmern, »denn ohne Pünktlichkeit und Methode erreicht man gar nichts.«

Sie hatte vor, aus der Stadt aufs Land zu ziehen und sich eine Zweizimmerwohnung im Tal zu kaufen, wo neue Gebäude wie Pilze aus dem Boden schossen und Farbe in die verlassene Gegend brachten. Die Preise waren im Moment noch moderat und man kaufte gleich vom Bauherrn ohne Makler. Am liebsten wollte sie in eins dieser Ökohäuser ziehen, die mit neuester Technologie ausgestattet waren: erneuerbare Energie, Hausleittechnik, WLAN etc. Alles inbegriffen, wie es in der Werbung hieß.

Dem Lesen ihres Horoskops war sie treu geblieben. Jeden Tag schaute sie nach und versuchte herauszufinden, ob die Sterne etwas über einen Besuch des Großen Musikers in Borgo Propizio verrieten. Zwischen einer Plattenaufnahme und einem Konzert, einem Freundschaftsspiel und einem Marathon, einem San Remo und dem nächsten würde er vielleicht in dem kleinen Dorf und seiner Milchbar vorbeischauen …

Doch das ist eine andere Geschichte.

Gruß zum Abschied

Irgendwann bin auch ich am Ende angelangt (oder besser gesagt, am Anfang).

Einem Neubeginn.

Das Leben geht schnell vorbei – für Orte wie für Menschen, deshalb müssen wir es genießen, ohne uns zu übernehmen und ohne unsere Pläne aufzuschieben. Damit sage ich nichts Neues, oder vielleicht doch: Es gilt, den Wert der kleinen Dinge schätzen zu lernen und auf ihrer Grundlage Größeres zu schaffen.

Aus einem feuchten dunklen Laden kann ein Schloss werden, ein alter Schuh kann Liebe entfachen, ein Glas Vanillemilch kann Freundschaften stiften und ein Buch überraschende Antworten geben.

Das finden nur solche Leute dumm, die selbst nichts auf die Beine stellen.

Seht mich an! Heute genieße ich die Schritte, die ich auf dem Boden spüre, der Rathausplatz ist jetzt im Pfauenmuster gepflastert, so schön, wie ich es mir nie hätte träumen lassen.

Die Mauern strahlen ein kulturelles Flair aus, das mich begeistert, und ich fühle mich geehrt, dass meine Burg wegen ihrer mittelalterlichen Architektur und der Dinge, die dort aufbewahrt werden, ein Ziel für Touristen und Forscher geworden ist.

Manchmal sind es ehrlich gesagt zu viele, und leise sind sie auch nicht gerade.

Gerne sehe ich mein Bild auf den Prospekten (nun, wir sind alle ein bisschen eitel). Ich bin dankbar für diese Wiedergeburt, von der ich lange geträumt habe, ohne dies zuzugeben, nicht mal mir selbst gegenüber. Aber irgendwie habe ich daran geglaubt, und darauf kommt es an: an die Dinge zu glauben.

Aber ohne sie, all die seltsamen Bewohner, wäre das alles nie passiert.

Wer hätte das gedacht? Dass ich neu auferstehe, dass ich erblühe dank einer wahrhaft brancaleonischen Armee, die mich aus dem Schlaf gerüttelt hat. Und nicht zuletzt dank einer Milchbar, die früher mal ein Schusterladen war. Eines Tages sahen ein paar Frauen, als sie über den Rathausplatz gingen, eine Schaufensterscheibe, die von innen mit Zeitungen verklebt war …

Entschuldigung, das habe ich ja schon erzählt.

Aber jetzt könnt ihr kommen und es mit eigenen Augen sehen:

Borgo Propizio

Dank

Mein erster Dank gilt den Lesern, die mit mir nach Borgo Propizio gekommen sind. Das ist meine schönste Reise.

Mein zweiter, liebevoller Dank geht an meinen Mann: ohne ihn hätte ich dies nicht schreiben können und … alles andere auch nicht.

Ich danke Francesco, der mit all den Leuten leben musste, die sich im Kopf seiner manchmal zerstreuten Mutter befanden. Antonella, meiner geliebten Schwester, danke ich, dass ihr immer gefällt, was ich schreibe, auch wenn es mir nicht besonders gelungen zu sein scheint, und meiner Schwiegermutter, dass sie sich meine Geschichten anhört. Ich danke meiner Lieblingsleserin Marinella, meiner Kollegin Laura Bravalumi, Claudia (der echten), die sich ein wenig in Cesare verliebt hat, Monica Scirea und den Mitgliedern der Schreibgruppe *Sapori letterari*, die ich in der Buchhandlung *Lettori Golosi* in Monza veranstalte.

Ganz besonderer Dank geht an die außergewöhnliche und mitreißende Silvia, die viel mehr ist als eine Literaturagentin.

Im Weiteren danke ich: Luigi Brioschi und Giuseppe Somenzi für ihre andauernde Freundlichkeit, Laura

Bosio für das, was sie mir beigebracht hat, und ihre Begeisterung, Simona Mulazzini für das traumhafte Cover, den Mitarbeitern von Guanda, dass sie sich um unser Dorf gekümmert haben, Romina López Medrano für das Spanische und Luigi Marra für die Hinweise zu den Carabinieri.

Unbedingt muss ich Gianni Morandi erwähnen, der mich zu diesem Roman inspiriert hat, den ich aber leider immer nur aus der Ferne gesehen habe, er war auf der Bühne und ich im Publikum. Wie Tante Letizia. Nachdem ich fast alle seine Konzerte besucht habe, hoffe ich, ihn eines Tages persönlich kennenzulernen.

Am meisten aber danke ich meiner Mutter: In diesem Roman findet sich ihre unvergessliche, unvergessene, unvergängliche Fröhlichkeit.

L. L.

DUNKLE GASSE
SCHÖNE AUSSICHT
BURG
HUNDERTJÄHRIGER MAULBEERBAUM
RATHAUS
DAMEN-FRISEUR JACQUES
PLATZ DER AUFERSTEHUNG
KIRCHE DER AUFERSTEHUNG

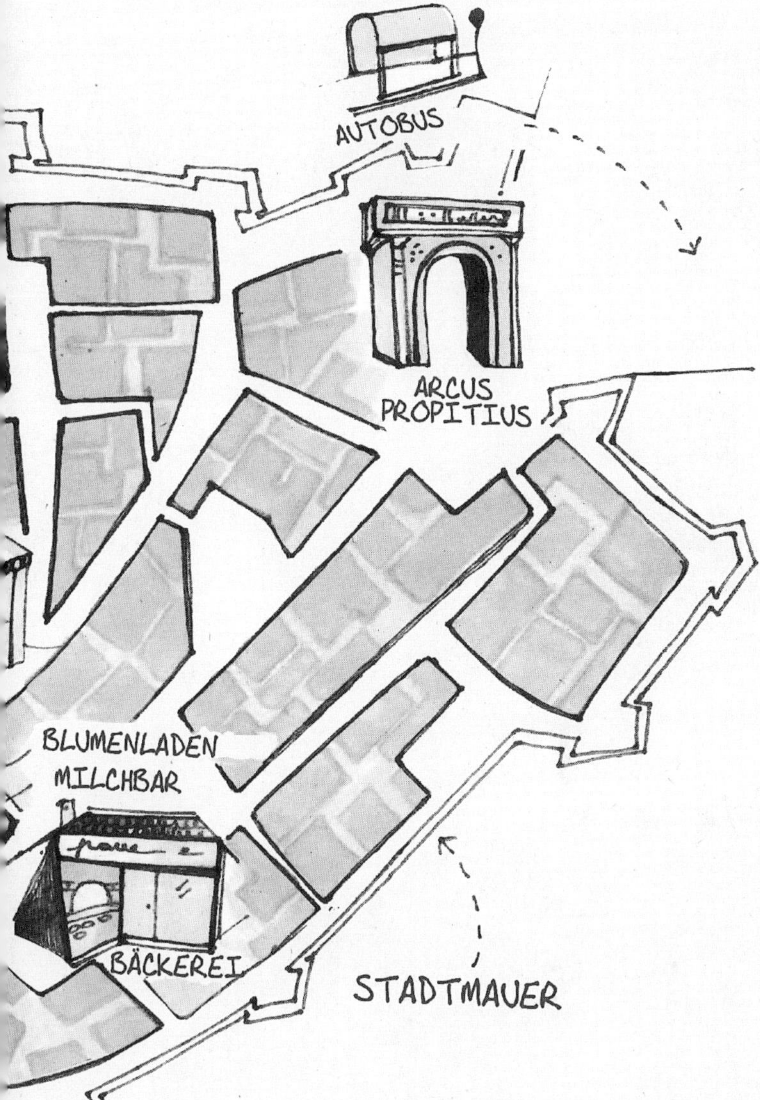
AUTOBUS
ARCUS PROPITIUS
BLUMENLADEN
MILCHBAR
BÄCKEREI
STADTMAUER

»Eine Katze, die uns lehrt, glücklich zu sein. Ein Roman, der uns auf die Sonnenseite des Lebens führt.«

EL MUNDO

Eduardo Jáuregui
Gespräche mit meiner Katze
Roman
Thiele Verlag
ISBN 978-3-85179-313-0

Kurz vor ihrem vierzigsten Geburtstag ist Sara Leon am Tiefpunkt ihres Lebens angelangt. Sie hat sich von ihrem Job, ihrem Freund und auch von sich selbst entfremdet und hat Heimweh nach einem spanischen Dorf, wo ihr Vater mit seiner kleinen Buchhandlung ums Überleben kämpft. In dieser schwierigen Situation tritt plötzlich eine geheimnisvolle Abessinierkatze in ihr Leben, die mehr über Sara zu wissen scheint als sie selbst und ihrem Leben eine völlig neue Richtung gibt … Ein kluger Roman über die Verirrungen des Menschen in der modernen Welt und über die Weisheit der Katzen, die uns viel erzählen könnten, würden wir denn auf sie hören.

»Emotional, intelligent und sehr witzig – nicht nur für Katzenfans.«

ELLE

THIELE VERLAG